メディアワークス文庫

さよなら、誰にも愛されなかった者たちへ

塩瀬まき

Contents

プロローグ

都内某所に位置する古びた雑居ビル。

それが佐倉至の、先週から勤めはじめたばかりの職場であった。

四階建てでありながらエレベーターの存在しないそれは、ボロ物件と言って差し障りのない外観をしている。老朽化の進んだコンクリートはそこかしこに薄黒い雨染みを作り、黴と埃のツンとした匂いを漂わせていた。

各階ワンフロアという贅沢な作りでありながら、至の職場以外にテナントが入っていないのは、おそらくそのあたりにも原因があるのだろう。たしかに、長いあいだこの環境に身をおいていては、いつか病気に罹ってしまいそうだ。ただでさえ表の通りを通学路にしている小学生たちから「幽霊ビル」と揶揄されているらしいのに、本物の病人までだしてしまっては言いわけもできない。

階段をのぼるにつれてぐずつきだした鼻腔に、至は手の甲をおしあてた。これが春の花冷えを原因としていたなら風情もあっただろうが、黴と埃による単純なアレルギー反応なのだからいただけない。ずず、と滴る洟をすすりながら最後の一段をのぼりきると、至の眼前には質素なアルミ製の戸が現れた。

上部のすりガラスに掲げられた「賽の河原株式会社」という社名を一瞥して、至は着ていたスーツの襟元を正す。平均より身長が高い至のために、採寸して作ってもらった一張羅だ。自宅をでたときにはしわひとつない自慢のスーツであったが、今では幽霊ビルを笑えないほどにくたびれていた。ボロを纏えど心は錦、とは言うけれど、残念ながらこの惨状に錦を謳えるほどのエピソードはない。

至はちいさく息をついて、ドアノブを握った。

なんの抵抗もなくひねりきれた手首に軽く眉宇をよせて、ゆっくりと腕を引く。

「おはようございます」

薄くひらいたドアの隙間からおずおずと顔をのぞかせると、至の肺には清涼感のある香りが流れ込んだ。このほのかに漂う石鹸の匂いは、拭き掃除用のスプレーによるものだろう。みがきあげられたタイルは至の姿を反射するほどなめらかで、ビルのそこかしこに蔓延していた不純物とは無縁であった。

昨日よりはやく出社したつもりだったが、またもや彼女に敵わなかったようだ。

朝の清掃を終え、万事整えられた雰囲気の事務所をぐるりと見渡して、至は肩を落とした。新入社員として誰よりもはやく出社しようと思ってはいるのだけれど、それを許してはくれないほどに、我が社の事務員は優秀なのである。

「おはよう、佐倉くん。今日も朝はやくからご苦労さま……って、嫌だ。どうしたの、その姿」

掃除のついでに、花の水替えをしていたのだろう。くだんの優秀な事務員こと相原千影は、紫の花弁がゆれる一輪挿し越しに至を見ると、穏やかな微笑を驚愕に染めた。

「いやあ、ちょっと転んでしまって……」

　至は照れ笑いを浮かべながら、語尾をまごつかせる。

　しかし、言葉をにごしたところで意味などないことは、至とてわかっていた。齢二十三にもなろうという大人が、少し転んだくらいで満身創痍にはなるまい。突然、暴漢に襲われたと言ったほうが、まだ信憑性のある様相なのだ。そんな雑な誤魔化しが千影に通用するはずもなく、彼女は怪訝な表情を浮かべると、手にしていた一輪挿しを手近な机に放り置いた。

　制服であるチェック柄のベストと黒のタイトスカートをひるがえして、千影は対面に並んだ四つの事務机と、応接スペースのあいだに設置された間仕切り棚へと向かう。そこから救急箱と思しき箱を取りだすと、至の腕をつかんで、合皮のソファに座らせた。ローテーブルを二脚のソファがはさんでいる、典型的な応接スペースだ。事務所には、ほかにも会議室や給湯室といった設備があるのだが――千影は迷うことなく至の隣に腰をおろすと、テーブルのうえに救急箱を広げ、脱脂綿に消毒液を染み込ませた。

「動かないで、じっとして」

　首元で切りそろえられた黒髪に、薄い唇。涼やかな瞳は清廉な彼女を表すように澄んでいて、黒々とした眸子を輝かせている。一見冷たそうな雰囲気だけれど、その実は優しくて面倒見のいい――入社以来、至がひっそりと憧れを抱いているそのひとは、睫毛が数えられるほどの距離で幼子を諌(いさ)めるようにそう言った。

　手早く応急処置を済ませた千影は、ちいさく息をついて「よし、もういいわよ」と身体(からだ)を離す。触れてみると、至の頬には絆創膏(ばんそうこう)の感触があった。

「すみません、ありがとうございます」

　自分でも気がつかないうちに、頬を擦りむいていたらしい。

　消毒液などを救急箱へと片づける千影に、至は頭をさげる。

「お礼なんていいわよ。怪我人(けがにん)が変な気づかいをしないの」

それよりも、転んだって本当なの？

　鷹揚(おうよう)な微笑(ほほえ)みとともに継がれた言葉に、至はふたたび身体をこわばらせた。

　千影に嘘(うそ)を吐(つ)くのは忍びないけれど、このみっともない有様(ありさま)について詳しく話すのも憚(はばか)られる。どうしたものかと至が思い悩んでいると、

「わかった。無理には訊(き)かないわ」

　さすが千影だ。至のようすからなにかを察してくれたのか、彼女はふっと微笑んだ。

「でもなにか困ったことがあるなら、私じゃ頼りにならないかもしれないけど、遠慮なく言ってね」

　どこか寂しそうな雰囲気の漂うその表情に、至は強く首をふって抗う。

「そんな。俺は千影さんのこと、いつも頼りにしてますよ。ただでさえ事務仕事が多く

てたいへんなのに、こうして掃除までしてくれて」

あのお花も、いつも千影さんが用意してくれているんですよね？　言って、至は彼女が手にしていた一輪挿しへと視線を向けた。間仕切り棚の奥にある、事務机のうえに咲く紫色の花弁。至はこういったものに詳しくはないけれど、たしかに昨日見たものとは違う花である。一輪とはいえ、毎日異なる生花を用意するのは骨が折れるはずだ。すると千影は、なぜか複雑そうに眉をひそめた。

「用意と言っても、もらいものなんだけどね。あの花はハナズオウっていうんですって。それに掃除だって、事務所の外までは手がまわっていないし……私なんて、不甲斐ないばかりよ」

肩をすくめて、千影は自嘲するように笑む。そしてソファから腰をあげると、彼女は「お茶を淹れてくるわ」と言って給湯室に足を向けた。

そのどこかそそくさとした、会話から逃れるような仕草に違和感を覚えながらも、至はなす術なく千影を見送る。自分の未熟な語彙力から気の利いた言葉がでてくるとは思えなかったけれど、せめてなにかフォローを入れるべきだっただろうか。

ひとりソファに残された至が首をひねっていると、

「佐倉くん、おはよう」

不意に背後から生温かい吐息がふりかかり、至は悲鳴を飲み込んだ。

下腹に響く甘やかなその声は、断じて千影のものではない。だが至が出社したとき、事務所には彼女ひとりだったはずだ。ドアノブがまわる音も、タイルをたたく靴の音色も耳にしてはいない。人影どころか、動物の気配すら感じられはしなかった。

それならば、いったいなにが至の背後にいるのだろう。

怖々とふり向くと、そこには柔和な微笑を浮かべる男が立っていた。

「き、菊田さん！」

ふわりとした柔らかな栗毛に、垂れた瞳。測ったかのように均一な弧を描く唇は、白く透ける肌に唯一の色を載せている。至よりも幾分か低い背丈と、細身な体躯も相まって、まことに失礼ながら威厳という言葉とは無縁そうな男であったが——紛れもなく、歴とした我が社の代表取締役社長こと菊田聡介であった。

社内においてもっとも権力のある男の登場に、至は青ざめてソファから飛び跳ねる。勢いのまま立ちあがり挨拶を返すと、菊田はくつくつと笑って「ごめん、驚かせちゃったね」と肩をゆらした。

「だって佐倉くん、ひどいんだもの。ぼくには目もくれないで千影くんと仲良くしちゃってさ」

拗ねたように唇を尖らせる菊田であったが、彼は三十代後半の立派な成人男性である。しかし、不思議と嫌悪感はない。年齢のわりに若々しい外見が理由だろうか、と至は瞬時に考えをめぐらせたが、それよりも彼はどうやって音もなく背後へと忍びよったのか、そちらに意識を奪われた。

思い返すと、菊田は最初から影の薄いひとだった。至が面接をうけるべく賽の河原株式会社へやってきたときも、持ち前のステルス機能を発揮され、しばらくのあいだ存在を認識できなかったくらいだ。そのおかげで、至は面接官の前で自己アピールの練習をするという、大失態を犯してしまった。手にした履歴書が汗でよれるほどの猛練習のさなか、長机の対面に座していた菊田より「練習はもう充分じゃないかな。ええっと、佐倉……至くん？」と名を呼ばれたときには、驚きのあまり椅子から転げ落ちたものである。

それからはじまった面接にて、動揺した至がどれほどの醜態を晒したかについては、語るまでもないだろう。自分でも、よくあれで採用されたものだと思う。

「す、すみません。まさかいらっしゃるとは思わなくて」

菊田の前世は、もしかすると高名な忍びなのかもしれない。わりと真剣にそう考えながら、至はへどもどと謝罪した。菊田はまだ唇を尖らせていたが、ややあって「しょうがないなあ」とお許しを得る。

すると、そのタイミングで千影が給湯室から顔をだした。

「あら、いたんですか菊田さん」

お盆に湯呑(ゆの)みと紙パックのカフェオレを載せた千影が、瞳を丸くする。

菊田は愕然(がくぜん)とした表情で、

「やだなあ、千影くんまでそんなこと言うの？　最初からいたよう。ずっとあそこの椅子に座ってたのに」

事務所の最奥に鎮座する、重厚感ある木製の机を指さした。彼の名前が彫ってある、金のプレートを掲げた机だ。菊田が座っていたという革張りのオフィスチェアには、社長椅子と呼んでも遜色のない高級感があった。

千影はそんな菊田の抗議に、悪戯(いたずら)を成功させた子どものように頬をゆるめる。

「ごめんなさい、冗談ですよ」

そう言って彼女がゆらしたお盆には、ふたつの湯呑みが湯気をたてていた。千影はいつも紙パックのカフェオレを愛飲しているので、それは至と菊田のために淹れたものなのだろう。菊田は「悪い子だなあ」と返しつつも、満更でもなさそうな顔をして湯呑みをうけとり、軽く唇を湿らせる。

至もならって湯呑みを手にしたところで、菊田は「そういえば」と口をひらいた。

「真城(ましろ)くん。今朝はずいぶんとはやくに出社して向こうへ行ったみたいだけど、佐倉くんはここにいていいの？」

熱い湯呑みを指先で慎重に支えていた至は、その言葉に目をしばたたいた。

真城くんとは、至の先輩かつ指導係である真城終一のことだ。言われてみると、今日はまだ彼の姿を見てはいない。たしかに終一は男性にしては小柄なほうだけれど、菊田のような光学迷彩機能を搭載してはいないので、見落とすことはないと思うのだが。

――今朝、ずいぶんとはやく出社……向こう？

至は菊田の言葉を脳内で反芻して、それからはた、と動きをとめた。

――しまった。色々ありすぎて、先輩との約束をすっかり忘れてた。

そのとき至は、よほど青白い顔をしていたのだろう。すべてを察したらしい菊田から「どんまい、佐倉くん」と親指を立てられて、全身から汗が噴きだすのを感じた。

「すみません。俺、ちょっと行ってきます！」

動揺から波立つ湯呑みを机に放って、至は事務所の奥へと走りだす。

そして隅のほうに設置されていた掃除用具入れに手をのばすと、

「佐倉くん、羽織！」

片手を口元にそえた菊田から、声が飛んだ。菊田の指先が示す場所には、木製のポールハンガーがある。太い幹から枝をはやすように、縦にのびたスタンドタイプの上着掛けだ。至はそこにゆれていた藍色の羽織を手にとると、菊田に礼を言ってから、掃除用具入れの戸をひらいた。本来の主である箒や雑巾といったものが存在しない、がらんどうのそれを前にして、至はごくりと息を呑む。この瞬間はいつも緊張してしまう。なにせ相手は、一見ただの掃除用具入れなのだ。子どもの戯れならまだしも、成人した大人が真面目に飛び込もうとする場所ではない。

——今日こそ、額をぶつけてしまうかもしれない。

至は強かに額を打つ自分を思い浮かべ、幻の痛みに顔を顰める。だがこうしているあいだにも、至の指導係であり鬼軍曹でもある終一が、あちらで憤怒の炎を燃やしているかもしれないのだ。もたもたしている暇はないと、至は掃除用具入れのなかに身体をねじ込んだ。突如として現れた暗闇に、きつく目をとじる。恐れから動きの鈍くなる足を叱咤して歩くと、肌に触れていた空気がどこかを境に変化したような気がして、ぶわりと粟立った。

——暗闇を抜けて、まぶたの隙間に光を感じるようになれば頃合いだ。

そう教えてくれたひとの言葉にならって、至は足をとめる。

いまだ恐怖に縮こまる瞳を、引き剝がすようにゆっくりとひらいた。

眼前にあるのは、無機質な四角い箱の果てなどではなかった。

対岸が望めないほどに大きな川。

水底を転がり角の奪われた石たちが埋め尽くす、見渡すかぎりの河川敷。

ひとはそれを、賽の河原と呼んでいた。

〈第一話〉石崩し

どんなときでも、ちいさなことからコツコツと。

至が求人情報誌の片隅でそんなキャッチフレーズを目にしたのは、派遣会社から紹介され勤めていた仕事の更新月を間近にひかえたころだった。更新自体は、至が望めば滞りなくおこなわれるはずだった。だが頭の片隅に、いつまでもこんな生活をしていていいのか、という焦りがあった。

就職先を決められないまま大学を卒業し、アルバイトや派遣業などを点々として一年。肉体を酷使すればある程度の金額を稼ぐことはできたけれど、安定とはほど遠い生活だ。女手ひとつで育ててくれた母のことを思うと、少しでもはやくまともな職に就かなくてはと気が急(せ)いた。

けれど、どれほど履歴書を書こうとも、至に採用通知が届くことはなかった。書類選考の通過率は悪くはないのだが、面接で落とされてしまうのだ。はじめは好感触であった面接も、至が口をひらくたびに面接官の表情は怪訝なものへと変化していった。企業側が求める人材として、至は相応しくなかったのだろう。しかしそうして山のごとく積みあがる不採用通知のなかに、至が落とされた明確な理由は書いていない。自分のなにが駄目だったのかわからないまま努力を続けるのは、まさしく賽の河原で石を積むような行為だ。それはもはや、地獄と言っても過言ではない。だから至は、そのキャッチフレーズを目にした瞬間、業務内容も確認しないで携帯電話を手にしてしまったのだと思う。

どんなときでも、ちいさなことからコツコツと。

そうしていれば、ひとはいつか幸せになれるのだろうか。

そんな紆余曲折を経て、至は賽の河原株式会社の門戸をたたいたわけなのだが、結果としては上々に、その一員となれている。三ヶ月のあいだは試用期間だと言われているけれど、よほどの失態を犯さないかぎり採用をとり消されることはないだろう。これはあとから聞いた話だが、あの求人広告を見ることができた時点で、至の採用は決まったも同然であったらしい。求人広告には、とある才覚を持つものだけが見ることのできるよう細工がほどこされているらしかった。

他人に話せば、変なことを言うやつだと眉宇をよせられるかもしれない。だが掃除用具入れの先が広大な河原に繋がっているところからして、我が社の特異性は一目瞭然だ。

――やっぱり、まだ慣れないな。

暗闇から突如として現れた風景に、至は目をしばたたいた。

眼前にあるのは、角のとれた丸い石や、身を隠せるほどに大きな岩が鎮座する、見渡すかぎりの河川敷である。人々より「賽の河原」と呼ばれるそこには、対岸が望めないほどに雄大な川がそっていた。薄水色の空には平たい雲が浮かび、穏やかに身をゆらす川面へと姿を映している。これほどの川幅だというのに視界の範囲には橋ひとつなく、魚や水生生物などの気配も感じられなかった。

これが彼の有名な「三途の川」だと説明されて、信じるものはどれほどいるだろう。

けれど至が入社して一番に教わったことは、この川の先にあるという死者の世界の話だった。

人間は最期の眠りにつくと、三途の川を渡り「死出の旅路」へ向かうことになる。生者ではなく亡者として、この世である此岸を離れ、あの世である彼岸へと旅をするのだ。つまり三途の川は、長きにわたる死出の旅路のスタートラインなのであった。

至は改めて、自分がとんでもない場所に立っていることを実感し、軽く身震いをする。

春の柔らかな陽射しは暖かく川面を照らしているのに、薄らとした寒気が背筋を襲って仕方がなかった。この場所が「生と死の狭間」であるという先入観が、至の感覚を狂わせているのだ。焦らずともじきに身体が慣れていくことは、これまでの経験からわかっていたけれど、だからといって生理的な反応をおさえられるはずもない。至は粟立つ肌をなだめるようになでさすり、とめていた足をふたたび動かした。

小走りに向かうのは、もちろん終一との待ちあわせ場所だ。新人である至を鍛えるため、本来ならば一時間ほど前に集うことを約束していたその場所は、賽の河原には一本しか生えていないという樹木のしたであった。

だが、至がひとりで賽の河原を訪れるのは、はじめてのことである。終一の先導なくたどりつけるだろうかと不安に思いながら、しばらくのあいだ右往左往していると――至の耳朶を、聞き慣れた怒号がつんざいた。

「だから、じいさんの乗る舟はここじゃねえって言ってんだろ！」

声をたどって首をめぐらすと、そこには静謐な三途の川に波紋をゆらすほどの怒声をあげる男の姿があった。あげ底された革のブーツに、ダボついたシルエットのサルエルパンツ。上半身は無地のタンクトップなのでまだ大人しい印象だけれど、黒髪の襟足を金色に染めているせいなのか、間違っても好青年と呼べる風貌ではない。一六〇センチ前半と思しき小柄な体軀と、賽の字が刻まれた藍色の羽織によって迫力は軽減されていたものの、そんな見るからに柄の悪そうな男から怒鳴られては、たまったものではないはずだ。

至は男の前にいる腰の折れた老人へと顔を向けて、あわあわと汗を飛ばした。老人を助けに行きたい気持ちは多々あれど、あの場に至がまざっても火に油をそそぐだけのような気がして動くことができない。ふたりがいる場所はまさに至が探していた樹木のしたであり、苛立ちに唾を散らす柄の悪い男は、真城終一そのひとであった。

「いいか、じいさん。あんたの管轄はうちの会社じゃねえから、俺は舟に乗せてやれないんだ。このまま川沿いを歩いてたら、ほかの会社が運営する桟橋につくはずだから、そこで本人確認と照合を……」

「いやあ、そんな難しいこと言われても、じじいにはわからんよ。兄ちゃん暇してんなら連れてってくれてもいいだろう。最近の若いもんは、年よりを邪険にしていかん。わしは腰が悪いのに、まだ歩けと言うなんて。ほんに鬼のようじゃ」

「待てこらじじい、誰も邪険になんてしてねえだろう。俺は暇してるんじゃなくて、ひとを待ってんだよ。第一、てめえの死出の旅路を他人に委ねてどうすんだ。とにかくこのまま歩いて、管轄の会社の社員を捕まえてくれ。こっちは役所から仕事もらってんだから、勝手なことするわけにはいかねえんだよ」

「はいはい、そうやってなんでも御上のせいにすればいいと思っとるんじゃな。最近の若いのは、やれ時代が悪いだの、世間が悪いだの、ひとのせいにして。昔はわしのように気骨のある男ばかりだったのに。はー、やれやれ」

至がまごついているあいだに、どうやら交渉は決裂したらしい。老人は「もうええわい」と冷ややかな瞳で終一を一瞥すると、ぽてぽてとした足どりで樹木のしたから去って行った。残された終一は、拳を握り怒りに震えている。そんな彼に、今から遅刻の謝罪しなくてはならないのだと思うと、至の脳裏には最悪の結末が瞬いた。

——おじいさんより先に、俺が舟に乗るかもしれない。

「ちび助、てめえなにやってんだ！」

猛禽類のごとく鋭い瞳がこちらへと向いて、至はひい、と喉を鳴らした。

茶褐色の短髪に、こぢんまりと整った目鼻立ち。正直なところ自分でもぱっとしない容姿だと思ってはいるが、身長だけは中学生のころから一八〇センチを優に超え、鴨居に頭をぶつけることもしばしばだった。そんな自分がちび助と形容される覚えはまったくないのだけれど、残念なことにこれが至の愛称なのである。入社初日に終一のことを女性だと勘違いした結果、彼から「ひとを見た目で判断する器のちいさい男」と評されてしまったことにより定着した不名誉な呼び名であった。

ずんずんと腕をふりながらやってくる終一に、至は殴り飛ばされる自分を想像して身を凝らせる。案の定、胸倉を引かれ身体は前のめりになったが、いくら防御に徹しても痛みと衝撃は訪れず、ややあって至は恐る恐る終一のようすをうかがった。

「ったく。きちんと着ろって教えただろうが」

なにやらぶつくさと転がして、終一は至の羽織に手をすべらせているようだ。

至近距離でまじまじと見る彼の双眸に、至は鼓動が跳ねるのを感じた。なぜなら終一は、女性だと勘違いしても仕方がないほどに美しい容姿をしているのだ。きめの細かい白い肌に、薄く色づく唇。まぶたを縁どる睫毛は絵筆のようにしなやかで、その奥に光る猛禽類のような鋭さだけが男の色香を感じさせる。本人いわく鍛えているという身体せていた。

はくびれが浮くほどに引き締まっており、小柄な体躯も相まって中性的な美貌を際立たせていた。

それほどまでに美しいひとの唇から、当たり前のように流れでる罵詈雑言に、入社初日の至が慄いたことは余談として――終一は、いったいなにをしているのだろう。

彼のようすを観察してしばらく。至は、急くあまり肩からずり落ちていた自身の羽織が、しわひとつなく整えられていることに気がついた。

頬をなでる風に賽の字を躍らせるこの羽織は、賽の河原へ行くときには必ず着用するよう言われているものだ。終一は、着乱れていた至の羽織をなおしてくれたのだろう。

慌てて礼を言うと、終一はすっとした鼻梁をゆがめて、ふんと鳴らした。

「お前がとんでもねえ重役出勤かましてくれたおかげで、俺は道に迷った亡者になんども絡まれたんだ。遅刻の理由を訊く権利はあるよな？」

んで、なんで遅れた。

睨めつけられて、至は喉を詰まらせた。

終一の主張はごもっともだが、至の矜持が重く唇を噤ませる。

悩んだ末に口をついたのは、小手先の誤魔化しにも劣るひと言だった。

「わ、忘れてました」

瞬間。至の顎には激痛が走り、まぶたの裏には星が散る。上下の歯が正面衝突をかましたところから見て、終一に頭突きをされたのだろう。舌を嚙まなくてよかったと胸をなでおろすと同時に、至は衝撃に戦慄く唇で「なんてことするんですか！」と抗議した。

けれど終一は素知らぬ表情で、凶器と思われる頭頂部をなでさする。

「くだらねえ嘘吐くお前が悪いんだろうが。たるませるのは顎と腹の肉だけにしとけよ」

小馬鹿にするように鼻で笑われて、至は瞳を怒らせた。たしかに至は少々肉づきのいい体型をしているけれど、けして太っているわけではない。むしろ筋肉がつきやすい体質だからこそ、厚みのあるボディをしているのだ。ここに詰まっているのはぜい肉ではなく筋肉なのだと主張するように、至はぐっと胸をそらした。

「顎も腹も精神も、俺はたるんでません！　これにはその、深い事情があって……」

言葉をにごして、至は大事なスーツを汚したうえに頰まで擦りむく原因となった、今朝の騒動に思いを馳せる。

常よりも一時間ほど前に家をでたとき、至は終一との約束をきちんと覚えていた。だが事務所へと向かう道すがら、次々とトラブルに見舞われてしまったのである。

たとえば、飼い主の手から逃走した犬を追いかけて転倒したり。足を痛めた老婆を病院へ送るべく、背におぶって歩いたはいいものの汗だくになったり。公園の近くを通ったときには、飛んできた野球ボールをうけとめ損ねて生垣に頭から突っ込んだし、マンションの屋上から飛びおりようとしていた少年の説得を試みた際には、逆に至が落ちてしまいそうになったりもした。

しかも驚くべきことに、その少年はすでに他界していたというのだから報われない。つまり至は、性質の悪い亡者に揶揄われたあげく、危うく命を落とすところだったのだ。そうして九死に一生を得た至は、あまりの衝撃から終一との約束などすっかり忘れてしまった――というのが、ことのあらましであった。

すべてを白状し終えて、至は終一の顔色をうかがう。すると終一は、端整な面立ちをゆがめて、この世でもっとも憐れなものを見るようなまなざしを至へとそそいだ。いっそ素直に罵倒されたほうがマシだと思うほど、そのまなざしは冷ややかであった。

「ガキのころから霊感持っといて、まだ亡者と生者の区別がついてねえのかよ。てかお前、まじで役に立たねえお人好しだな……？」

しみじみと言われ、至はきゅっと唇を噛んだ。あまりの言い草に反駁したい気持ちが生まれるけれど、残念なことに至の手元には返せるカードが存在しない。終一の言うとおり、善意が空まわりしがちなお人好しであることも、二十三年間も霊感とともに人生を歩んでおいて、いまだに亡者と生者の区別がつきにくい鈍感な人間であることも、紛れもない事実だからだ。

至が賽の河原株式会社に入社することができたのは、その「霊感」という特殊な才能を所持していたがゆえだった。仕事の一環で生と死の狭間を訪れているところからして、我が社の業務にそれが必須であることは言うまでもない。とはいえ至は、亡者が見えること以外には特筆すべき点のない、しごく平凡な人間である。もちろん、悪さを働く亡者を退けたり、改心させるような能力は備わっていない。だからこそ、なまじ「見える」ぶん気をつけなくてはならないことは、幼いころより理解していたはずなのに――少年の悪戯に易々と引っかかってしまった自分が、恥ずかしくて堪らなかった。

――でも、俺が遅刻した原因は先輩にもあると思うんだけどなあ。

至はしおれながらも、終一の背後にある樹木へと横目を走らせる。空と川、石と岩のみが存在するこの場所において、唯一の緑を誇る樹木だ。初日にレクリエーションとして終一から案内されてはいたけれど、看板ひとつない賽の河原において、たった一本の木を探しあてるのはそれなりに難しい。河原を右往左往したことも時間のロスに繋がったはずだと、至は内心で密かに反論する。

だが終一は、目敏くも至の心を読んでしまったようだ。「自力でここにたどりつくことも、特訓の一環だったんだぞ」と諭されて、至は肩をすくめた。

「初日にも説明したが、これは衣領樹と呼ばれる木だ。その昔、三途の川には奪衣婆と懸衣翁という彼岸の役人が配置されていた。奪衣婆は三途の川の渡し賃である六文銭をうけとって、亡者を橋へと案内する。だが亡者が六文銭を持っていなかった場合には、着ている衣服を剝ぎとり懸衣翁に渡した。懸衣翁はその衣服を衣領樹にかけて、枝のしなり具合から亡者の罪の重さを測ったと言われているが……ここまでは覚えてるよな？」

ぎらりとした眼光に晒されて、至は強く首肯した。

そうして奪衣婆と懸衣翁に罪の重さを測られた亡者は、三つの手段で三途の川を渡ったとされている。無実、もしくは六文銭を支払えるものは衣領樹のそばにある橋を。軽い罪があるものは浅瀬の「山水瀬」を歩き、重い罪があるものは深瀬の「江深淵」を泳ぐ。けれど平安時代になんらかの理由で三途の川が増水したようで、橋は水没してしまったそうだ。それ以来、橋の代わりに渡し舟が往来するようになったのだと、彼は話していた。

終一は満足そうに頷いて、

「増水後も、彼岸の役人たちはそうやって亡者を運んでいたんだが……近年において重大な問題が発生した。それはなにか、ちび助」

至の眼前に、ひとさし指を突き立てる。

緊張に張りつく喉を唾液で潤して、至は必死にレクリエーションの内容を諳んじた。

近年において発生した重大な問題とは、爆発的な人口の増加と、それにともなう少子化だ。古事記において、イザナミは「一日に千人を殺そう」と言い、それに対しイザナギは「ならば私は、人間が滅ばぬよう一日に千五百人を産ませよう」と返したとされているが、現在の一日における平均死者数は約三千を超えている。出生数が死者数よりしたまわっていることをあわせて考えれば、彼岸において魂の循環が滞っているのは明白であった。

　三途の川を渡るべく亡者は次々とやってくるものの、一度に舟に乗れる人数はかぎられている。操船技術のある亡者がいればいいけれど、平成を越えて令和を迎えたこの時代に、渡し舟を漕げる人間はそう多くはないだろう。だがしかし、魂の循環すら滞らせるほどの人手不足である彼岸に、数多の船頭を育成して配置している余裕はない。奪衣婆や懸衣翁も彼岸に連れもどさなくてはならないほど仕事がまわらなくなったとき、彼らによって白羽の矢を立てられたのが、至や終一のように、此岸において霊感と持つとされている人々であった。

　つまり彼岸の役人は、秘密裏に日本の政府と連絡をとり、霊感のある人々に三途の川からこちら――此岸の亡者を管理し、彼岸へと送り届けるように通達したのである。そうして政府は各自治体へと業務命令をくだし、各自治体は管轄範囲や企業規模を鑑みて仕事の依頼先を精査。流れる川のごとくどんぶらこと下流へくだったその仕事は、至たちが所属する賽の河原株式会社のような、地元の下請け企業のもとへと集結したのだ。

　終一の話によると、同様の企業は各地に点在しているらしい。至はここに入社するまで、世の中にこんな仕事があったことも、そもそも賽の河原や三途の川が実在する場所であったことすらも知らなかったが、とくに人口の多い都内にはこの手の企業が複数あるそうだ。我が国にはひよこの雌雄を鑑定する職人がいるくらいなのだから、亡者を舟に乗せて三途の川を渡る仕事があったとしても、それほど不思議なことではないのかもしれなかった。

――いや、普通にファンタジーすぎると思うけど。

胸中でやんわりと突っ込んで、至はひとり頷く。

彼岸の役人が言う「此岸の亡者の管理」には、街を彷徨う彼らのお迎えや、奪衣婆が担っていた六文銭の回収もふくまれているそうだ。六文銭とは、荼毘に付される際に遺族などから贈られるものである。現代では失われた通貨なので、純粋な収益としてではなく、遺族が故人を想う気持ちをいただいているらしい。故人の死出の旅路が安寧であるように、という遺族の祈りを確認することが、六文銭の意義なのだそうだ。

けれど悲しきかな、誰もがそうした手厚い供養をうけられるとはかぎらない。それ以前に、彼らはこの世を生きていた人間なのである。なんらかの事情によって、彼岸に渡りたくないとごねるものもいれば、至を揶揄った少年のように悪さを働くものもいる。そういった輩の対処もふくめて、下請け企業は此岸の亡者に関するすべてを任されていた。

終一は至の学習成果をひととおり確認して、及第点だと言わんばかりに腕を組む。

「亡者にとって、彼岸は存在があるべき場所……ようするにホームだ。だが逆に、俺たち生者にとっては、そこにいるだけで体調を崩すこともあるくらいのアウェイとなる。つまり亡者は、此岸では大人しくても、彼岸に近づくほど元気になっちまうんだよ。だから俺たちは危険な亡者から身を守るために、ここではこいつを着るよう言われてるんだ」

言って、終一は顎先で自身の纏う羽織を示す。徳の高い僧侶によって裏地に経が縫われたそれは、至たち生者を守る防護服なのであった。

仏教や仏画などにおいては、光背と呼ばれる表現がある。それは神仏や聖人の身体から発せられる光明を視覚的に表したものだと言われているが、ようするに人間の背中には膨大なエネルギーが集っているらしい。亡者はそのエネルギーに惹かれてしまうため、こうして守らなくてはならないのだそうだ。眉間にざっくりとしたしわを刻んだ終一より「次に横着しやがったら羽織ごとお前を絞る」と脅されて、至は深々と頭をさげた。

最敬礼とともに羽織のすそが視界をゆれ動き、至はその――正直に言ってとてつもなく古臭いデザインに苦く笑う。至はお洒落に関心のあるタイプではないけれど、これがダサいことくらいはさすがにわかる。

顔をあげるついでに三途の川へ視線を走らせると、そこには至の特訓のために終一が準備したと思しき木製の渡し舟があった。十名も乗ればいっぱいになるであろう、ちいさなものだ。しかも動力源は、オールどころかただの棒。その操船用の棹で川底を突くことにより、舟は前へと進むのである。超電導リニアモーターを搭載した新幹線が、東京・大阪間の移動にかかる時間を半分に縮めようとしている昨今において、あまりにも時代に逆行した技術であった。

レトロと言えば聞こえはいいが、素直に評すれば古くてダサい。至は自身が所属する会社の予算に不安を覚えつつ、三途の川に浮かぶ舟を眺める。

すると終一は、またもや勘を働かせたらしい。胸の前で組んでいた腕をほどいた彼は、ずびしと音が鳴るほどの勢いで舟を指さした。

「このボロっちい……いや、趣きのある舟と羽織は菊田さんの意向だ。そりゃ他社では豪華客船だのクルーザーだのアヒルボートだのを使っているらしいが、うちは歴史と文化を守ろうとしてるんだよ。案内板を建てたり、亡者の手首にバーコード巻いて一括管理するほうが楽かもしれんが、それじゃあ情緒がねえだろう。うちは人数が少ないから管轄も広くはねえし、役所からまわってくる仕事量も調整されてる。ようするにうちの使命は、ばかすか亡者を彼岸に運ぶことじゃなくて、賽の河原や三途の川が持つ伝統を後世に残すことにあるんだよ」

って、菊田さんが言ってた。

終一はうんうんと首を縦にして、鼻高々なようすで話を締めた。至はうんざりとした表情で「ものは言いようだな」と思ったけれど、それを指摘してはあとが怖い。すでに入社してしまっている以上、ここで頑張らなくては、至はまた職探しに追われる身となってしまうのだ。

「お前が遅刻したせいで時間がねえんだ。さっさと操船訓練はじめるぞ。うちはたしかに量より質を重んじる方針だが、はやいとこひとり立ちしてもらわねえと仕事がたまっちまうからな」

そう言って、終一は顎先で舟を示す。

至は力強く応えを返し、舟が浮かぶ三途の川へと足を向けた。

＊

河原の石を踏みしめるたびに、がぼり、と音をたてる革靴に顔を顰めた。

濡れた羽織から水が滴り、かわいた石を点々と染めていく。肌に貼りつくスーツの感触が気持ち悪い。前髪をつたうしずくは眉間から眼球へと流れつき、至は掌で顔面を拭った。

指をふって水気を払えば、背後に広がる水の跡が目に入る。道程を示すように河原をのびるそれは、濡れねずみの至が絵筆となって描いたのものだ。至は前を行くもうひとつの絵筆を追いかけて、その背中に刻まれた憤怒の文字に慄いた。

濡れそぼった襟足を片手で絞りながら歩くそのひとは、オーラのような煙を纏っている。まさか、怒りに熱された身体を利用して水分を飛ばしているのだろうか。至はそくざに否定したが、あながち間違いではないような気もして冷や汗をかいた。

舟をおりてから、終一はこちらに一瞥すらくれない。理由は単純明快に、至が彼を怒らせたからだ。下着に浸みるほど濡れた全身が示すとおり、至は先の操船訓練にて、危うく舟を転覆させかけていた。

――これでも、ちょっとは漕げるようになったと思ってたんだけどな。

だが事実として、川底に棹を引っかけたあげく体勢を崩し、舟ごと転がりかけたのだから弁明のしようもない。血相をかえた終一によって首根っこをつかまれなければ、至たちは今ごろ土佐衛門となっていただろう。

激しくゆれる船体にまきあげられた水をあびながら、

「いいか、ちび助。二度目はないと思えよ」

と血走った眼の終一より叱られたことを思い出す。終一はいつも不機嫌そうではあるけれど、あれほど真に迫った表情を見たのは、はじめてだった。

――つまり俺は、それだけのことをしたんだ。

煙る後ろ姿から終一の怒りを如実に感じ、至はこっそりとため息をつく。

これも以前、終一から教わったことだが、三途の川の底には彼岸に渡れなかった亡者の怨念がうずまいているという。亡者が彼岸に渡るとき、基本的には舟に乗る。しかしまれに六文銭を持たない亡者がいることは、先ほど終一に確認されたとおりだ。彼らには一定の猶予期間が与えられるが、そのあいだに六文銭を用意できなかった場合には、最終手段をとることになる。

金がなければ泳いで渡れ——という、ひどく原始的な手段だ。

当然のごとく、成功率はとてつもなく低いらしい。棹を握った至の感覚からしても、浅瀬ですら足をつけるのは難しいだろう。ましてや三途の川は、対岸を望めないほどに雄大なのだ。ほとんどの亡者は渡りきれずに沈んでいくと、終一はそう言っていた。

無念を抱えて川底へ落ちた亡者は、長い年月をかけて魂を水にとかすという。しかしその過程で恨みを募らせてしまうものも多く、とけかけた魂は淀んだ意識の集合体となり、川底をたゆたっているのだそうだ。

ひとたび三途の川に落ちれば、道連れを求める怨念に四肢を奪われ、二度と水面に顔をだすことはできない。

だから絶対に落ちてはいけないと終一から言われていたのに、油断してしまった自分が情けなかった。終一は口を酸っぱくして「動きやすい格好で来い」と忠告してくれていたのに。それなのに至は新入社員としてスーツ姿にこだわって、無様に体勢を崩したあげく助けられてしまった。終一の命まで危険に晒したとあっては、そう簡単に許されることではないだろう。

――せめて明日からは、もう少し動きやすい服にしよう。

それで解決するとは思えないけれど、同じ轍を踏むよりはずっとマシだ。自宅のクローゼットにぶらさがる無難な洋服を思い描きながら、至はとぼとぼと歩いた。

しばらくして、終一の足がとまる。

「着いたぞ」

終一が示す先には、無数に積まれた石の塔と、無邪気に笑う子どもたちがいた。

「ガキどもの前で辛気くさい顔見せんなよ。反省会は家でやれ」

手痛く飛んだ叱責に、至は神妙に頷く。

操船訓練を終えたふたりがやってきたのは、賽の河原として一般的に語られているエピソードのなかでも、とりわけ認知度の高い逸話にまつわる場所だった。

彼岸の法によると、幼子の死はそれだけで罪なのだそうだ。早世することにより、周囲の人間を深く悲しませたという罪。それを償うために、子どもたちは賽の河原で石を積む。ときおり訪れる鬼にいくど塔を壊されても、諦めることは許されない。償いが認められ彼岸に渡る許可がおり、地蔵菩薩が迎えに来る日まで、彼らは石を積み続けなければならなかった。

つまりここは、石積みの刑を執行する場所なのである。

至はちいさな掌で懸命に石を積む彼らを眺めると、下腹にぐっと力を込めた。

こんなにも頑張っている子どもたちを前に、大人である至が落ち込んでいてはいけない。鬼として、そしてときには地蔵菩薩として、こちらの仕事にも真剣にとり組まなければ。

――俺は鬼、俺は鬼。

言いきかせるように念じて、至はそれらしい雄叫(おたけ)びをあげながら駆けだした。

「みんな、鬼がきたぞ！」

いちはやく鬼の襲来に気がついた少年が、こちらを指さして声をあげる。舌足らずな甘い声音に敵意をにじませる姿は、役目を忘れて破顔してしまいそうなほど可愛(かわい)い。気分としてはまさに、デパートの屋上で戦うスーツアクターだ。派手なアクションでひとつめの塔を壊せば、子どもたちから歓声のような悲鳴があがった。

おそらく彼らは、至たちのことを数日おきに現れる娯楽かなにかだと思っているのだろう。至が塔を崩すたびに、子どもたちは楽しそうに逃げまどう。幼いながらに塔の建築には個性がでるものらしく、細長くバランスを保つものや、屈強に組まれた要塞まであった。

やる気なく三つほど積まれた石にも念のため拳を沈めたが、どうやらそれは罠であったらしい。河原へしゃがんだ至の背中に少年が飛びついて、勝利のポーズを決める。

「こら、危ないだろう！」

腕をのばしてわきに抱えれば、死角からべつの少年が躍りでた。罠を仕掛けたうえに陽動までおこなうとは、子どもといえど侮れない。結果的に三名の少年からのしかかられて、至は河原に転がった。

「鬼め、降参するか？」

にやにやとそそがれる少年たちの視線に、むっと唇を尖らせる。我ながら大人げないとは思うけれど、負けを認めるのは癪だった。多勢に無勢とはいえ、相手は子ども。しかも至は、大人のなかでも体格に恵まれたタイプだ。

むくりと身体を起こしてやれば、少年たちはすべるように至の背中から落ちていった。嬉しそうに「今のもう一回やって」とせがんでくるので、痛くはなかったようだ。

絡みつく数多の手から逃れようと身をひねると、

「やめろ、ぼくの宇宙怪人コスモマンが！」

至は、河原に響く悲痛な声に意識をとられた。

終一が向かった方向からあがったその声は、今まさに壊されようとしている塔の制作者によるものだ。終一の右足にしがみつき妨害をはかる少年の前には、宇宙怪人コスモマンの名に恥じぬ、堂々たる建築物があった。

　そのあまりの出来栄えに終一は一旦動きをとめ、

「馬鹿お前、誰がこんな前衛的な積み方しろって言った！　壊しにくいだろうが！」

と文句を垂れながらも、あっさりと左足をふり抜くのだから感心せざるを得ない。本物の鬼も裸足で逃げだす容赦のなさだ。泣き叫ぶ少年を引っぺがすことも忘れずに、終一は破壊神のごとく河原を蹂躙した。

「おに、あくま！」

「事実だから痛くも痒くもねえな」

　語彙力のない子どもたちの罵倒など、終一にとっては蚊の羽音にすぎないのだろう。にやりとした笑みを浮かべながら片手をふる仕草に、子どもたちは金切り声をあげる。

　けれど、誰もが一様に笑顔だった。知らないうちに至の腰に登っていた少年もふくめて、償いに尽くす悲壮な空気は感じない。刑罰をうける場所と聞いて最初のうちは緊張していたけれど、どちらかと言うと幼稚園のような雰囲気だ。至はそのことに安心しながらも、腰にしがみつく少年を河原へとおろした。

　ついでに頭をなでてやれば、少年はくすぐったそうに首をすくめる。

「ねえ、おじぞうさま」

　くん、と羽織のすそを引かれる感覚に、至はふり返った。

見おろせば、ひとりの少女が目尻をさげていた。至を「お地蔵さま」と呼んだところからして、鬼ではなくそちらに用があるのだろう。至は上着の内ポケットに手を入れて、入社時に支給された電子端末をとりだす。舟からの転落未遂による故障がないことを確認して、至は少女と目線をあわせた。

「どうしたの？」と問うと、少女はもじもじと膝頭をすりあわせ、

「わたし、もう渡ってもいい？」

ビー玉のように純粋な瞳を至に向ける。

期待と不安の入りまじったまなざしに、至の頬が凝った。口ぶりから察するまでもなく、少女は彼岸に渡りたいのだろう。だが至は終一より、今日は地蔵菩薩の出番はないと聞いていた。

「……ちょっと調べてみるね」

苦し紛れに、至は端末へと目を落とす。

表示された亡者のリストから少女の名前をはじくと、彼女のプロフィールが現れた。記載を見るに、やはりまだ許可はおりていないようだ。

「ごめんね。もう少しだけ、石を積まなくちゃいけないみたいだ」

伝えると、少女はきゅっと唇を結んだ。

丸みをおびた顎先にしわを浮かべて、まぶたの縁に涙をためる。

「ゆきちゃんも、あかりちゃんも渡ったのに。どうしてわたしは駄目なの？」

堪えるように、少女は声をふるわせた。

「ゆきちゃんが、あっちに行ったらパパに会えるって言ってたの。わたしも、パパとママに会いたい」

そこで耐えきれなくなったのか、少女は大粒の涙をこぼす。賽の河原に響く悲痛な泣き声に、至は慌てふためいた。彼女の涙をとめるべく全力でなだめにかかるけれど、咳き込むほどに勢いを増していく号泣は、そう易々とはおさまらない。むしろ子どもの涙というのは伝染するものであるらしく、そこかしこからわきおこる泣き声の輪唱に、至はうなだれた。

すると、こちらの惨状に気がついた終一から「なに泣かしてんだ、ちび助！」と怒号が飛ぶ。しまいには「邪魔だから引っ込んでろ！」と尻を蹴られて、至は石積みの場の奥へと追いやられた。子どもたちのことは、終一がなんとかしてくれるらしい。持ち前の顔面を活かして子どもたちの涙を拭う終一を遠目に見て、至は足あとのついた尻をなでた。

至の胸元まである大岩を背に、河原へと腰をおろす。そして少女が言っていた「ゆきちゃん」のプロフィールを閲覧するべく電子端末に指を走らせると、詳細はすぐに表示された。ゆきちゃんの家族構成は両親と祖母。死因は溺死。同日に父親を亡くしていることと、夏の盛りに旅立ったことを鑑みると、至の脳裏には水難事故のワードが浮かぶ。

――だからゆきちゃんは、彼岸でパパに会えるって言ったんだな。

その意味を考えず口にして、彼岸に渡ってしまったのだろう。それで少女は自分の両親も彼岸にいると思い込み、はやく渡りたいと願うようになったのか。

至は画面に表示されたプロフィールを、少女のものにもどす。少女の両親は存命だった。当然、彼岸に渡っても会えるはずがない。

「……なんだかなあ」

やるせなさに呟(つぶや)けば、手元に影が落ちた。

くもり空とは思えない濃さに顔をあげると、猫のように鋭い瞳と視線が重なる。

岩のうえから、誰かが至をのぞき込んでいたのだ。

ひい、と息を呑みかけて、けれど至は賢明にその正体を見破った。

「朝(とも)ちゃん！」

名を呼べば、それはのっそりと身を起こす。

至も立ちあがると、岩のうえで膝を抱えて座す少女と目があった。

最上朝(もがみとも)、享年八――満七歳。

朝と書いて「とも」と読む、とても素敵な名前を持つ女の子だ。

「お兄ちゃん、よく不用心だって言われるでしょう」

じっとりとしたまなざしから潑剌に言われて、至は苦りきった。幼い少女に真正面から注意をされて、決まりが悪かったからだ。こんな奥地には誰もいないだろうと油断して、至は子どもたちの個人情報を読みふけってしまった。

——まさかそれを、朝ちゃんにのぞかれてしまうなんて。

しかし、至が表情を渋くした理由はそれだけではない。朝は、至がはじめてここを訪れたときに終一から申し送りをうけた——かなり特殊な事情を持つ亡者だった。

朝は同年代の子どもと比べて、明らかに発育の悪い体軀をしていた。襟ぐりに大きな隙間を作る白いワンピースには、のびきった黒髪が広がっている。七五三などを見越してのばしていたというよりは、単純に放っておいたのだろう。額の真ん中から割れて腰元までくだる前髪は、名称に反して前も後ろもなく長かった。

至は頭のなかで、なんども読み返した朝のプロフィールを反芻する。家族構成は母親のみ。父親は戸籍上の登録がなく、祖父母とは疎遠。本人の死因は病死となっていたが、隣には米印がついていたはずである。

そして渡航の可否は——可。これにも「刑罰は不要」という注釈がついていた。

「言っとくけど、あたしまだ渡らないからね」

彼女お決まりの台詞を口にして、朝はつんと唇を尖らせた。

痩せた頰にえくぼのような彫が浮き、首筋にも線が描かれる。肌は乾燥から粉を吹き、唇は縦にひび割れていた。薄皮を越えて、赤くのぞく肉が痛々しい。そのあまりの痛ましさに、至は思わず視線をそらした。

朝は以前より、彼岸に渡ることを頑なに拒否している。理由を訊いても話してはくれないので交渉は難航しているが、だからといって彼女を放置していいわけではない。そんな亡者を舟に乗せることも至の仕事なのだ。泳ぐ視線をなんとか定めて口をひらこうとすれば、先んじた朝によって「だから渡らないってば」と撃ち落とされた。

「だってあたし、石を積んでいないのよ。それなのに渡っていいなんて、おかしいでしょう?」

澄ましたような口ぶりは、至の痛いところを的確に突いていく。

たしかに、朝は「刑罰は不要」とされていた。償いがいらないということは、石を積まなくてもいいということだ。朝は賽の河原へやってきた子どもにしては珍しく、そくざに彼岸へ渡ることを許可されたのである。

だがしかし、それはけして喜ばしいことではない。

まごつく至のようすが、朝の気に障ったらしい。

彼女は裂けた唇をきつく嚙んで、それから苛立ちを紛らわすように息をついた。

「ねえお兄ちゃん、教えてくれる? どうしてあたしは石を積まなくていいの?」

わかっているくせに、意地悪な問いだ。

「それはその、なんていうか……朝ちゃんがとてもいい子だから、すぐに許可がおりたんじゃないかな」

苦しくも絞りだした返答は、そくざに「馬鹿じゃないの」と斬り捨てられた。

「子どもだからって誤魔化せると思わないでよね。あたしが石を積まなくていいのは、誰のことも悲しませてないからでしょう」

逃げられないよう、朝はしっかりと退路を塞ぎにきたらしい。そんなことないよ、と安易に返すのは憚られる物言いに、至は口を噤んだ。

賽の河原で石を積む子どもたちは、遺族の悲しみが深いほど石を積まなくてはならない。それなのに、朝は償いを免除されてしまった。彼岸への渡航を即時に許可するという、無情な恩赦を与えられた。その意味を、至は率先して暴きたくはなかった。

「ほんと、めそめそしちゃって馬鹿みたい」

つりあげた瞳にさらなる険をのせて、朝は忌々しげに石積みの場を見る。

視線の先には、まだべそをかいている少女がいた。

「あの子がいつまでも彼岸に渡れないのは、大好きなパパやママが泣いてるからよ。可哀想なふりしちゃってさ。あたしからすれば、あんなのただの自慢だわ。大人たちが言う、マウントってやつよ」

朝はたたんだ膝に肘をつくと、ちいさな掌で痩せた頰を包んだ。

頼りない女の子の風貌をして、朝はときおり女性の顔をする。年齢のわりに言語が達者なところも、彼女が大人びて見える要因だろう。女子は男子より早熟だと聞くけれど、それにしたって貫禄（かんろく）がすごい。体格に精神年齢がそぐわないと評されがちな至は、彼女の言動に圧倒されるばかりであった。

ただでさえ女性関係には自信がないのに、ませた女の子なんてどう扱っていいのかわからない。しかもヘビー級の事情を持つとなると、至のような新人にはお手あげだ。

ほとほと困り果てて、至は手にしたままだった端末をもてあそぶ。無意味に羽織の袖口で画面を拭いていれば、それは突如として震えだした。軽くお手玉にしてから画面を見ると、ポップアップには終一の名前がある。

それほど離れた場所ではないのに、わざわざメールをよこしたらしい。慌てて顔をあげると、彼はこちらに背を向けて歩きだしていた。子どもたちの涙をとめる大役を果たしたのだろう。笑顔で手をふる子どもたちに、終一は片手をあげて応じている。

至の視線に気がついたのか、終一はこちらに顔を向けた。すると、あげた片手の親指以外を握って、ハンドサインを送ってくる。親指の先を帰路に向けてふるのは、メールに記された文面と同じ――ちんたらしてたらおいて行くぞ、の意味だ。

「ごめん朝ちゃん、俺もう帰らなくちゃ」

弾かれたように、至は端末を上着の内ポケットへと仕舞い込んだ。

あたふたと駆けだそうとしたところで、朝より「お兄ちゃん」と呼びとめられる。

ふり返れば、朝は至の羽織を指さしていた。

「それ、着てて気持ち悪くないの？」

脱げばいいのに。

そう言われて、はたと気づく。子どもたちが遠慮なく飛びついてくるので忘れかけていたが、至は一度ずぶ濡れになった身であった。

石積みの場ですごすうちに多少の水分は抜けたようだけれど、羽織もスーツもいまだにしっとりとしている。おまけに至の体温へ馴染みはじめたのか、肌に纏う生温さが不快指数を跳ねあげていた。朝に指摘されたことにより、水によるスーツの重みも自覚する。

ここが自宅ならば、玄関で全裸になって風呂場へ直行しているところだ。至はせめて羽織だけでも脱ごうかと葛藤したが、終一に般若のごとく叱られるだろう未来を想像して思いとどまった。

「うん……でも、これを脱ぐと先輩に叱られちゃうんだ」

おどけて羽織の襟を持ちあげると、朝は簡素に「ふうん、そう」と相槌を打つ。

それきり、彼女は興味をなくしたように顔をそむけた。にべもない、女心と秋の空という格言を表すような対応に、至は目尻をひくつかせる。

「それじゃあ朝ちゃん、また明日ね」

見送りは期待できないと踏んで、至は一方的に別れを告げた。

急いで終一のあとを追いかけたが、朝と話しているあいだに帰ってしまったのだろうか。どこにも金色の襟足を見つけることはできなくて、至は肩を落とす。

事務所にもどったらきっと「遅い！」とどやされるに違いない。それでなくとも、至は終一を怒らせているのだ。石積みの場の業務によって有耶無耶になったけれど、至が舟をひっくり返しそうになった件に対して、彼から許しはいただいていない。

そう思うと、濡れた我が身も重なって足どりが鈍った。

半端にかわいた髪の毛をまぜあげて、指先の湿った感触に眉宇をよせる。はずみで羽織から悪臭が香って、至はさらに眉間のしわを深くした。鼻を近づけてすんすんと嗅げば、雨の日に室内で干した洗濯物の匂いがする。こんな臭気を纏って事務所に帰ったら、千影になんと思われるだろう。優しく気づかわれながら液体の消臭剤をふきかけられる未来しか見えず、至は盛大なため息をついた。

ちらり、と河原に視線を流す。

見たところ、周囲に般若の気配はない。いくつかの岩陰をのぞいてみたが、亡者も近くにはいないようだ。

至はその場で三周ほど首をめぐらせて、いそいそと羽織から腕を抜いた。そして羽織の襟を両手でつかむと、風になびかせるよう上下にふりまわす。気休めかもしれないけれど、少しでも匂いがとれてくれたらいい。至にとって、それなりに憧れを抱いている同僚の女性から臭いと思われるのは死活問題だった。いつも花のような香りがする、生粋の男前である終一には理解できないかもしれないが、これぱかりはいくら般若に睨まれようと看過できない。

至は人力の乾燥機として奮闘すると、しばらくしてから成果をたしかめるために羽織へ顔を埋めた。完全にかわいたとは言えないが、少しはマシになったような気がする。

こんなものかと至はひとり頷いて、

「うわっ」

背骨を走る電流のような衝撃に、声をうわずらせた。

驚いた調子に羽織を落として、至はうなじと腰をなでさする。痛みはすでに霧散していた。患部に微かな違和感を残していく静電気のような現象に、至は首をひねる。

もしかして、新生活に対する疲れがではじめたのだろうか。

――今夜はまっすぐ家に帰って、はやめに身体を休めよう。

そう心に決めて羽織を拾うと、至は帰社を急いだ。

*

その日の夜。足どり鈍く、至は帰路についていた。

賽の河原で抱いた違和感のせいなのか、妙に身体が重だるい。今朝の騒動などを思えば当然なのかもしれないが、自分でも驚くほどに疲れていた。

これはたぶん、精神的な負荷も絡んでいるのだろう。

石積みの場から事務所にもどったあと、至は終一の顔色をうかがって、ずっと落ち着かない心地だった。千影にスーツの悪臭を指摘されなかったことは幸いだったが、それだって彼女が気を使ってくれたにすぎない可能性はある。ちなみに終一は、周到なことに、自身のデスクに着替えを用意していたそうだ。「意外と汚れる仕事だからな」と彼はさらりと言っていたけれど、それならば事前に教えておいてほしかった。

——あと、あれにもだいぶ驚かされたし。

夜空に瞬く星を見あげ、至は宙を舞う終一の指先を思い出す。

陽が翳りはじめたころ。至は終一とともに、街を徘徊する亡者の保護にくりだした。

その亡者は、交差点の隅で呆然と立ちつくしていた。きっと、自分が死んでしまったことをうけ入れられず、混乱していたのだろう。周囲の人影が少なくなったタイミングで視線をあわせると、彼女は安堵したように微笑んだ。

だが、至が賽の河原へ案内すると言っても、彼女はその場を動かなかった。それどころか、言葉を連ねるたびに眉宇をよせた。視線をそらすことなく至を見るその瞳は、ひどく熱心だったように思う。しかし彼女は返事ひとつしてはくれず、焦った至はまくしたてるように、賽の河原について切々と説いた。

見かねた終一が助け舟をだしてくれなかったら、至は今もあの交差点で困り果てていたかもしれない。隣にいた終一が慣れた仕草で両手をひるがえすと、彼女の表情は見違えるほどに明るくなった。

そう、彼女は耳が聞こえないひとだったのだ。熱心なまなざしは至のことを見ていたわけではなく、唇を読もうとしてのことだった。それから彼女は、終一の指先の言語からすべてを理解したのだろう。胸の前に横たえた左手の甲から、右手を垂直にあげて軽くお辞儀をした。こればかりは、無知な至でもさすがにわかる。彼女は心から、終一に感謝しているようだった。

「いいか、ちび助。先入観にとらわれて対応するな。相手は人間だぞ」

無事に彼岸へと送り届け、此岸にもどる帰りの舟のなかで、終一から言われた台詞が至の脳裏に木霊する。先入観を持っていたつもりはないけれど、たしかに至は彼女を「亡者」だと思っていた。無意識のうちに、彼岸と此岸の住人を区別していたのかもしれない。だから至は同じ人間として彼女によりそうことができず、本来なら察せられたはずのヒントをみすみす見逃してしまったのだ。

呆れるくらいに、自分が恥ずかしい。そしてなによりも、亡者を導くためにあらゆる事態を想定し、学んできたのであろう終一の真摯さが、眩しく思えてならなかった。

――俺も、頑張らないと。

気合いを入れるべく、至は両手で頰をたたく。

重たい身体を引きずって歩みを進めると、やや年季の入った二階建ての一軒家を前にして足をとめた。都会にありがちな、狭苦しい土地にぎゅっと身をよせて建つ建売物件だ。それが、母ひとり子ひとりで暮らす至の我が家であった。

表札に「佐倉」と掲げる門柱を抜けて、至はビジネス鞄からキーケースを探りあてる。合皮の安物に包まれているのは、家とポストの鍵だけだ。至は並んだふたつのうち短いほうを手にとると、玄関前に設置されたポストにぶらさがる南京錠へとさし込んだ。

幼いころより、至は「佐倉家の郵便係」なのである。女手ひとつで子育てをする母の負担を減らそうと、勝手に南京錠を装着して、郵便物の管理を独占してしまった。なのでこのポストは、至が持っている鍵がなくてはひらけない。至は南京錠をはずすと、ポストの中身をのぞき込んだ。

弁当屋やピザ屋のチラシにまざって、役所からと思しき無機質な封筒がある。たぶん、保険や税金に関するお知らせだろう。軽く眉間にしわをよせて、至は封筒をビジネス鞄へとねじ込んだ。そのほかのチラシは片手で丸めて、玄関の扉をあける。

「ただいまぁ」

後ろ手に扉をしめると、三和土（たたき）に並ぶ母の靴が目に入った。今日は通院日なので仕事が終わってから病院へ行くと言っていたような気がするけれど、もう帰宅しているらしい。まさかサボってはいないよな、と至は少しばかり疑いながらも、革靴を脱いで二階にある自室へと向かった。

チラシをゴミ箱へ捨てたあと、汚れたスーツを脱いで部屋着に袖を通す。ワイシャツや靴下などの洗濯物をまとめて階下へもどると、洗濯機へ放り込むついでに手洗いとうがいを済ませ、至はリビングに顔をだした。

「あら、おかえりなさい」

エプロンを纏いキッチンに立つ母の出迎えに、至は「うん、ただいま」と短く返す。漂う香ばしい海の匂いから察するに、本日の夕食は鮭（さけ）の塩焼きであるようだ。パートタイマーとはいえ仕事終わりに病院へ行って、なおかつ夕食まで作るなんて、体調は大丈夫なのだろうかと至は訝（いぶか）しむ。すると母は、至の表情から心を読んだのだろう。ひかえめな笑みを浮かべて「心配しないで。今日はすごく調子がいいのよ」と言った。

「そっか。それならいいんだけど」

至は、こりこりと頬をかく。

顔色を見るに、調子がいいのは本当なのだろう。だがそのパサついた肌と、目のしたに広がる濃い隈は、彼女の健康が危ういものであることを示していた。昔に比べたら元気になったほうだとは思うが、まだまだ油断は禁物だ。至は母を手伝うべく、キッチンに足を向ける。

「麦茶、だしておくから」

言って、至は冷蔵庫のドアに手をかけた。ひらいたドアの隙間からは霧のような冷気があふれ、靴下を脱いだばかりの素足をなでていく。麦茶のポットをドアポケットから引き抜くと、至は棚の中段に見知らぬ箱があることに気がついた。

近所のケーキ屋のロゴが印刷されたそれは、今朝にはなかったものだ。佐倉家は質素・倹約をモットーとしているので、ケーキは特別なときにしか食べられない。だが至の記憶が定かなら、今日はなんの記念日でもないはずだ。

——誰か、ケーキをださなきゃいけないようなお客様が来たのかな。

疑問符を浮かべて母を見ると、彼女はくすぐったそうに「やだ、もう見つけちゃったの」と笑って肩をすくめた。

「あんたの就職祝いよ。いくつか買ってあるから、好きなのを選んでちょうだい」

鮭の脂が爆ぜる音とともにそう言われ、至はくるりと目を丸くする。世間に「就職祝い」なるものが存在することは知っていたけれど、自分がもらえるとは思っていなかったからだ。なにせ至は、大学を卒業してから賽の河原株式会社に就職するまで、一年もかかっているのである。そのあいだに母が抱いた心労を思えば、就職祝いのことなんて頭の隅にも描けなかった。

「……ありがとう、母さん」

わきあがる喜びと照れくささに身体がうずいて、至はちいさく唇を噛む。

母が微笑む気配を感じながら、至はさっそくケーキの箱に指をのばした。屋根のように組まれた箱の両端を外し、持ち手の部分をひらく。箱のなかには華やかなケーキが三つ並んでいた。

なめらかな光沢を誇るチョコレートケーキに、色あざやかなくだものが宝石のごとく輝くフルーツタルト。ふんわりとしたスポンジに熟れたいちごと生クリームのドレスを纏うのは、王道たるショートケーキだ。至はその頂点に君臨する神々しい赤を眺めて、相好を崩した。

母は好きなものを選べと言ってくれたけれど、フルーツタルトは彼女の好物だったはずだ。となると、至に残された選択肢はふたつである。チョコレートか、いちごのショートか。至の視線は艶（つや）やかな黒と赤のあいだを惑って、最終的には芳醇（ほうじゅん）なカカオの香りに吸いよせられた。今が旬と言わんばかりに色づくいちごは惜しくも選外となってしまったけれど、こちらはこちらで需要があるので問題はない。

「あの子のぶんも買ってあるから、選んだらご飯の前に持って行ってあげて」

やはり、ショートケーキは彼のものだ。

至は首を縦にして、食器棚からデザート皿を取りだすと、そのうえに白いドレスの淑女を載せた。ほかのケーキたちには冷蔵庫へもどっていただいて、当初の目的であった麦茶のポットとショートケーキを手にキッチンをあとにする。麦茶のポットをダイニングテーブルにおいたあと、リビングに隣接する和室へと向かうと、鴨居に頭をぶつけないよう注意しながら敷居をまたいだ。

ふすまや大きな段差がないそこはリビングの一角という雰囲気だけれど、床材がかわるだけで印象も変化するから不思議だ。藺草の香りに次いで、ほんのりと甘く漂う線香の匂いを嗅ぎながら、至は仏壇の前に胡坐をかいた。

「これ、俺の就職祝いだって」

誇らしげな表情で、空いたスペースにショートケーキを供える。至は不作法だとわかっていながらも、手近にあったライターの火をそのまま線香にあてた。本来なら手で扇いで火を消さなければならないのだが、線香自体を軽くふって白煙を燻らせる。はじめのころは作法を守らなければと肩肘を張っていたけれど、これはもはや日常の一部であり、特別なことではない。線香を香炉にさし、りん棒を持って打ち鳴らすと、至はまぶたを落として両手をあわせた。毎日こうして手をあわせているので、話すことはとくにない。なので至は掌がじんわりと温かくなるまで祈って、そっと日をあけた。

仏壇に飾ってあるのは、幼い少年の写真である。

——誠。

この家に父と呼べる存在がいたころ、佐倉家は四人家族だった。両親と至、そして弟の誠だ。三月のはじめに生まれた誠は、至とはひとつ歳が離れていたけれど学年は同じという、所謂「年子」の関係であった。しかも誠は道行く人々から双子に間違われるほど発育がよく、ずいぶんとやんちゃな——よく言えば積極的な性格をしていたので、こちらが兄に違いないと思ったひとも多かっただろう。誠はいつも好奇心に導かれるまま行動し、それで痛い思いをしたとしてもまったく懲りない子どもだった。

ちゃんと前を見て歩きなさい、なんて。なんど母から注意されていたことか。

だが、その甲斐虚しく、彼は車に轢かれてこの世を去った。小学校から帰宅する途中、わき見運転をした乗用車が横断歩道へと突っ込んだのだ。信号は、歩行者側が青だった。いつもは一緒に登下校をしていたけれど、自分は宿題を忘れて居残りをしていたため難を逃れた。

母は、そのころから心と身体を壊している。月日をかけたおかげで身体のほうは元気になってきたけれど、心のダメージは今もなお深刻だ。そんな母に愛想をつかした父が家をでてしまったこともあり、彼女の病状は一進一退を続けていた。

父には父なりの葛藤があったのかもしれないが、深く傷ついた家族に背を向けてしまった彼の気持ちは、自分にはわからない。ただ現実として、ふたりは佐倉家からいなくなり、この家には母と自分だけが残されてしまった。

仏壇に飾られた写真たてを見つめて、至はふたたび彼の名を思う。カメラに向かってくしゃりとした笑顔を浮かべている少年は、当然だが幼いままだ。至はこうして大人になり、遠まわりはしたけれど職につくこともできたのに。記憶と写真のなかにいる誠は、あのときから時間をとめたままであった。

——あいつは、もう彼岸に渡ってしまったのかな。

賽の河原株式会社に就職し、彼岸というものが実在することを知った至が真っ先に考えたことはそれだ。はじめて石積みの場に行ったとき、至はそこに彼の姿を探した。この歳になるまで再会できなかったのだから、すでに成仏したのだろうと思ってはいたが、一縷（いちる）の望みをかけたのだ。

もしふたたび会えたなら、話したいことも、してやりたいこともたくさんあった。自分が霊感を持って生まれたのはこのためだろうと、本気でそう思った。遺族の悲しみが深いほど長く石を積まなくてはならないのなら、可能性は充分にある。

しかしどれほど願おうとも、彼を見つけることはできなかった。あの事故から十年以上が経過していることを考えれば、それも仕方がないように思えた。

──やっぱり、俺がしっかりしなくちゃ駄目なんだ。俺が母さんを支えてやらないと。

仏壇の足もとに転がる薬袋を見て、至は下腹にぐっと力を込める。手にとってなかをたしかめると、そこにはいつも母が飲んでいる精神安定剤が一ヶ月分おさまっていた。同封していた薬の説明書によれば、睡眠障害を改善するものもふくまれているようだ。なんどか目にしたことのあるゾピクロンという名前のしたに、デエビゴなる薬が追加されている。どうやら、近年に発売された新薬らしい。薬がかわるのはけして悪いことばかりではないけれど、至は額をおさえて深く息をついた。

──仕事も、日常も。俺はどうして、こんなにも不甲斐ないんだろう。

額にそえていた手をおろして、至は顔面を拭う。

だが、くよくよしていても仕方がない。至はあのとき、この仏壇の前で誓ったのだ。自分にできることを、精一杯にやる。それが、至の背骨を支える信念だった。

薬袋をもとの場所にもどして、至は立ちあがる。リビングにもどると、母は冷蔵庫のドアをしめたところだった。ばくん、と音をたててしまる冷蔵庫からこちらを見て、彼女はちいさく笑む。

「よかったの？　ショートケーキじゃなくて」

その言葉に、至は母が残ったケーキの確認をしていたのだと気がついた。心配しなくともフルーツタルトは盗らないのに、我が母ながら可愛らしいひとである。

それに、いちごのショートケーキは誠の大好物だった。佐倉家が四人家族だったころ、息子の好物すら把握していなかった父がうっかり食べてしまったとき、烈火のごとく怒り泣き叫んでいたことを覚えている。それ以来、我が家では「誠はいちごのショートケーキ」が合言葉なのだ。至がなにを選ぶかは、本当は最初から決まっていた。

「うん。俺、チョコレート好きだし」

沈んだ気分を払拭するように、至は努めて明るく「はやく食べたいなあ」と唇を尖らせる。母はわずかに眉をさげると、椀物として用意していた味噌汁の鍋が噴いてしまったのだろう。慌てたようすでコンロに飛びついた。

「そんなに喜んでもらえて嬉しいけど、デザートは夕食のあとよ」

火の調節をしながら注意され、至は「はあい」と間のびした返事をする。どのみち母は食べものを廃棄することを嫌うので、ショートケーキは生クリームがとける前に至の腹へとおさまるはずだ。案の定「そうそう、悪くなる前にショートケーキも食べちゃってね」と言葉を継がれ、至はこれにも「はあい」と返した。

手伝いのためキッチンにもどり、至は食器棚からどんぶりのごとき茶碗をとる。終一がちび助と揶揄するこの身体を維持するためには、それなりのカロリーが必要なのだ。俗に言う大食漢である至にとって、夕食のあとにケーキをふたつ平らげるくらいは造作もないことであった。

今日はとても疲れているし、腹が満ちれば眠気がやってくるだろう。

寝落ちる前に風呂を済ませておかなければと考えながら、至は炊飯器のふたをあけた。

＊

目を覚ますと、そこにはなぜか朝がいた。

誓って言うが、寝起きの頭をこねまわして詩的な比喩表現をしているわけではない。時刻を表すものではなく、人物としての朝だ。瘦せた身体に大人びた心を搭載した、賽の河原の少女である。彼女は至の部屋のなかで、興味深そうにあたりを見まわしていた。

現状に頭が追いつかず、至は携帯電話のアラームをとめながら朝を凝視する。寝ぼけているのだろうかと思ったが、つねった頰はきちんと痛い。

ということは、これは夢ではないのだろう。

「……なにしてるの？」

呆然と問えば、朝はワンピースのすそをくるりとひるがえした。

清々しい（すがすが）ほどの笑顔で「おはようお兄ちゃん」と挨拶されるが、至の知る朝は不機嫌がデフォルトだ。別人のような愛らしさに、状況も相まって背筋が凍える。賽の河原にたどりついた亡者は、自力では生者の街に帰れないと聞いていたのに。ご機嫌な朝が自室にいるというダブルで不可解な現状に、至は掛布団をたぐりよせて籠城を試みた。

「もう、お兄ちゃんってば。不用心なうえにお寝坊さんだなんて困ったひとね」

しかし羽毛の城壁は、朝の手によってあっさりと突破されてしまったらしい。季節は春とはいえ、朝晩はまだ冷える。掛布団という温（ぬく）もりを奪われた至は、肌をなでる冷気に身を縮めた。

ベッドに丸まった男と、掛布団を手にして寝坊を咎（とが）める少女。漫画や小説では重宝されそうなシチュエーションだが、片方が亡者なのだから笑えない。しかも至を不用心だなんて、とんだ言いがかりである。賽の河原で朝に端末をのぞかれてしまったことは認めるが、それ以外で不用心呼ばわりされる謂（いわ）れはないはずだ。

――あれ？

だが、不意によぎった予感に、至はベッドから跳ね起きた。

まさかと思い朝を見れば、彼女はにんまりと口角をあげる。

「お兄ちゃん、河原であの羽織を脱いだでしょう」

朝は掛布団をマントのように背負うと、ぱっと手を離して床に落とした。

その仕草に、至はふたたびベッドに沈む。

朝の再現ほど潔く脱いだ覚えはないが、たしかに至は賽の河原で羽織から袖を抜いてしまった。朝の指摘により、操船訓練の際に濡れた身体の不快感をよみがえらせたからだ。しかも半端にかわいた羽織やスーツからは悪臭がたちこめて、至はそれを我慢できなかった。生者にとって羽織が防護服であることはわかっていたけれど——ようするに至は、朝の言うとおり敵地の中心で鎧をといた不用心野郎なのである。

あのとき感じた静電気のような痛みは、朝が至の身体に入り込んだ瞬間だったのだろう。

——は、はめられた。

後悔すると同時に理解した。

至は、朝の策略にまんまと引っかかったのだ。

「まさか、あんな雑な誘導で羽織を脱いでくれるなんてね。お兄ちゃん、色々と気をつけたほうがいいわよ」

干支がひとまわり以上も離れた子どもから真面目に諭されて、至は面目なく黙る。

「まあでも、お兄ちゃんの身体は居心地が最悪だから大丈夫かしら。本当に、入ったときはびっくりしたわよ。気分が悪すぎて、おえって感じだったもの」

朝は顔を顰めて嘔吐くふりをしたが、勝手にひとの身体に入っておきながらずいぶんな言い草であった。むしろこの事態を終一に報告しなければならない、至のほうが「おえって感じ」だ。

至がベッドに顔を埋めて絶望していると、朝はその背中を指先で突いた。

緩慢に顔をあげれば、そこにあるのはまたもや清々しい笑顔である。朝は満面の笑みをたたえて、至の背中を突いた指を部屋のなかへと流した。

するすると泳ぐ尖った爪は、壁掛けカレンダーを示してとまる。

なんの変哲もない、ふたつ折りのカレンダーだった。上部には風景や建物の写真が掲載されており、下部には一ヶ月ぶんの日付が並んでいる。母が懇意にしているという生命保険の営業マンが持ってきた、オーソドックスな代物だ。写真がそれなりに綺麗なのでインテリアがわりにしているのだが、たしか今月は観覧車だったか。

記憶どおりに色あざやかな観覧車の写真をさして、朝は口をひらいた。

「あたし、あそこに行きたいの」

連れてってくれなきゃ、お外にでて暴れちゃうかも。

さらりとおこなわれた脅迫に至が目をしばたたくと、前髪の寝ぐせが微かにゆれた。

最寄り駅から徒歩一分。優れたアクセスを誇るその場所は、東京湾に面した公園であった。埋立地に作られたそれは広大な敷地を有しており、自然豊かな広場のみならず、水族園や鳥類園も併設されている。売店やレストランはもちろんのこと、宿泊施設まで完備するというのだから驚きだ。そんな汐風の香る園内の一角に、朝の所望する大観覧車は建っていた。

　園内に設置された案内マップによると、一周あたり十七分ほどかかるらしい。赤を基調とした大観覧車は夜間になるとライトアップされるようで、恋人たちに人気のスポットとのことだった。

　だが、現時刻は昼間の十時。平日ということも相まって、大観覧車の待機列はそれほど長くはない。運行が開始された直後なので若干混みあってはいるものの、ゴンドラが到着次第はけていくだろう。至はちまちまと携帯電話の画面をいじりながら、自分の
——そして朝の順番がまわってくるのを待っていた。

「お兄ちゃん、前が進んだわよ」

　パーカーのすそを引く朝を、至は仕草で制する。ひと気の多い場所で、亡者である朝と会話をしては不審に思われてしまうからだ。それになにより、至に朝を構っている暇はなかった。

　臨海公園に向かう電車のなかで、至は終一にメールを送っていた。

　内容は当然のごとく、朝に関する報告と心からの謝罪である。社会人としてメールよりも電話にすべきだとわかってはいたが、叱られる恐怖と戦いながら冷静に説明できる気がしなかった。

　しかし今にしてみれば、やはり電話にしたほうがよかったと思う。メールというのは、

電話とは異なりレスポンスに時差があるのだ。それはいつ爆発するかわからない爆弾を所持しているようなものであり、結果として至は、五秒ごとに携帯電話をチェックする忙(せわ)しない男と化していた。

画面を確認するたびに、導火線がのびてほっとする気持ちと、崖っぷちに追い詰められる焦燥感が去来する。

こんな心地を長々と味わうくらいならば、いっそのこと一刀両断にしてもらいたい。

願いが叶(かな)ったのか、ほどなくして携帯電話はメールの着信を告げた。

「そこを動くなよ、期待の大型新人」

そろりとのぞいた画面に表示されていたのは、予想に反して簡素な一文だった。

けれど至は、その意味を理解して肩を落とした。興味本位に画面をのぞく朝は首をひねっていたが、至にはわかる。期待の大型新人とは、褒め言葉に見せかけた終一なりの皮肉だ。翻訳するならば「期待を裏切って、大きなミスばかりやらかしてくれる新人」といったところか。そこを動くなという指示は、至が朝を連れて逃亡しないよう捕まえに行くという予告だろう。

「お待たせしました、お客さま……あ、一名さまでお間違いないですか？」

さらに爽やかな笑みを浮かべる大観覧車のスタッフから無慈悲な追い打ちをかけられて、至は消え入るような声音で「はい」と応えた。

スタッフに気取られないよう朝に手を貸して、ふたりはゴンドラに乗り込む。扉がしまれば、透明な窓があるとはいえ完全なる個室だ。そして至にとっては、十七分のあいだ終一から身を守ってくれる砦でもあった。

——今回だけ、不具合で三十分くらいまわってくれないかな。

なかば本気でそう思いながら、至は座席に腰を落ち着ける。朝は対面するそれによじのぼって、床につかない足をぷらぷらとゆらした。

ゆっくりと円を描いて上昇していくゴンドラに、至は窓の外を眺めて感心する。幼少期はこんなスリルのかけらもないものに乗ってなにが楽しいのかと訝しんでいたが、景色を見るだけでも意外と面白いものだ。眼下に広がる建物や人々がちいさくなるにしたがって、至は心が軽くなっていくのを感じた。

ちっぽけな街に、ちっぽけな人間。

掌で潰せそうなほど脆く感じるミニチュアな世界は、至が持つ悩みや葛藤などちっぽけなものだと思わせてくれる。

朝も、この不思議な感覚を好んでいたのだろうか。

一瞥を向けると、朝はぼんやりとしたまなざしで東京湾を見つめていた。

至を脅すほど大観覧車に乗りたがっていたわりに、その横顔に喜色はない。

「朝ちゃん、楽しい？」

訊けば、朝の返答は「まあまあ」であった。

どうしてもと言うから連れてきてあげたのに、虚しいほど甲斐のない感想だ。飛び跳ねてはしゃがれても困ってしまうけれど、それにしても朝の表情は乏しかった。

至には未知の生物に近い女の子という枠組みのなかでも、朝は特別に難しい気がする。

鼻から息をついて、至はパーカーの腹部にあるポケットへ手を入れた。すると、指先にかたいものが触れる。引っかくとぱりぱり音をたてるのは、ビニール製の包装紙に包まれた至の非常食だ。大食漢である至は口寂しさを覚えることが多いので、飴玉やガムを常備していた。

今朝は慌ただしかったので記憶が曖昧だが、たぶん家をでる前に手癖で放り込んだのだろう。とりだしてみると、やはり飴玉であった。星形に形成されたそれは、黄色ならレモン、赤ならイチゴの味がする。小粒なので口にふくんでも頰がふくれることはなく、隠れて食べるにはうってつけの代物だった。

至は飴玉を天の助けと拝み、両手にひとつずつ載せて朝に見せる。

「飴があったんだけど、朝ちゃんはレモンとイチゴどっちがいい？」

場を和ませることを期待して差しだしたそれを、朝は怪訝な表情で見おろした。

「どっちがいいって……」

信じられないと言わんばかりの視線に、至は首を傾げる。

朝はため息をついて、至の手を退けた。

「あのねお兄ちゃん、あたしは死んでるのよ。亡者にご飯はいらないって、知らないの？」

「ああ、なんだ。そのことか」

あっさりと返せば、朝は虚を突かれたようだった。

朝が言っていることは間違いではない。亡者は肉体を失っているので栄養の摂取を必要としないし、空腹を感じることもないからだ。

だが、娯楽としての味覚は残っているはずだった。食事の目的とは、栄養や満腹感を得ることだけではない。美味しいものを食べて幸せな気持ちになることは、心を豊かにする大切な要素だ。だからこそ残された人々は、故人の好物を供養として仏壇や墓に供えるのである。至は幼いころ、法事などで自宅を訪れる寺の僧侶からそう教わっていた。

「だから、朝ちゃんも食べられるはずだよ」

退けられた飴玉をまた前にだす。

朝はわずかに身を仰け反らせて、眉宇をよせた。

「でも、ここには仏壇もお墓もないじゃない。亡者は、お供えもの以外は食べられないのよ」

それは至の無知を正すような口ぶりだった。

亡者はたしかに、供えられたものでなければ食べることができない。亡者とは、死によって生者の理から外れてしまった存在だからだ。同じ空間にいて、ものに触れることができたとしても、本来ならば彼岸にあるべき存在なのである。

そんな亡者が食べものを味わうためには、仏壇や墓に供えて供物と化す必要があった。しかし、朝の言うとおりゴンドラのなかには座席しかない。普通に考えれば、彼女に食べものをあげることはできないはずなのだが――至とて、無暗に飴玉を勧めているわけではなかった。

「ちょっと試してみたいことがあるんだ。ほら、どっちにするか選んで。俺も同じものを食べるから」

さあ、と飴玉を迫らせる至に、朝は戸惑いながらも折れてくれたらしい。おずおずとひとさし指を向けると、黄色と赤のあいだを惑って、最終的にはイチゴ味を選択した。惜しくも選外となったレモン味はポケットにしまって、至は掌に残った飴玉を両手ではさむ。祈りの姿勢を整えて目をとじると、朝は密やかに息を呑んだ。

まぶたの裏に浮かぶのは、石積みの場で見た朝の姿だ。枯れ木のように痩せた身体を抱いて、岩のうえに座していた彼女。石積みの刑を免れてしまった朝は、いつもなにを思いながら償いに勤しむ子どもたちを眺めていたのだろう。

至の身体に入り込んでまで、この場所に来ることを願ったのはなぜなのか。

ちっともわからない朝のことを、わかりたいと思ったとき——至は、掌にじんわりとした温もりを覚えた。

同時に朝がちいさく声をあげたので、合図と捉えて祈りを終える。

暗闇に慣れた視界が晴れると、そこには唖然(あぜん)としたようすの朝がいた。胸元で両手を檻(おり)のように重ねあわせているのは、甘くとける流れ星を捕まえたからに違いない。

「ちゃんと届いたか、俺にも見せてよ」

かっちりと組まれた手をちょいと突けば、朝は困惑のまなざしを至に向けた。普段ならきつく天をさしている朝の眉山が、心許(こころもと)なく垂れさがっているのが面白い。石積みの場から自室を経て大観覧車にいたるまで、朝には翻弄されてばかりだったが、ようやく仕返しができたようだ。

「ほら、はやく」

至が意地悪く笑むと、朝はむくれたように唇をすぼめた。

慎重に指をほどいて、ゆっくりと広げる。

朝の掌には、至が持つものと同じ赤い飴玉が転がっていた。

「……なんで？」

言葉は少なくとも、懐疑心に満ちた瞳は雄弁だ。朝はこの狭苦しいゴンドラのなかで、どうやって飴玉を贈ったのか種明かしを求めている。

至は、自慢げに胸を張った。

「仏壇に祀られているお位牌は、故人の魂の依代なんだって。お墓には遺骨が埋葬されているから、故人が眠る場所でもある。だから俺たちみたいにお寺で修行を積んでいない普通のひとでも、供養の気持ちとか供物を贈りやすくなってるんだ」

だが、それはあくまでも「贈りやすい」だけなのだと至は続けた。

僧侶は法要の際、故人に遺族の想いを伝える橋渡し的な役割も担っているそうだが、なにか話したいことができるたびに依頼をするわけにはいかない。なので至たちのような一般人は、故人の魂を身近に感じられる、仏壇や墓を介することによって想いを届けるのだが――たとえるならばそれは、山登りにおける登山道のようなものであった。

歩きやすく整備された登山道は誰にでもひらかれているが、山を登る手段はひとつではない。頂上にたどりつきさえすればいいのだから、けもの道でも迂回路でも突っ切ったもの勝ちなのである。そのぶん険しい道のりになると聞いてはいたけれど、至には霊感というアドバンテージがあった。

「もともと、故人と縁の深いひとは想いを届けやすいらしいよ。俺たちはまだ出会って日が浅いから、そこが不安だったんだけど……俺には、朝ちゃんのことが見えてるから。朝ちゃんの魂を知っているから、きっと大丈夫なんじゃないかと思ったんだ」

うまくいってよかった。

安堵する至に対して、朝はあんぐりと口をあけた。自信満々に飴玉を選ばせたわりに、内実は賭けに近いものだったことを知って呆れたのだろう。

おまけにそれが至の発案ではなく、千影から伝え聞いた話であることが露見したら、冷ややかな視線をあびること請けあいだ。至は内心で「勝てば官軍、終わりよければすべてよし」と呟いて、握ったままだった飴玉の包みをひらいた。

イチゴ味の甘酸っぱさと頰に刺さる星の感触に相好を崩して、朝にも食べるよう促す。

「こ、これ……あたしが食べていいの？」

「当たり前だよ。朝ちゃんに贈ったものなんだから」

むしろ食べてもらえないと悲しい。

そう言ってやれば、朝は慌てたように、けれど殊更に丁寧な仕草で包装紙から飴玉をとりだした。役目を終えた包装紙が宙へと霧散するのを見送って、朝は飴玉に唇をよせる。そして至の反応をうかがうように視線をよこすと、勢いよく口のなかに放り込んだ。

かろかろと飴玉が歯にぶつかる音を聞きながら、至はまなじりを細める。

「朝ちゃん、美味しい？」

まあまあと評されてしまった大観覧車のリベンジをすれば、朝は驚くほど素直に「うん、すごく」と答えた。ほんのりと頰を染めて、伏し目がちに表情をゆるませる朝は、飴玉と一緒にとけていくようだ。

また渋い感想を投げられるのだろうと思っていた至は、そのあどけない笑顔にぎゅっと心臓をつかまれたような気がした。自室で至を丸め込もうとしていた、清々しいほどに嘘くさい笑みとはまるで違う。まさしく夜を越えてやってきた朝陽のようなまぶしさに、至は目をしばたたいて窓の外に顔を向けた。

「み、見てごらん。すごく綺麗な景色だよ」

タイミングよく、ゴンドラは大観覧車の頂点に到達したらしい。

地上から百メートル以上離れた空に浮かぶゴンドラは、東西南北すべてに視界をさえぎるものはなく、果てしない絶景を広げていた。

紅潮する頬を隠して、至は東京湾の奥に見えるビルの隙間を指さす。

「案内マップに、晴れた日は富士山が見えるって書いてあったけど本当だったんだね。他県にある山が東京から望めるなんて、すごいよなあ。朝ちゃん、見える？　あの真っ白な雪をかぶった山が、富士山って言うんだよ」

朝は至の指先を追うように、窓に片手をついて目を凝らした。

しかし、黒々とした眼球は白雪に彩られた高山を見つけるや否や、夢から覚めたかのように冷えていく。

「……知ってるわ。前に、見たことがあるから」

ゴンドラに響くかたい声音に、至は朝へ視線をもどした。

先ほどまで甘露にほころんでいた朝の横顔が、どこか寂しげな色をしている。このわずかなあいまに、至は朝の地雷を踏み抜いたのだろう。けれどそれが富士山にあったのか、それとも大観覧車そのものにあるのかわからず、至は狼狽えた。

ポケットにレモン味の飴玉が残ってはいるが、朝は同じご機嫌とりが通用するほど簡単な女の子ではない。手をこまねいて動揺する至に反して、朝はなにかに思いを馳せているらしい。日の本が誇る峰を見つめる朝のまなざしは、富士山を越えて遥か遠くを捉えているようだった。

しばしの沈黙をもって、朝は口をひらく。

「あたしが生きていたころに、一回だけこの観覧車に乗ったことがあるの。そのときにも、とっても綺麗な富士山が見えたのよ」

「……そうなんだ」

至は、努めて平坦に相槌を打った。

東京都内には、観覧車を保有する施設がいくつかある。そのなかで至が臨海公園の大観覧車を選んだのは、朝の希望を汲んでのことだった。だからこの場所に、朝が賽の河原を飛びだすほどのわけがあるのだろうと、察しがついてはいたのだが――今なら、彼女の真意に近づけるかもしれない。

「それは、その……お母さんと一緒に？」

慎重に、至は尋ねた。

年齢のわりに賢い子だとはいえ、朝がひとりで臨海公園までやってくるとは考えにくい。父親がいない朝にとって、頼れる大人は母親だけだ。その母親も、朝のプロフィールに「刑罰は不要」なる記載を生んだところからして、碌なものではなさそうだけれど。

朝は、景色に目をやったまま首を横にふった。

「ここにはママと、ママの恋人が連れて来てくれたの。でも、ふたりとも高いところは苦手だから、ひとりで乗りなさいって。あたしはべつに、観覧車に乗りたいなんて言ってないんだけどね」

苦く笑って、朝は窓にそえた指を丸める。

「あんまり気は進まなかったんだけど、乗ってみたら意外と楽しかった。街が遠くまで見えて、世界はこんなにも広いんだってことを知ったの。あたしはまだ子どもだからどこにも行けないけど、大人になればあの富士山の向こうにも、海を渡って違う国に行くこともできる。あたしはなんでもできるんだって、そんなふうに思ったのよ」

語りながら、そのときの感情を思い出したのだろうか。

朝は未来への希望を輝かせるように、瞳を爛々とさせていた。

そうして当時の彼女は、気分を高揚させたまま十七分における空の旅を終えたそうだ。

スタッフの手を借りてゴンドラからおりると、朝はそくざに母親の姿を探した。感動が冷めないうちに、あの素晴らしい光景について話したかったからだ。だがいくら探そうとも、母親はおろか、その恋人すら見つけることはできなかった。男は明るく染色した頭髪に、派手な龍の刺繡が入った上着を身につけている。鼻や唇にピアスをあけた男の姿は、どれほど混みあった場所でも目立つはずなのに。足の裏がじんじんと痛むまで園内を歩きまわっても、朝はひとりぼっちのままだった。

陽が暮れはじめると、朝は大観覧車がある広場にもどった。ベンチに座り、母親が迎えに来るのを待つためだ。大観覧車はいつの間にかライトアップされていたらしく、骨組みに仕込まれた電飾が煌々と光っていた。夜空に星が散りはじめるまで朝は待ったが、母親がもどることはなかった。

朝は、スタッフが通報したと思しき警察官によって保護された。

自宅を訪れた警察官に対して、朝の母親がおこなった弁明は「忙しくて、迎えに行くのを忘れていました」であった。

「大人のくせに、ずいぶん大きな忘れものよね」

皮肉めいた笑みを浮かべる朝に、至は額をおさえてうつむく。

早世した娘に石を積ませない親なんて、碌なものではないと相場が決まっていたけれど、想像を絶する悪辣さに吐き気がした。

商業施設に子どもを置き去りにする親については、至もニュース番組などで目にしたことがある。邪魔な子どもをキッズルームに放置したり、わざと迷子センターに保護させて、託児所がわりに利用するらしい。どちらにせよ無責任のひと言に尽きる行為だが、まさか迎えを忘れる母親がいるとは。しかも言うにことかいて、恋人との逢瀬に忙しくて、ときたものだ。本当に忘れていたのか、それとも故意なのかは知れないが、聞いているだけでも気分が悪いことはたしかだった。

ゴンドラが朝を守ってくれるのは、たった十七分のあいだだけなのに。

もし朝が誘拐されてしまったら、母親はどうするつもりだったのだろう。

「……でも、きっと仕方がなかったのよ」

朝の言葉に、至は耳を疑った。

親が子どもを寒空のしたに放置するなんて、仕方がないで済ませていい話ではない。誘拐だけではなく、事故で怪我をする恐れだってある。私欲を優先して娘の監督義務をおこたった母親に、そんな温情をかけてやる必要はない。

「仕方がないなんて、そんなこと」

顔をあげて反駁すれば、朝は重ねて「ううん、仕方がないの」と呟いた。

「だって、世界はこんなにも広いのよ。娘を一番に愛せない母親がいたって、おかしくはないでしょう？」

瞳に諦観をたたえて、朝は至をじっと見つめた。

飴玉を転がす幼い唇から放たれた、反して苦々しい台詞に絶句する。

「誰にでもあるじゃない。犬と猫なら猫のほうが好きとか、ご飯とパンならパンのほうが好きとか。ママの場合は、恋人と娘ね。ママは恋人のほうが好きだった。それだけのことよ」

お兄ちゃんなら、わかるでしょう？

こてりと愛らしく首を傾げられても、至は身じろぎひとつできなかった。

朝の言うように、世界は広い。そしてそこには、様々な思想を持つ人間が生きている。「好き」があれば「嫌い」もあるし、好意に順位がつくことだってあるだろう。真夏の車中に忘れられた子どもが死亡する、そんなニュースが絶え間なく報道されるのがこの世界だ。

朝の考えが、特別に残酷なわけではない。

それがわかっているからこそ、至は悔しさに視界をにじませた。

どれほど大人びていたって、朝はまだ子どもだ。石積みの場で両親に会えないことを嘆いていた少女と同じく、不遇を泣き叫んでも許される。それなのに、彼女は諦めざるを得なかった。そういう母親もいるのだと、納得するだけの経験をしてしまった。

――こんなにも、ちいさな女の子が。

こぼれ落ちそうになる涙を袖で拭えば、朝は眉尻をさげて微笑んだ。

「優しいのね、お兄ちゃん。でも泣かないで。お兄ちゃんが泣きながらゴンドラからでてきたら、スタッフのお姉さんがびっくりしちゃうわ」

つと、朝はゴンドラの出入り口にある扉へ目をやった。つられて至もそちらを見れば、ゴンドラは発着場にすべりつこうとしている。ひとりで乗車しているはずの至が泣きべそをかいてでてくれば、スタッフは不審に思うだろう。気持ちを落ち着けるために、至は洟をすすって吐息をついた。

「はーい、お疲れさまでした！」

スタッフの手によって扉がひらかれ、至はそっと朝を支えながらゴンドラをおりる。

広場には、仁王立ちで待ち構える終一の姿があった。これからはじまるであろう叱責を思うと肩がずんと重くなったが、それよりも至の脳裏には、朝の声がめぐっていた。

犬と猫なら。ご飯とパンなら。恋人と娘なら。

――兄と弟なら。

くらりと眩暈を覚えて、たたらを踏む。

朝の案ずるような視線にゆるく笑みを返して、至は終一のもとに向かった。

＊

「まことに、申しわけございませんでした」

賽の河原株式会社の事務所にて、至は深く頭をさげた。

つむじの先には、重厚な艶を纏う木製のデスクと、革張りのオフィスチェアに座した菊田の姿がある。デスクのうえには白いガーベラが飾られており、壁面には額縁に彩られた社訓が掲げられていた。

至の隣には、終一が背筋をのばして立っている。

「新人のミスは、指導係である俺の責任です」

申しわけございませんでした。

そう言って、終一も大きく腰を折った。

ゴンドラをおりたあと。至は終一から頭突きを食らい、それから三十分ほどのお説教をいただいたのちに、朝と一緒に事務所へと連行されていた。

怖いというインパクトだけで終一のことばかり考えてしまっていたが、賽の河原株式会社は会社なのである。なにか問題があれば、上司に報告するのが筋というものだ。そのため至は、遅すぎる出社も早々に、終一と並んで菊田に報告と謝罪をおこなっていた。

ふたつのつむじを前にして、菊田はデスクに両肘をついている。口元を隠すように指を組み、いつも微笑んで見える垂れたまなじりには、鋭利な光を宿らせていた。

紛れもなく剣呑(けんのん)とした双眸に晒されて、至の首筋に冷や汗がつたう。帰路につく電車のなかで、終一から「菊田さんにどやされるだろうから、覚悟しておけよ」と忠告されてはいたものの、これほどまでに圧が強いとは思っていなかった。普段が柔和な雰囲気を纏っているだけに落差が激しく、至はしおしおと肩を丸めた。

菊田は緩慢な仕草で指をほどいて、口をひらく。

「ぼくらの仕事に危険がつきまとうことは、佐倉くんもよく知ってくれていると思う。でも、理解が足りていなかったね。はっきり言って今回はラッキーだったんだよ。相手が朝くんじゃなければ、今ごろどうなっていたかわからない」

それと、と菊田は終一に目を向けた。

「真城くんも。入社して間もない佐倉くんを河原において帰るのは、危機管理が甘かったんじゃないかな。きみがきちんと見ていれば、佐倉くんが羽織を脱ぐことはなかったし、朝くんが河原を抜けだすこともなかった。そうだよね？」

菊田に念をおされて、終一は頭をさげたまま首肯した。

弁明のそぶりすら見せないその態度に、至は唇をきゅっと結ぶ。

指導係としての責任があったとしても、これは至の迂闊さが招いた事件だ。これまでに重ねた失態の数々だって、終一に非がある部分はひとつもない。終一は至を足手まといだと罵ってもいいはずなのに――潔く頭をさげる彼の横顔には、至を責めるようなどかけらもなかった。それがなおさらに罪悪感を刺激して、みぞおちがずきずきと痛む。

菊田は、黙するふたりを交互に見やった。

そして嘆息すると、重苦しい空気を払拭するように、高らかに両手を打ちつける。

「はい、ぼくからは以上。ふたりとも顔をあげて」

それを境に菊田の声はふわりと和らいで、至はわずか数分で終わりを告げた叱責に目を丸くした。指示どおり首をもたげて菊田を見れば、彼は常と同じ柔らかな微笑を浮かべている。

戸惑う至に、菊田は言葉を継いだ。

「ぼくがたくさん言わなくても、真城くんからたっぷり叱られたでしょう？　それに、佐倉くんはいつも頑張ってくれてるからね。最初のうちは、誰でも失敗するものだよ。大切なのは、前に進む気持ちを忘れないこと」

無邪気に片目をつむって、菊田は頭上に飾られた社訓を指さした。

——どんなときでも、ちいさなことからコツコツと。

至は毛筆で書かれたそれを胸中で読みあげて、ふたたび頭をさげる。

「……ありがとうございます」

身体を起こすと、菊田は満足そうに頷いた。

「それで、今後のことだけど。ふたりは朝くんをどうするつもりだい？」

問われて、至は終一と視線をあわせる。

探りあうような沈黙のあと、先陣を切ったのは終一だった。

「船頭の身体に侵入して賽の河原から脱出するなんて、危険な亡者として処理されても仕方がない行為です。これを理由にして、朝を強制的に渡らせてもいいんじゃないかと」

「……先輩！」

至は、思わず声をあげた。

亡者のなかには、至たち船頭の指示に従わないものもいる。それがあまりにも過度であり、船頭が身の危険を感じた場合には、強制的な措置をとることが許されていた。特殊な道具で亡者の自由を奪い、六文銭があれば舟に乗せ、なければ三途の川へと放り込むのだ。亡者とはいえ人権があるので気軽におこなっていいものではないけれど、判断は現場に委ねられていた。

彼岸では生前のおこないに対して裁判がひらかれ、死後の進路が決定するそうだが、そこには強制渡航の事実も加味されるらしい。つまりは、朝が裁判をうけるにあたって不利な記載が追加されるということだ。不遇な人生を歩み他界したであろう朝に、これ以上の苦難を与えるなんて。到底、看過できることではなかった。

終一は至を睨み返して「ならお前はどうしたいんだ」と問う。

「俺は……」

二の句が継げず、至はパーカーの腹部を握りしめた。ポケットのなかにある、レモン味の飴玉が掌に触れる。

石積みの場で会うとき、朝はいつも不機嫌そうな表情をしていた。だが至は、ゴンドラで見たあの笑顔こそが彼女の本質なのではないかと思っている。つりあげた瞳や大人ぶったふるまいは、きっと彼女なりの虚勢だ。朝は周囲を威嚇することによって、心細さに折れかける背骨を支えてきたのだろう。

母親の天秤からこぼれ落ちた、よるべのない自分をふるい立たせるために。

償いを免れてしまった異質な存在が、それでもなお石積みの場にあるために。

そんな悲しい仮面をつけたまま、朝を彼岸に渡らせてもいいのだろうか。

――そうだ、俺は。

パーカーから指を離して、至は菊田と終一を見つめた。

「俺は、朝ちゃんに笑顔で渡ってほしいです」

朝を、穏やかに澄んだ心地で渡らせてやりたい。

彼女の憂いをとかして、みずからの意思で舟に乗ってもらいたい。

「そのためにできることがあるなら、俺はなんでもやります」

口にしてみると、それこそが至の願いなのだと素直に思えた。

終一は微かに口角をあげて、菊田と顔を見あわせる。

「うん、わかった」

菊田は、鷹揚に首を縦にした。

「これまで黙秘を続けていた朝くんが生い立ちについて話してくれたのは、佐倉くんの人柄があってのことだと思う。せっかく彼女が心をひらきはじめくれたのに、今ここで諦めてしまうのはもったいない。ぼくとしても、朝くんには悔いなく舟に乗ってもらいたいし……どうかな、真城くん」

水を向けられて、終一は軽く眉宇をよせた。

「菊田さんがうちのボスなんですから、俺は命令どおりに動きますよ」

渋々といったふうに腕を組んで、鼻から息をつく。

菊田は、そんな終一のようすを眺めて「素直じゃないなあ」と忍び笑った。

話の流れから察するに、どうやら至の要望は聞き入れられたようだ。至は喜びにゆるむ頬を叱咤して、勢いよく頭をさげた。礼を言って顔をあげると、菊田はほがらかな笑顔を見せる。

「それじゃあ、まずは朝くんの話を聞かないとね。どうして舟に乗りたくないのか、どうしたら彼岸に渡ることをうけ入れてくれるのか。そのあたりがわからないと動きようもない」

そう言って、菊田は会議室のドアに視線を移した。その先に、朝がいるからだ。至たちと一緒に事務所へやってきた朝は、千影のつきそいのもと会議室にて待機をしていた。

至と終一はそれぞれに頷いて、会議室に足を向ける。ドアノブをまわして室内に踏み込むと、折りたたみ式の長机を前にして、朝と千影はパイプ椅子に座していた。

朝を気づかうように背中をなでていた千影が、至に席を譲ろうと立ちあがる。終一が壁際にあるホワイトボードの裏から追加のパイプ椅子を二脚つかんだのが見えたので、至は彼女に甘えさせてもらうことにした。

長机をはさんだ対面に、終一と千影が腰をおろしたのを確認してから、至は朝に声をかける。

「朝ちゃん。俺たちの話、聞こえてたよね」

菊田のデスクと会議室は、数歩の距離しかない。あいだに壁があるとはいえ、至たちは声をひそめていたわけではないので、会話は聞こえていたはずだ。

朝は長机に瞳を落として黙秘の姿勢を貫いたが、この場においては沈黙すら返答に値する。答えられない――いや、答えたくないことが答えなのだと結論づけて、至は話を進めた。

「さっきも言ったけど、俺は朝ちゃんを無理やり舟に乗せるような真似(まね)はしたくないんだ。もしなにか心残りがあって彼岸に渡れないのなら、話してほしい」

膝のうえで丸まった朝の手に、自分のそれを重ねる。

朝は唇をすぼめると、細く尖った顎先にしわをよせた。

篤い葛藤を見せる表情からして、朝が石積みの場に留まる理由は、容易く打ち明けられるものではないのだろう。だがそうやって真意を隠していても、彼女を待ちうけるのは強制渡航だ。先ほどの会話から、朝は今が猶予期間にすぎないことを知ってしまった。どちらに転んでも痛い二択を突きつけられて、選べないでいる。

「ったく、しょうがねえなあ」

会議室に満ちる静寂を裂いたのは、焦れたように頭をかく終一だった。

終一は長机に右腕を乗せて、朝の顔をのぞき込む。

「いいか、朝。俺たちがお前を待ってやれる時間は、それほど長くはねえんだ。ちび助はお前を助けてやりてえらしいが、俺は違う。あんまり面倒かけるなら、俺の一存で舟に乗せたっていいんだぞ」

「ちょっと、終一！」

咎めるように、千影が終一の左腕をつかんだ。

「そんな威圧的な態度とったら、朝ちゃんが怖がるでしょう！」

ぐいぐいと腕を引いて、千影は終一を朝から引き離そうとする。終一は「馬鹿やめろ服がのびる」と抵抗を示したが、どうやら彼は千影に弱いらしい。不服ながらもパイプ椅子の背もたれに身体をあずけて、朝から距離をとった。

咳払いをして、終一は「とにかく」と続ける。

「お前だって、勝手に舟に乗せられんのは嫌だろう。ちび助がアホ面かましてる今がチャンスだぞ。こいつ、いつクビになるかわかんねえからな」

しゃくられた顎の先から考えて、クビ予備軍とは至のことだ。

極めて不本意なご指名であったが、残念ながら反論する余地はなかった。

「そんで、ちび助がいなくなったらどうなるか。わかるよな？」

わずかに声を落として、終一は瞳を細くする。

はたから見れば大人が子どもを脅迫している絵面だが、ここにきて至は気がついた。

おそらく終一は、わざと厳しいことを言って朝を追い込んでいる。朝に冷酷な大人だと思われ、たとえ嫌われようとも、彼女の真意を引きずりだそうとしている。

――なるほど、これはたしかに素直じゃない。

至は菊田の言葉を反芻して、笑いそうになるのをこらえた。終一だって、朝を助けてやりたいと思っているのだ。だからこそ、こうして棘のある説得を試みている。千影がとめないのは、彼女もそれを察したからなのだろう。視線があうと、千影は呆れたように笑って首をすくめた。

朝はゆっくりと顔をあげ、まなざしに迷いを乗せて至を見る。重ねたままだった手をなだめるようにたたくと、朝はそれを握り返してちいさく息をついた。

「……あたし、たしかめたいことがあるの」

迷いにゆらぐ声を聞きもらさないように、至は耳を傾ける。

「臨海公園の大観覧車と、もうひとつ。それをたしかめたかったから、お兄ちゃんの身体に入ったの。だから、約束するわ。あとひとつたしかめたら……舟に乗るって」

舟に乗る。朝はその言葉を、勇気をふり絞るように宣言した。口にしたことで胸が軽くなったのか、こわばっていた肩がするするとおりていく。

臨海公園の大観覧車。朝にとっては苦い思い出しかなかったあの場所で、彼女がなにをたしかめようとしていたのか、それはまだわからない。けれど至は、彼女の望みを叶えると誓った。それが朝の笑顔に繋がることなのだと信じて、彼女に続きを問うた。

迷いの失せた瞳で、朝は答える。

「お兄ちゃん――あたし、ママに会いたい」

そう願った朝の表情は、河原で泣いていた少女のものとは異なるように見えた。

＊

その街は、朝に眠り夜に起きるという。

念のため言わせていただくが、これは人物ではなく時間帯の話だ。太陽の代わりに月を掲げ、華やかな電飾が洪水のごとくあふれるその街は、人々からネオン街と呼ばれていた。

　夜に生きる人間のなかには、腕っぷしの強さを売りにしてのしあがるものもいれば、頭ひとつで巨万の富を築くものもいる。だがこの街でひと際に輝くのは、艶やかな羽根を広げる美しき蝶たちだ。朝の母親はそんなネオン街に舞う蝶として、街の一角に住み家を構えていた。

　平たく言えば、勤務先が用意した従業員寮に入居しているのである。千影の調べによると、朝の生前から住居をかえてはいないそうだ。陽が傾き、街が目覚めの準備をはじめる頃合いを見計らって、至たちは朝の生家に向けて歩みを進めていた。

　飲み屋の看板がひしめきあうメイン通りから少し外れて、狭苦しい路地を縫うように歩く。ひとがすれ違うのも難しい通路に、酒の空き瓶や踏みかためられた段ボールなどが散乱しているせいで、進みづらいことこのうえない。朝にとっては住み慣れた、そして歩き慣れた街かもしれないが、うっかり転んでしまっては可哀想だ。至は足をとめてふり返ると、朝に手を差しだした。

「朝ちゃん、足もと気をつけて」

　重なる掌をしっかりと握って、至はふたたび前進する。

　路地を抜けると、一方通行ならば車も通れそうな道にでた。とはいえ、道路をはさむ建物はずいぶんと背が高い。このあたりは地価が高騰しているので縦にのばすしかなかったのだろうが、おかげさまで圧迫感が満載だ。心なしか空気もにごっているような気がするし、こんなところで火災が起きたらひとたまりもないだろう。かろうじて非常階段は設置されているようだけれど、ビールの空ケースや壊れた看板が放置されており、いざというときに利用できるかどうかはわからなかった。

——消防監査とか、ちゃんとクリアしてるのかな。

よけいなお節介に気を揉んで、至は非常階段に視線を走らせる。したから順番に眺めていくと、三階の踊り場にいた女性と目があった。透けるほど脱色したブロンドを短く刈りあげ、白く細いうなじを惜しげもなく晒したそのひとは、手すりに身をあずけながら白煙を燻らせている。服装は、はっきり言って下着と大差のないものだった。足のつけ根までしか丈がないレースのショートパンツに、フリルがあしらわれたキャミソール。胸元のリボンからざっくりとスリットの入ったそれは、腹部を守ることなど考えてもいないらしい。隙間からのぞく小ぶりなへそに至が慄いていると、女性からあざやかな微笑をいただいた。

煙草をはさんだ指に手をふられ、至はへらりとした愛想笑いを返す。

あまり見ては失礼だと思い視線をそらすと、朝から強く手を引かれた。

「お兄ちゃんのほうこそ、気をつけて」

じっとりとしたまなざしは、幼いとはいえこの街で生きてきた女のそれだ。至が「はい、すみませんでした」と返事をすると、朝は鼻息を荒くして歩みをはやめた。

引きずられるように足を進めてしばらく。

一同を先導していた終一が、地図アプリから目をあげて立ちどまる。

「朝、ここで間違いないか」

問われ、朝は首肯した。彼女が見あげる先には、賽の河原株式会社が入居する雑居ビルに負けずとも劣らない、煤けたマンションがあった。ベランダはないらしく、エアコンの室外機は外壁に貼りつけられている。きちんと工事はされているのだろうが、今にも落ちてきそうで正直怖い。排水ホースは経年劣化しているようで、もれた水が外壁に黒い線をのばしていた。

これまでに歩いてきた道もふくめて、子育てをするのに向いた環境ではなさそうだ。しかし朝にとっては、思い出が積もる我が家なのだろう。感慨深げに外観を見つめて、それから朝は「行きましょう」と一歩を踏みだした。彼女に続いて、至と終一も階段をのぼる。

朝の生家——最上家は三階のなかほどにあった。表札は記入しない主義らしく、部屋番号以外に情報はない。インターフォンは長らく新調していないのか、カメラレンズがついていない、ただの呼び鈴だった。

全員を代表して、終一が呼び鈴に指を沈める。ややあって、扉越しに応答があった。

「……はい」

警戒しているのか、怪訝そうな声だ。

終一は扉に顔をよせると、あらかじめ用意していた台詞を口にした。

「どうも、賽の河原株式会社です。水まわりの点検にうかがいました」

淀みなく言うが、もちろん芝居である。見ず知らずの男から突然の訪問をうけて、快く扉をあける女性はそう多くはない。仮にあけてくれたとしても、ドアチェーン越しに対応されるのが精々だ。だがそれでは、朝の願いを叶えたとは言い難かった。

朝が母親からなにかをたしかめるためには、部屋にあがる必要があるという。

そうなると至たちは、合法的かつ穏便に部屋へと侵入しなければならない。

水道業者を装うことは、菊田発案の作戦であった。そのために至たちは、近所のワークウェア専門店にて作業着まで購入したのだ。羽織と同じく藍色のつなぎは、新品特有の張りが若干気にはなるものの、素人芝居を支えてくれる心強い衣装であった。細部にこだわる性質らしい終一が、ワークキャップや腰もとにさげる工具まで揃えてくれたので、現在の至たちは水道業者を名乗るに遜色のない出で立ちである。

朝の母親が手をついたのか、扉から軋んだ音がした。のぞき窓からこちらのようすをうかがっているのだろう。視線を感じてにわかに緊張したが、服装から嘘が露見する心配はない。終一にならって堂々としていると、朝の母親はわずかに警戒をといてくれたようだった。

重苦しいドアチェーンが外れる音に続いて、がちゃりと鍵がまわる。

ひらかれた扉の向こうには、煩わしげに眉をひそめる女がいた。

「水まわりの点検なんて、聞いてないけど」

夜に舞う蝶として、羽化する準備をしていたのだろうか。濃すぎる化粧に襟ぐりがのびたTシャツ、額を露わにするヘアバンドと、朝の母親はちぐはぐな姿をしていた。

扉をしめられないよう、至は終一の背後から手をのばして縁をつかむ。

彼女はそれを見あげると、不信感に顔を顰めた。

「あんたたち本当に業者なの？　新手の詐欺とかなら勘弁してほしいんだけど。この部屋、あたしが働いてる店の名義で借りてるんだからね。なにかあれば、うちの黒服が飛んでくるわよ」

臆することなくこちらを睨みつけて、威勢よくまくしたてる彼女の表情は朝にそっくりだ。さすが親子と評するのは複雑な気分だが、喋りかたも似ているような気がする。朝はこの部屋のなかで、母親を手本として育ったのだろう。垣間見えた朝のルーツに興味を引かれながらも、至は菊田が立てた作戦のとおり、玄関に並ぶ靴へと目をやった。

「だいたい、こんな時間に来るなんて非常識でしょう。このあたりに住んでる女なんて、みんなこれから仕事なんだから。ただでさえ出勤準備で忙しいときに点検とか――」

弁舌がとまらない彼女の相手は終一に任せて、至は首をめぐらせる。

玄関には、華美なパンプスやハイヒールに続いて、近場への外出用と思しきサンダルがあった。サイズ感からして女ものばかりだが――どうやら、菊田の読みは正しかったらしい。折り重なるように脱ぎ捨てられた靴のひとつからそれを見つけて、至は終一に合図を送った。

終一は、意を得たりと頷く。

「もういいわ、これから店に電話して確認するから。あんたたち、覚悟しておきなさいよ。詐欺なら容赦しないし、本物だとしても会社にクレーム入れて――」

「構いませんけど、お店に連絡して困るのはそちらじゃないですか？」

終一にさえぎられて、朝の母親は訝しげに瞳を細めた。

どういう意味よ、と噛みつこうとする彼女に先んじて、終一は言葉を継ぐ。

「うちに依頼をされたのは、ご契約者さまなんです。ほかの部屋に比べると、この部屋は水道代が高いそうで。ご契約者さまは水もれを疑われていたみたいなんですけど……」

終一は玄関に転がる靴を指さして、意味ありげに語尾をすぼませた。

朝の母親は終一の指先を追ってふり返り、短く声をあげる。それを見て苦りきった顔をするのは、終一の言わんとするところに気がついたからなのだろう。

　玄関に鎮座する男もののスニーカーから瞳をあげた彼女は、先ほどまでの勢いを失っていた。

「いや、これはべつに、一緒に住んでるわけじゃないのよ。頻繁に泊まりに来るから、彼の私物がおいてあるだけで」

　しどろもどろに言うが、そんな言いわけが通用しないことは朝の母親もわかっているはずだ。彼女が暮らすこの従業員寮は、家賃と光熱費の支払いを店がおこなっている。家賃に関しては誰がどれほど住もうと一律だが、光熱費は人数が増えたぶんだけ高くなる。とくに水道代とガス代は、風呂に入る回数が倍になるので顕著だ。従業員寮はスタッフへの福利厚生、そして店への利益を見越して運営しているのだから、同居人が増えるなら報告をする義務がある。

　しかし、くだんのスニーカーの持ち主は、朝の証言からして単なる恋人だ。血縁関係どころか婚姻関係すらない男を住まわせて、光熱費を支払ってやるメリットなど店にはない。断られる、もしくは引っ越しを促されるのは自明の理であり、だからこそ朝の母親は恋人の存在を隠していたのだ。ということは、それを盾にして部屋に侵入したとしても、彼女は自宅に怪しい水道業者が現れたことなんて、誰にも話せないのである。

　朝の生前はまだしも、他界した今となっては恋人と離れて暮らす理由はない。

至は焦りをにじませる朝の母親の表情から、絶対に部屋に連れ込んでいるはずだ、と断言した菊田の推測が正しかったことを確信した。ひとつの推測から侵入と口封じを同時におこなうなんて、我がボスながら恐ろしいひとだ。

「ご入居者さまのプライベートに関して、こちらからとやかく言うことはありません。でも俺たちも仕事で来てるんで、なにかしら報告はあげないとまずいんですよ。水まわりの写真を少し撮らせてもらえれば、あとは俺たちのほうでいい感じにやっときますけど……どうします？」

終一に問われ、朝の母親は観念するように吐息をついた。

玄関の隅に身体をずらして隙間を作るのは、入室を許可された証だ。

終一は至と瞳をあわせて悪そうに笑むと、意気揚々と室内に踏み込んだ。至も朝を先に行かせてから、玄関で靴を脱ぎ、あがり框に足を乗せる。朝の母親は至のあとに続いた。

「ではまず、風呂場から見せていただいていいですか」

携帯電話をカメラモードにした終一が、朝の母親に案内を求める。玄関を抜けてすぐの板間はキッチンらしく、その奥には風呂やトイレと思われるドアがあった。終一は、彼女の足どめを請け負ってくれるらしい。ふたりがドアの向こうに行くのを見送って、至は板間に隣接する和室へと進んだ。

――ここが、朝ちゃんが暮らしていた部屋なのか。

見たところ、ほかに個室はないようだ。八畳ほどの和室にはものがあふれかえっており、雑然としていた。職業柄なのか、カーテンレールや押入れのなかなど、いたるところにパーティードレスがぶらさがっている。畳に敷かれた布団は万年床らしく、いつでも寝られる状態だ。枕もとにおかれたガラスの灰皿には焦げた吸い殻が山となっており、小ぶりな机には化粧品やジュエリーが散乱していた。ＬＥＤライトに縁どられた卓上鏡は、煙草の脂(やに)と指紋でべたついている。

靴があったので心配していたが、同棲(どうせい)疑惑のある恋人は不在のようだった。

「朝ちゃん、俺はなにをしたらいい？」

微かな違和感に首をひねりながら、至は朝に指示を仰ぐ。

朝は逡巡(しゅんじゅん)すると、

「それじゃあ、押入れのなかを見たいからついてきて」

至の手を引いて、押入れの前へと歩いて行った。

風呂場のようすを気にかけながら、至は朝の采配に従って押入れのなかを探っていく。ポールハンガーにつるされたパーティードレスをかきわけて、衣装ケースを検(あらた)めた。朝の母親のものだろうインナーやボトムスに、恋人のものらしき衣類がまざっている。段ボール箱にまとめられていたのは、古いＣＤや雑誌だ。冬用の羽毛布団や電気毛布は乱雑に折り重なっていて、日常的に使わないものを雑多に詰め込んでいるようだった。

「どう、朝ちゃん」

あらかた見終えたところで声をかけると、朝はかぶりをふった。

次いで、彼女は至を連れてキッチンに向かった。目当ての品は食器棚らしく、朝の足どりに迷いはない。食器棚は背が低いタイプのもので、天板には電子レンジや炊飯器がおかれていた。正面の戸はガラス窓でなかが見えるようになっており、こちらもとくにおかしな点はなさそうだ。夫婦茶碗や皿、マグカップや箸がふたつずつおさまっている。ついでにデザインに揃いのものが多いのは、恋人との関係が良好だからなのだろう。

シンクのしたものぞいてみたけれど、そちらも鍋やボウルがあるだけだった。

「やっぱり、なにもないのね」

シンクのしたから顔をあげて、朝は淡々と呟く。

そのとき、風呂場から終一の声がした。足どめが限界を迎えて、間もなくキッチンにもどることを言外に報せているのだ。

至が慌てて立ちあがるのと同時に、風呂場のドアから終一と朝の母親が現れた。

「おう、キッチンの写真は撮れたか？」

終一が手にした携帯電話をゆらすので、至もつなぎのポケットに手を入れる。

風呂場とキッチン、それぞれ分担して撮影にあたっていた体なのだと気がついて、

「撮ったんですけど、確認してもらってもいいですか」

至は咄嗟にアドリブをきかせた。

終一は至を褒めるように口角をあげて、画面をのぞき込もうと身体をよせる。

「……首尾はどうだ」

朝の母親に聞こえないよう、終一は声量を落としていた。

至は眉をさげ「微妙なところです」と答える。

「朝ちゃんと押入れや食器棚を調べたんですけど、なにもないらしくて」

「なにもない？」

眉根をよせて、終一は和室に瞳を向けた。

人さし指で唇を潰し、至が見たものと同じ光景をなぞるように観察する。

「――なるほどな」

終一は、そこからなにかを感じとったらしい。疑問符を浮かべる至をよそに、ひとりで思考を完結させたようだった。気づいたことがあるなら至にも教えてほしいのだが、朝の母親が近くにいるので訊くこともできない。

それに彼女は、急かすようなまなざしを至たちに向けていた。身支度の時間を逆算するように、しきりに時計を確認している。このままでは、なんの成果も得られずにタイムリミットを迎え、退去を促されてしまうだろう。

至が焦りから唇を嚙むと、

「お兄ちゃん、わからないの？」

朝は、和室を指さした。

「この部屋には、なにもないのよ」

強調するように言われて、至はその言葉の意味を探る。

そしてじわじわと、はじめてこの部屋を訪れたときに覚えた違和感をよみがえらせた。

「……そんな」

愕然と、至は和室を凝視する。

そう、なにもない。

この部屋には、朝が生きていた痕跡がなにひとつとして存在しないのだ。

朝と調べた押入れのなかに、彼女の私物はなかった。食器棚に並んでいたのは、仲睦まじい恋人たちの茶碗や箸がふた揃えだ。玄関にも、幼い子どもの靴はもちろん、玩具の類も転がってはいなかった。

それになにより──朝の仏壇が、どこにも見あたらない。

──これが、石を積まなくていいってことなのか。

石積みの刑を免れる。それが示す現実をまざまざと見せつけられて、至の肌は総毛立った。朝が他界したあとに転居したならまだしも、ここは彼女の生家だ。意図して処分しないかぎり、朝の足あとを消すことはできないはずである。普通の母親ならば、早世した子どもの痕跡は、壁の落書きですら残したがるものだろう。少なくとも、至の母はそうだった。幼稚園で描いた絵とは呼べない紙切れも、くしゃくしゃに丸めただけの折り紙も、ときおり箱からとりだして眺めるほど大切にしていた。

つまり朝の母親は、みずからの意思で娘をなかったことにしたのだ。

海馬がしびれるほどの狼狽（ろうばい）に、至は目を眩（くら）ませた。

「ねえ、写真が撮れたならもういいでしょう？　あたし、これから髪のセットしなくちゃいけないのよ。今夜着るドレスも決めてないし、やることがいっぱいなの。そろそろ帰ってもらえない？」

朝の母親は煩わしげに、ごてごてと飾られた爪で髪の毛先をもてあそぶ。

その太々（ふてぶて）しい表情と仕草が、至の神経を逆なでた。

鬼籍に入った娘をまともに弔いもせず、早々に私物を処分する。こんなにも残酷な仕打ちをしておいて、朝の母親は――この女は、なぜ平然としていられるのか。

理性は憤りに支配され、至の身体は脊髄の命令に従った。衝動に任せ、巨軀（きょく）を支えるに相応（ふさわ）しい足が板間をたたく。握った拳は爪が白むほどにかたく丸まり、嚙みしめた奥歯はぎちりと音をたてた。怒りに染まった瞳は女を見据え、その頰を打つべく炎を燃やす。

だが突如として右腕を包んだ温もりに、至は動きをとめた。

「もういいわ、お兄ちゃん。もう充分にたしかめたから」

至の右腕を抱きしめて、朝は懇願するように言葉を落とす。

それから朝は、自身の母親に目を向けた。

その瞳に再会を喜ぶ色はなく、むしろ一切の感情を失って見える。

朝は凪いだまなざしで母の姿を眺めると、恬淡に呟いた。

「やっぱりあたしは、いらない子だったのよ」

*

夕暮れに照らされた三途の川は、一面を橙に染めていた。

ゆれる川面は陽光を反射し、瞳のなかでちかちかと瞬く。雲は薄く、空は透けるほどに澄んでいた。これほどに清澄な空であれば、夜を迎えても満天の星々が望めるだろう。朝の旅路に相応しい、清廉な景色だ。だからこそ至は、より深く心を沈ませずにはいられなかった。

朝の憂いをとかし、笑顔で舟に乗せてやりたい。それが至の願いであり、誓いでもあったはずなのに。朝はこれから、抱えきれないほどの悲しみを手にして舟に乗る。大観覧車のゴンドラで見たものとは違う、偽りの笑顔を浮かべて。朝の心情に反した美しい風景に見送られながら、彼女はみずからの生涯に別れを告げる。

　こんな最期を迎えさせるために、朝を母親のもとへ連れて行ったわけではないのに。

　淀んだ気持ちをぶつけるように、至は河原の石を踏みつけた。

　意味もなく平らにならしていれば、三途の川へと短く突きだした木製の桟橋より、舟の準備を眺めていた朝がふり返る。

「なんて顔してるのよ、お兄ちゃん」

　痩せた輪郭や白いワンピースに陽の光を纏って、朝は困ったように微笑んだ。

　黙々と舟を整えていた終一も、手をとめて至を一瞥する。呆れたように鼻を鳴らされたということは、至はそれほどに情けない表情をしていたのだろう。だが今の至には、作り笑いをする余裕など残ってはいなかった。

　むしろあんなものを見聞きして、平然としていられるほうがどうかしている。

「……本当に、あれが朝ちゃんのたしかめたいことだったの？」

　我ながら、悪あがきに近い問いであった。

　朝の生家を去る直前に、彼女が放ったあの台詞。臨海公園の大観覧車でも、朝は母親との苦い思い出を反芻していた。石積みの場で悪態をついていたことを鑑みても、朝が母親の愛情を——自分が必要な人間であったかどうかを、確認しようとしていたことは明白だ。

ものわかりのいいふりをしていても、朝はまだ幼い少女なのである。母親の愛を求めるのは当然であり、だからこそ至は、このやるせない結末を認めることができなかった。

朝は、思案するように茜色の空を見あげる。

「うーん、そうね。こういうのを、あたらずも遠からずって言うのかしら」

意味深に言って、朝は至に視線をもどした。

わずかに寂しそうな笑みを浮かべると、遠く彼岸に目を向ける。

「だってあたし、知ってたもの。ママがあたしを好きじゃないことなんて、たしかめなくてもわかってた」

賽の河原に吹く風が、朝の長い黒髪をなびかせた。

「あたしね、今年のはじめに風邪をひいたの。普通の風邪よ。病院でお薬をもらって、ご飯を食べてしっかり寝たら、誰でも治るような風邪。でも、あたしはそれで死んじゃった」

栄養不足で身体が弱っていたうえに、医者に連れて行ってもらえなかったことが原因だろうと朝は語った。そのとき朝の母親は、現在の恋人——朝を大観覧車に置き去りにした男と、一泊二日の温泉旅行にでかけていたそうだ。

外出する際に、彼女は座卓のうえに菓子パンをふたつおいていった。朝に与えられる食事は、もう何年も前からそれだけだった。小学校に入ってからは給食に救われていたが、まともな食事を週に五日、一食とったところで気休めにしかならない。成長に対して栄養が追いつかず、朝の身体はわずかな脂肪さえとかしてエネルギーに変換していた。免疫力と抵抗力を失い、明らかに衰弱した身体では、些細な風邪にすら打ち勝つことはできなかった。

「熱がでて、喉が痛くて泣く娘に菓子パンを用意したあげく、旅行に行く親なんて信じられないでしょう？　でも、あたしのママはそういうひとだったの。殴られたりはしなかったけど、うっかり死んでも構わないくらいには、あたしに興味も関心もなかったのよ」

世間ではそれを、児童虐待の一種としてネグレクトと呼ぶ。

朝が身をおいていた環境は、典型的な育児放棄の現場だ。母親は恋人に現を抜かし、娘の生育をないがしろにしていた。満足に食事を与えず、衣服や頭髪など身だしなみのケアをおこたり、病気になっても医者に診せることをしない。長時間において、自宅や外に子どもを放置することもそうだ。暴力をともなわずとも、彼女は母親から虐待をうけていた。そして朝は、生来の聡さによってそれに気がついていたのだ。

――だから、朝ちゃんの死因には米印がついてたんだ。

至の脳裏に、電子端末から閲覧した朝のプロフィールがよみがえる。そこには、病死という単語に次いで米印が打たれていた。朝の痩せこけた姿を見たときから薄々感づいてはいたけれど、彼女の死には育児放棄による心身の衰弱が関係していたのだ。直接の死因は風邪でも、純粋な病死ではなかった。朝の母親が処罰をうけたかどうかは知れないが、疑う余地はあったということだ。

朝は風に乱れた黒髪を手ぐしで梳くと、細長く息をついた。

「それでもまだママを信じられるほど、あたしは馬鹿じゃないわ」

自嘲するように——けれど微かな怒りを瞳に宿して、朝は言う。

「それじゃあ、なんで」

胸にうずまく疑問が、至の唇を突いてこぼれた。

愛されていないことを知っていて、なぜ朝は母親の想いをたしかめるような真似をしたのか。臨海公園の大観覧車も、朝の生家も、母親にとって朝が不要な人間であったことを裏打ちしただけだ。朝がその結果を事前に予想していたのだとすれば、自傷行為も同然である。第三者である至ですら心が痛かったのだから、当事者である朝がうけた衝撃は想像を絶するものだろう。

彼岸に渡ることを拒み、石積みの場に居座って。

さらには至の身体に侵入までして、彼女はこんな痛みを負いたかったというのか。

朝は至に身体を向けると、泰然と口をひらいた。

「あたしは、あたしの気持ちをたしかめに行ったの。ママに愛されていないことを……ちゃんと、悲しいと思えるかどうかを」

その台詞に、至は眉宇をよせた。朝の真意を聞いて驚いたわけではなく、単純に意味がわからなかったからだ。自身の存在を否定されるのは、誰だって悲しい。ましてやそれが肉親であったなら、胸をえぐられるほどの痛みが身を襲うはずだ。だからこそ至は、朝の心痛を慮り気持ちを沈ませたのである。

――それなのに。

朝の口調はまるで、最初から傷ついていなかったと言うようではないか。

探るような至の視線に、朝は片頰を持ちあげた。

「はじめてここに来たとき、あたし本当は舟に乗ろうとしたの。だってあたしには、未練もなにもなかったから。石を積まなくていいって言われても、べつに悲しくなんてなかった。あたしのママはあんなひとだもの。そのくらいは当然だと思ったわ」

むしろ朝にとって、賽の河原は安住の地と呼べるほどに穏やかな場所だったそうだ。

朝は、母親からの解放を喜んだ。これでもう、あの家に帰らなくていい。恋人が来るからどこかに行けと言われて、図書館が閉館するまで本を読んで時間を潰すことも、深夜に通報されないよう公園の遊具に隠れる必要もない。空腹を訴えては鳴く腹を、母親に「いやしい子」だと馬鹿にされることもなければ、同級生にのびた前髪をつかまれて玩具にされることもない。

ここにいれば、すべての苦しみから――その元凶である母親から逃れられる。

朝は辛い過去を捨てるように、桟橋に停まる舟へ向かおうとした。

だがそこで、彼女は周囲の子どもたちが泣いていることに気がついた。

「お家に帰りたい、パパとママに会いたいって、みんな顔を真っ赤にして泣いていたの。すごく辛そうだった。あたしは自由になれたことが嬉しくて幸せだったけど、みんなは不幸のどん底にいるみたいだった」

悲痛な涙を流す子どもたちを見て、朝は困惑したと言う。

彼女には、家族恋しさに泣く子どもたちの感情が理解できなかった。朝は母親に会うどころか、家に帰りたいとすら思わない。しかし多数の――所謂「普通の家庭」で育った子どもたちが泣くのであれば、やはり泣けない自分がおかしいのだろう。

そう考えると、朝は急激に恥ずかしくなった。自分の思想が、育ちと同じくゆがんでいることを指摘されたような気がしてたまらなかったからだ。おかしな母親のもとに生まれ、おかしな死を迎えても、朝は自分までおかしな人間だと思われるのは嫌だった。

そもそも、望んであの家に生まれたわけではない。もし選ぶことができたなら、朝だって普通の家で育ちたかった。そして両親から無償の愛を与えられて、別離を悲しめる人間になりたかった。

羞恥と悔恨に襲われながら、朝は思った。

このまま舟に乗れば、自分のゆがみを認めたことになってしまう。あの日、大観覧車のゴンドラから世界の広さを眺めて――朝が考えたことを知られてしまう。

「だからあたしは、舟に乗るのをやめたのよ。ずっとここにいれば、罰をうけたがってるように見えるでしょう。ママに自分が死んじゃったことを悲しんでほしいのに、罰をうけさせてもらえない、健気（けなげ）で可哀想な……普通の子みたいに」

でも、と朝は声を落とした。

「吐いてしまった嘘を、どうやって終わらせたらいいのかわからなかった。こういうとき、普通の子だったらどれくらいで舟に乗る決意をするのか、あたしには想像もつかなかったから。それにいくら待っていても、あたしが罰をうけることはないもの。毎日かわらない景色を見ながら、あたしはなにをやっているんだろうって、そんなふうに思うこともあったわ」

果てのない嘘は、そうして朝の精神を摩耗させていったのだろう。

嘘にかぎらず、どんな言葉も一度口にしてしまうと撤回はできない。嘘を守るために嘘を重ねることもあるし、引き際を誤り意固地になることもある。罪悪感は重たい足枷（あしかせ）のごとくつきまとい、心の健やかさは時間の経過とともに失われていく。

朝の前に至が現れたのは、そんな折だったそうだ。迂闊な船頭見習いである至の登場は、朝のかわらない日々に唯一の変化をもたらした。この機会を逃せば、朝はまた意味もなく賽の河原を眺め続けることになる。それは嫌だと強く思った。だから朝は、至を利用してこの嘘を終わらせようと——目をそらしていた自分のゆがみに、対峙しようと考えたのだ。

「大観覧車に乗って、またあのときと同じことを思うようなら、あたしは自分のおかしさを認めて舟に乗るつもりだった。ママにまで会えるとは思ってなかったけど……あそこでなにを見ても、あたしの気持ちはかわらなかったから。やっぱりあたしはママと一緒だったの。——いらないと思っていたのは、ママだけじゃなかったのよ」

あたしだって、ママのことを——。

続く言葉を呑み込んで、朝はこうべを垂れる。

組んだ指先を胸の前であわせる彼女は、神さまに懺悔をしているようだった。

河原に視線を落として、至は掌で瞳を覆う。

——どうして、気がつかなかったんだろう。

朝が大観覧車のゴンドラで諦めに満ちた表情をしていたとき、至はそれを愛情の薄い母親に対する諦念だと思った。朝の生家で彼女の痕跡を探していたときも、淡々としたようすは我慢をしているだけで、その裏にはたくさんの悲しみを隠しているに違いないと解釈した。

だが思い返してみると、事務所で朝の母親に会いに行くことを決めたとき――彼女はその瞳に、家族への想いをにじませてはいなかったように思う。

あのとき朝は、石積みの場で「パパとママに会いたい」と言って泣いていた少女とは、まったく異なる表情をしていた。同じ言葉を発しているはずなのに、その内側に宿る想いは違って見えた。

至は心のどこかで、幼い子どもは須らく親の愛情を求めるものだと、高慢にも思い込んでいたのかもしれない。そして、朝の聡明さを甘く見てもいたのだ。彼女は大観覧車のゴンドラから世界の広さを知り、自分には無限の可能性があることに気がついたと言っていた。今ならそれが、朝が秘めるべきだと恥じた思想にいたる、最後の一手だったのだとわかる。

犬と猫なら。ご飯とパンなら。恋人と娘なら――。

理不尽な天秤にかけられた朝が、母親を「いらない」と断ずるにいたった最後の一手。

――親が子どもを捨てる世界で、どうして子どもが親を捨てないと思うのか。

朝が諦念を抱いていたのは、母親に勝るとも劣らない、冷酷な思想を持ってしまった自分に対してだったのだ。だから朝は生家でも、自分が母親に愛されていない証拠ばかりを集めていたのだと思う。そうして朝は、それを目のあたりにした自分が悲しめるか否かをたしかめていた。

その結果については、今さら口にだす必要はないだろう。

彼女は今も、普通の子どもになれなかった自分を恥じている。

「……お兄ちゃんも、ひどい娘だと思うでしょう？」

まなじりを自嘲でひずませて、朝は力なく呟いた。

「ゴンドラのなかでお兄ちゃんに飴玉をもらえて、すごく嬉しかった。でも、あたしにはそんな資格なかったの。大人になって自分でお金を稼げるようになったら、ママを捨ててあのゴンドラから見た世界に行こうと思ってたのよ。ママの顔色をうかがって、息をひそめて生きるなんて馬鹿みたい。あたしは絶対にママみたいにはならないって……むしろママを、あんなふうにしか生きられない可哀想なひとだって、心のなかでは嗤っていたの」

朝の瞳に、ゆっくりと涙の帳がおりていく。

まぶたの縁からあふれたそれが朝の頬をつたうなか、至は瞳を覆っていた掌で自身の顔をなでた。頬から顎先までを拭うようにすべらせて、赤く充血した強膜を朝に向ける。

彼女が事務所で真意を明かすべきか迷っていたのは、自分のことを母親と同等に残酷な人間だと考えていたからだ。それを至たちに知られて、幻滅されるのが怖かったのだと思う。母親からあんな扱いをうけていた朝が、ほかに供物をもらったことがあるとは思えない。だから朝にとって、至は供物をくれたはじめてのひとだったのだ。彼女のなかで至は、それなりに想いのある存在だったのかもしれない。そう考えると、至は自分の情けなさに泣きたくなった。

こんなにもちいさな女の子を、ずっと不安な気持ちにさせていたなんて。

なにを見ても、なにを知っても——至が、朝を嫌いになるわけがないのに。

「……嘘を吐いて、ごめんなさい」

秘めていたものをすべて吐露するように、それから朝は次々と謝罪の言葉を口にした。

石積みの場で至たちを困らせたこと。勝手に至の身体に入ったこと。自分の望みを叶えるために、至を脅迫したこと。本当の気持ちを明かす勇気がなくて、隠していたこと。

そして朝は、ぼたぼたとこぼれる涙を拭いながらこう言った。

「普通の子になれない——ママのことが好きになれない悪い子で、ごめんなさい」

たまらず、至は河原の石を蹴り、桟橋の朝に手をのばす。

膝をついて彼女の身体を抱きしめると、どれほどきつく絡めても腕があまる薄さに唇を噛んだ。

どうして、朝が自分を責めなければならない。朝とて、生まれたときから母親を厭って（いと）いたわけではないはずだ。母親から粗末な扱いをされることに、戸惑った時期もあるだろう。周囲の子どもたちや本に記された幸せな物語を見て、なぜ自分は彼らと違うのか、思い悩んで泣いたこともあるだろう。

けれど朝には、ほとんどの子どもが幼少期に与えられて知るはずの愛情を学ぶ術がなかったのだ。朝がその感情を培うことができなかったとしても、彼女に責はないし、ましてやそれを悪い子だと卑下する必要もない。

誰がなんと言おうと、朝は素敵な女の子だ。

もし彼女に罪があるとするならば――それは、こうして至を悲しませていることだけである。

「――うん。朝ちゃんは、すごく悪い子だ」

その言葉に、朝はぎくりと肩をこわばらせた。

ゆっくりと腕をほどいて、至は朝の顔をのぞき込む。

朝の瞳孔は怯えにゆらぎ、痙攣するまぶたの縁には大粒の涙がたまっていた。

至はそれを親指で拭って、朝の手をとる。

「だから朝ちゃんには、罰をうけてもらう」

舟のうえで胡坐をかいていた終一に、至は「いいですよね、先輩」と声をかけた。

有無を言わさない声音に、終一は嘆息してうなじをかく。駄目だと言っても無駄なことが伝わったのだろう。終一は「ちょっと待ってろ」と言って立ちあがると、舟が流されないよう桟橋に縄をかけなおした。

作業が終わる頃合いを見計らって、至は立ちあがり河原へと踵を返す。強引に手を引かれた朝は、歩幅の差に足を絡ませながらも至のあとに続いた。不安そうな視線が至と終一のあいだを行き来していることには気がついていたけれど、あえて無視して歩みを進める。三人の足がざりざりと河原の石を踏み鳴らすなか、至は桟橋からほどよく離れたところで立ちどまった。

困惑する朝をその場に座らせて、至も目の前に胡坐をかく。

そこで朝は、至の意図を察したのだろう。疑念がにじむ瞳を細めて、口をひらいた。

「……どうして？　あたしは誰も悲しませてないんだから、石を積まなくていいはずでしょう」

いや、と至は首を横にふる。

「俺が、朝ちゃんとの別れを悲しんでる」

朝はちいさく息を呑んで、目を瞠った。その双眸は雄弁に、信じられない、と呟いているようだ。しかし至は、安易な考えで朝を河原に連れてきたわけではなかった。

この悲しみも、苦しみも、寂しさも、すべてを朝に知ってもらいたい。

至がどれほど朝との別れを惜しんでいるか、その目でたしかめてもらいたい。

職権乱用だと叱られることも覚悟していた。けれどそれが、三途の川の船頭であり、鬼と地蔵菩薩を兼ねた自分にできる精一杯だと思った。

やや離れた場所から腕を組んでこちらを眺める終一に、至は視線で合図を送る。彼が頷いたのを確認して、至は啞然とする朝の手にひとつの石を握らせた。

「さあ、石を積んで」

朝は夢を見ているかのような表情で、至の瞳をじっと見つめる。

そして掌中の石に視線を移すと、わずかな逡巡のあと、拙い仕草で河原にそれをおいた。

これでいいの、と問うような瞳に、至は新たな石を差しだすことで応える。朝は至の手から石をうけとると、先ほどと同じ場所に重ねた。ことり、ことり、と鳴る音に耳を澄ませていれば、夕陽（ゆうひ）に照らされた石の塔は、河原に黒々とした影をのばしていく。

その影が足もとに達したところで、至は拳をふりあげた。鈍い衝撃音があたりに響き渡り、石の塔は雪崩のごとく瓦解する。朝は崩れていくそれに唇を戦慄かせると、まなじりをくしゃりとゆがめて、今にも泣きだしそうな顔をした。そのとき朝がなにを思っていたのか、至にはわからない。しかし乱暴に目元を拭い、次なる塔を築きはじめたところからして、罰をうけるのが嫌になったわけではないのだろう。

朝は黙々と石を積み、至は黙々と石を崩した。握った拳に血がにじもうとも、構うことなく石の塔を破壊した。殴打によって肉のえぐれた拳など、この胸の痛みに比べたら些事にすぎない。三途の川に夕陽が沈み、東より出でた夜が空を薄紫に染めようとも、至は休むことなく拳をふった。

――まだだ。俺の悲しみは、こんなものじゃない。

胸のなかに巣食う狂おしいほどの想いを乗せて、至は拳をふりかざす。

「そこまでだ、ちび助」

そのとき、空高くかざした拳は、終一によって捕らえられた。

皮膚がめくれ、赤く腫れた拳をつかまれて、至は彼が先輩であることすら忘れて反駁する。

「離してください！　こんなんじゃ俺の悲しみは――」

さえぎるように、至の額に衝撃が走った。まぶたの裏に火花が散るほどの痛みから、終一に頭突きをされたのだとわかる。目をあけると、やはり眼前には終一の顔があった。

ゆれる睫毛の音すら聞こえる距離で、彼はささやいた。

「……渡らせてやれ」

重なりあう額から、至の昂った感情が吸いとられていくような心地がした。

解放された腕をずるりと垂らして、至は力なく朝を見る。朝は赤く充血した瞳を至に向けると、覚束ない仕草で腰を浮かせて、白いワンピースのすそを手ではらった。

「ありがとう、お兄ちゃん。あたしはもう大丈夫」

まぶたの縁に涙の気配を残したまま、朝は薄く笑みを浮かべて、至に手を差しのべる。

至はその手をとって、ふらつく身体を叱咤しながら立ちあがった。この場所に来たときとは反対に、今度は朝に手を引かれて桟橋へともどる。終一が先に舟へ乗り、朝は彼の手を支えにして船縁（ふなべり）をまたいだ。繋いだままだった手を軽く引かれて、至も緩慢な仕草でふたりに続く。

終一は舟と桟橋を結んでいた縄をとくと、操船用の棹を至の胸におしつけた。

「……いいんですか」

訊けば、終一は「お前以外に誰が漕ぐんだ」と鼻を鳴らす。

「安全運転でお願いね、お兄ちゃん」

朝にまでそう言われては、至はもう否とは返せなかった。

棹をうけとって、船尾に構える。終一は船首に胡坐をかき、朝は舟の中央に腰をおろした。全員の準備が整ったことを確認して、至は棹の先端を川面にひたす。

ぐっと力を込めて川底を突くと、舟は静かに桟橋を離れた。空のすそのには夕暮れの残滓（ざんし）が橙（とも）を灯し、生まれたての夜には白くちいさな星が瞬く。荘厳なる三途の川は、それらを鏡のように映していた。舟は白星の散る川面を割り、水平線に沈む夕陽を追いかける。

「すごい、綺麗――」

船縁に手をついて、朝は陶然と呟いた。

穏やかに吹く風が朝の黒髪をもてあそび、彼女のほっそりとした首筋を晒していく。

昼と夜の狭間に照らされたその横顔は、とろけるような笑顔だった。


運行はつつがなく、舟は完全な夜を迎える前に彼岸の桟橋へとたどりついた。

ここからは死者の世界だというのに、此岸のそれと異なる部分は見あたらない。しいて言うのであれば、なんとなく居心地が悪い気がした。気のせいだと蹴ってしまえるくらいの微かな感覚だが、それは至が生者だからなのだろう。彼岸の影響は至よりも終一のほうが顕著なようで、彼はひどく顔を顰めていた。

朝は至の手を借りて桟橋におりると、面映ゆそうに笑う。

「三途の川がこんなに綺麗な場所だったなんて、あたし知らなかった」

至はそれに、鈍く笑って返すことしかできなかった。口をひらいても、意気地のない言葉しかでてこないような気がしたからだ。この別れを最後に、至は朝に会えなくなってしまう。手を繋いで歩くことも、大観覧車に乗ることも、一緒に飴玉を舐めることすらできなくなってしまう。

逆を言えば、至にできたことはそれだけだった。

悔いのうずまく胸を貫くように、終一が至の背中を殴る。

立っていることも辛いのか、終一は勢いのまま至の身体にもたれかかった。強かに打たれた背中はずきずきと痛み、小柄とはいえ成人男性を支えるのはそれなりにきつい。至は文句を言おうと思ったが、それよりも終一の言う「あれ」に意識を奪われた。

この状況であれと言えば、ひとつしか思い浮かばないけれど――口にせずとも、朝にも伝わったらしい。彼女は、白いワンピースのポケットに手をのばした。

「六文銭のことでしょう？　それなら、ちゃんとここに――」

ポケットに手を入れた朝が、すっと表情をなくす。それを見て、至の胸は不安に跳ねた。朝の母親は、娘の仏壇すら用意していなかったのだ。彼女が六文銭を持っていなかったとしても――きちんとした供養をうけていなかったとしても、おかしくはない。

――まさか、そんな。

至が焦燥に駆られた胸元をぎゅっと握ったとき、朝はポケットからそれをとりだした。外気に触れた途端、ほのかな光を放ちだしたそれは、賽の河原じゅうに転がっているものだ。朝は柔らかな光を発するそれを掌に乗せて、困惑の表情を至と終一に向けた。至も意味がわからず終一を見れば、彼は片頰を持ちあげて笑う。

「それが、朝の六文銭だ」

朝の掌で煌々と輝くそれは――彼女が積み、至が崩した、あの石だった。

六文銭とは、本来ならば故人とともに棺におさめて贈るものだ。しかし災害による別れや失踪など、様々な理由から正規の手順で故人を弔うことができない場合もある。そういった際に重要なのが、供養の心——大観覧車で至が朝に飴玉を贈ったときのような、縁と想いの強さであった。

供養においてなによりも大切なのは、故人を想う深い気持ちだ。それが篤くこもっているものこそ、六文銭に相応しい。あの石が朝の六文銭になったということは、至の想いがそれだけ強く、生半可なものではなかった証なのだろう。

朝は唖然としたようすで掌の石を眺めると、ぽたぽたと涙を落とした。

「ママがあたしのことを好きじゃなくても、よかったの」

密やかな声音で、朝は涙と一緒に言葉をこぼす。

「でも、本当はずっと寂しかった。ほかの子たちの石が崩されるのを見るたびに、羨ましくてたまらなかった。ママじゃなくてもよかったの。誰でもいいから、誰かに必要とされたかった。あたしが生きていたことを、誰かに認めてほしかった」

あたし、もう死んじゃってるのに。だから、この願いは絶対に叶わないって思ってたのに。

そう言って、朝は輝く石に唇をよせた。あふれた涙が石肌を濡らし、たおやかな口づけが落とされる。名残を惜しむように唇を離すと、朝はそれを至の前に差しだした。

「お兄ちゃんに出会えて、本当によかった」

朝の温もりが宿る石をうけとって、至は喉を詰まらせる。きつく眉宇をよせ、白むほどに唇を嚙んだ。そうしなければ、涙と嗚咽がとめどなくあふれてしまいそうだった。

終一が至の身体から離れ、船体に横たえていた棹を拾いあげる。ついに、別れのときが来てしまったのだろう。至が舟の中央に移動すると、朝は「お兄ちゃん！」と声を張った。

「あたし、ここで待ってるから。お兄ちゃんが一生懸命に生きて、ぜんぶ終わらせてここに来るまで、ずっと待ってるから」

終一が棹を繰り、舟は緩やかに三途の川へと漕ぎだす。朝は離れ行く舟を追って桟橋の端まで駆けると、大きく手をふって叫んだ。だからあたしのこと、忘れないで――。その言葉に、至は船縁に身を乗りだして吼え返す。

「――また会おう、絶対に！」

たとえ彼岸での再会が叶わずとも、至は朝がどんな姿に生まれかわっても見つけだす自信があった。六文銭を贈るほどに想った女の子のことを、そう簡単に忘れられるはずがない。石の塔とともに築いた縁は、どれほどの年月が経とうと、必ずふたりを巡りあわせてくれるだろう。

遠く桟橋にたたずむ朝が、その名に相応しい燦々とした笑顔を浮かべる。至はその笑顔を肉眼で捉えられなくなるまで見つめて、それから舟へと転がった。

薄紫から濃紺へと変化していく空に、まぶしいほどの白星が瞬く。至が両腕で瞳を覆うと、終一は彼らしくない柔らかな声音で「ご苦労さん」と呟いた。

その簡素な労わりが驚くほど胸に沁みて、至はまなじりを熱くする。

もっと、朝の笑顔が見たかった。この世界には菓子パンや飴玉より美味しいものがたくさんあることを、彼女に教えてやりたかった。高熱に浮かされながら最後に見た光景が、旅行にはしゃぐ母親の背中だなんてあんまりだ。朝は発熱時に食べる桃の缶詰の沁み入るような甘さも、熱を持つ額におかれた濡れタオルの心地よさも知らずに逝ってしまった。体力がなくなるまでがむしゃらに遊び、保護者に抱っこやおんぶをねだることも。微睡むような眠気のなかで感じる、抱きしめた背中の温もりも。普通の子どもが当たり前に与えられて然るべきそれらを、彼女はひとつとして知らないまま、その短い人生を終えてしまったのだ。

恐れも怯えもなく、心から安堵してすごせる場所があることを知らないで。

もしも奇跡が起きるなら――どうして至は、朝が生きているあいだに出会うことができなかったのだろう。彼女が逃してしまった当たり前の幸福を、至とならばたしかめることができたのに。

だが、どれほど嘆いても、もう遅い。

どんなに願っても奇跡なんて起きないことを、至はすでに知っている。

「……俺は、ちゃんとやれたんでしょうか」

ゆらぐ声音をこらえて問うと、終一は「わかりきったこと訊いてんじゃねえ」と鼻で笑った。

「すげえいい顔してたと思うぞ、俺は」

その言葉は、朝が最後に見せた笑顔にかかっているのだろう。それを引きだしたのは至であると、終一は言外に伝えているのだ。至は鬼軍曹から与えられた意外なほどの優しさに笑って、それから静かに嗚咽をもらした。

三途の川を割る舟に、微かな波音とすすり泣く声が木霊する。

それが至の、はじめての仕事だった。

〈第二話〉すがり水

初仕事からしばらく。

花冷えの襲った春から二ヶ月がすぎ、季節が梅雨になろうとも、至はいまだ船頭の仕事に慣れたとは言い難かった。川底に棹を引っかける回数はずいぶんと減ったが、舟をぐらつかせて乗客が短い悲鳴をあげることは間々ある。だから至は、旅立つひとが多いときほど棹を握らせてはもらえない。乗客の人数が増えるほど、舟の扱いづらさも増すからだ。そのため今日も、船尾で棹を繰るのは終一だった。

終一の巧みな操船によって、舟は彼岸の桟橋へとすべりつく。相変わらず彼は彼岸に近づくほど不調をきたす体質なので、ここから先は至の仕事だ。

至は桟橋に移ると、乗客が舟からおりるのを手伝った。

前から順番に手を貸して、ひとりずつ運賃を回収する。近年は札に描かれた六文銭──冥銭を亡骸(なきがら)の懐に忍ばせて荼毘に付すらしく、至はそれを丁重にうけとった。

「ありがとうございました。お気をつけて、いってらっしゃい！」

できるかぎりの誠意を込めて、笑顔で見送るのが至の流儀だ。

そうして乗客をおろしていくと、舟はあっという間に軽くなった。残るはあとひとりとなったところで、至は「お待たせしました」とにこやかに手を差しのべる。

舟に残っていた最後のひとりは、顎先に無精ひげをはやした男であった。

目尻に刻まれたしわからして、歳は四十を超えているだろうか。茶褐色の頭髪は無造作に跳ねまわり、寝間着と思しき黒い甚平はそこかしこから糸を吐いている。足元は、海水浴場などでよく見かける下駄型のビニールサンダルだ。浅黒い肌も相まって、まことに失礼ながら小汚いという形容詞が似合いの風貌だった。

しかし、客商売のプロとしてそんな感想を顔にだすわけにはいかない。至が努めて微笑むと、男もひと好きのするあどけない笑みを返してくれた。見てくれはあれだが、悪いひとではなさそうだ。男は至の手を借りて桟橋におり立つと、おもむろに甚平の袂をゆるめた。

「お金だよね、ちょっと待ってて」

熱心に懐をまさぐる男を、至は素直に見守る。

男は両手を駆使して懐をくまなく検めると、捜索範囲を下半身にまで広げていった。首をひねりながら腰元をたたく男に、さすがの至も雲行きの怪しさを覚えはじめる。終一もこちらのようすがおかしいことに気がついたのか、舟から怪訝な視線を投げていた。

下穿きのポケットを裏返した男が、にこりとして至を見る。

反射で笑顔を返したとき——男は、至の肩に強く張り手を食らわせた。

悲鳴をあげる暇もなく、至は桟橋に転がる。三途の川に落ちなかったのは幸いだったが、そもそもなぜ暴力をふるわれたのかわからない。呆然とする至が我に返れたのは、終一の胴間声に鼓膜を殴られたからだった。

「ボケっとしてんじゃねえ、無賃乗船だ！」

弾かれたように顔をあげると、男は桟橋に背を向けて駆けだしていた。

慌てて至も身を起こし、男のあとを追いかける。

ときの流れから切り離されたかのように静謐な賽の河原へ、ふたりの駆ける音が木霊した。踏みしめるたびにころりと転がる石は、至の足をもてあそんでいるかのようだ。

至はいくども体勢を崩したが、男の足首にはよほど高性能な関節が備わっているらしい。うさぎのごとく軽快なステップで河原を走る男は、サンダルであることを忘れるほどにあざやかな逃走を披露した。

「待て、とまれ！」

叫びながらの追走劇に終止符を打つべく、至は河原に足をとられたタイミングで大きめの石を拾う。男を射程圏内に捉えると、右腕をふりかぶった。河原に左足を踏み込んで、あらんかぎりの力を込めて解き放つ。幼いころ、隣家の塀から飛びだした柿の実を狙って鍛えた投石力だ。至が放った石は、吸い込まれるように男の後頭部を強打した。

濁音を吐いて河原にくずおれる男を、至は手ばやく捕縛する。

しばらくして追いついた終一から「殺ったな、ちび助！」と狩猟の成果を褒められたが、至は「俺が殺る前から他界されてます！」と犯行を否定して、此岸へと舟をもどした。

帰りの船上から連絡を入れると、菊田は此岸の河原で至たちを待ってくれていた。終一が舟から男を引きずりおろし、菊田の前に座らせる。姿勢は当然のごとく、終一の教育的指導により正座だ。胡坐をかこうとしたところを強かに蹴りあげられた男は、半べそをかきながら膝をたたんでいた。

ぴたりと膝頭をあわせる太ももに手をおいて、男は落ち着かないようすで身をゆする。上背だけは無駄にある至と、襟足を光らせる終一。そして感情の読めない菊田の微笑に囲まれて、己の行く末を案じているのだろう。忙しなくこちらを眺めるまなざしは至たちを観察しているようで、どこか値踏みをする気配も感じられた。

「うーん、やっぱり後払い制はよくないのかなあ」

男とは異なるすべらかな顎先を指ではさんで、菊田が思案顔になる。

「でも、前払いだと情緒がないと思うんだよね。お金を払ってから舟に乗るのは、なんか味気ない感じがするじゃない？　ぼくとしては、最期の旅路を楽しんでほしいんだけど……こういうことが起こるなら、やっぱりうちも前払い制を導入したほうがいいのかな」

ねえ、佐倉くんはどう思う？

唐突に水を向けられて、至は「はあ」と曖昧に頷いた。

前払いでも後払いでも、至は上司である菊田の決定に従うだけだが、それよりも今は眼前の男について采配をいただきたいところだ。

帰りの舟で、終一は男を全裸に剝く勢いで調べたが、やはり彼は六文銭を持ってはいなかった。舟に乗る前から無一文としての自覚があったのか、それともおりる際に気がついたのかは知れないが、どちらにせよ無賃乗船には違いない。その末路については言うまでもなく、実行するには菊田の許可が必要だ。この場において、男の命運を握っているのは菊田であった。

彼の指示を待つために、至は背中で両手を組み、肩幅に足をひらく。

終一も仁王立ちながら背筋を正せば、男は一連のやりとりや仕草から菊田の地位を察したらしい。目敏く瞳を輝かせると、かたい石の河原を膝で歩いて、菊田の足もとにすりよった。

「あんた、もしかしてお偉いさんなのかい？　ずいぶんと若そうに見えるのに、すごいんだねえ。おまけにその優しそうな顔！　こりゃ絶対に女が放っておかないよ。若くて仕事ができて女にも困らないとくれば、まさに人生の勝ち組だ」

わかりやすいおべんちゃらを並べて、男はこれ見よがしに指を鳴らす。このままでは菊田の靴の裏まで舐めかねない勢いだが、ようするに見逃してほしいのだろう。矜持をかなぐり捨てた男の態度は潔く、けれど一ミリたりとも見習うところはなかった。

彼岸の桟橋で突き飛ばされたことを鑑みても、あまり素行のいい人間ではないようだ。第一印象で「悪いひとではなさそう」などと評した、自分の節穴具合が恥ずかしい。暴力によって無賃乗船を試みたあげく、瞬時に権力を嗅ぎとって胡麻をする男を悪いひとに分類しないでどうする。

至は前言を撤回し、男に冷ややかな視線を投げた。

すると終一も、眉間に山脈のごときしわを刻んで男を見据える。菊田はやんわりと距離をとろうとしていたが、男の執念のほうが勝っていたらしい。あとずさる足を絡めとられて、菊田はまなじりと一緒に眉をさげた。

「うん、褒めてもらえるのは嬉しいんだけどね」

表情や声音からして、珍しくも本気で困っているようだ。

継いで菊田が「さて、どうしたものかな」と呟くと、

「考えるまでもないでしょう、菊田さん」

終一は語気を荒らげて、彼に鋭いまなざしを向けた。

具体的な内容を口にしてはいないが、終一が言わんとするところは理解できる。至とて、無賃乗船といえばそれを想像したくらいだ。菊田も当然ながら察しがついたようで、わずかに眉宇を曇らせた。

難しい顔をして、菊田は「でもねえ」と渋る。

「え、なになに。やだなあ、これってそんなに深刻な話なの？」へらへらとした笑みをひくつかせて、男は至たちの顔色をうかがった。

漂う不穏な空気を、持ち前のセンサーで察知したのだろう。

深刻さは捉えようにもよるが、少なくとも至は説明を躊躇する案件だ。入社時に教わったことを言うだけだとわかってはいるけれど、できることなら避けたい役目である。

こういうときこそ、頼れる先輩の出番ではないか。

微かな期待を込めて終一にアイコンタクトを送れば、返ってきたのは顎先による無情な指令だった。喉をそらせて男を示す終一に、至は音もなく唇を動かして「嫌です」と抗議するものの、聞き入れてもらえそうにはない。

──本当にもう、このひとは！

しばし無言の問答を続けたが、先に折れたのは至だった。悔しいけれど、相手は仮にも先輩だ。後輩なうえに新人である至には、イエス以外の返答は用意されてはいなかった。

「えー、その、非常に申しあげにくいのですが……」

そんなまわりくどい前置きをしてから、

「船代を支払えない方には、三途の川を泳いで渡っていただくことになっているんです」

まっすぐに男の瞳を見ることができず、至はそっと顔をそらす。

先ほどまで舟に乗っていた男に、三途の川の雄大さを説く必要はないだろう。男は耳を疑うように顔を顰めると、至と川面のあいだを視線で往復した。たっぷり三度は繰り返し、そこでようやく現状を把握したのか、今度は「いや」と「無理」を三回ずつ口にする。軽い復讐心(ふくしゅうしん)から「ちなみに深さはそれなりにありまして、成功率はゼロにひとしいそうです」と補足すれば、男はさあっと青ざめた。

「そんなの絶対に無理じゃない！　だって俺、ガチの水泳とか中学校の授業でやったきりよ？　しかも成功率がゼロにひとしいとか、それもう渡らせる気ないよねえ？」

ぼったくりバーより性質悪くない？

そう叫ばれても、正直なところ仰(おつしや)るとおりなので反論はできない。その後も男は「六文くらいまけてくれてもいいじゃない」と騒ぎ倒したが、最終的には終一の一喝をうけて身を縮めた。

無精ひげをはやした男の涙目に需要などないけれど、ここまでくると至の良心もわずかに痛む。たった六文、されど六文。無事に三途の川を渡れるということは、ひととの繋がりをおろそかにせず、懸命に生きた証でもあるのだ。そういう意味からしても、至は男を憐れに思った。

同情のにじむまなざしを男に向けて、至はちいさく息をつく。すると男は、またもやセンサーを働かせたらしい。双眸をぎらりと光らせると、すぐさま至の腰元にすがりついた。

「なあ兄ちゃん、あんたからもなんとか言ってくれよう。今の日本って少子化なんだろう？　それなら、俺みたいなおっさんの魂でもなくなると困るよな？　来世の俺は、きっとでかい男になると思うんだよ。つまり俺がいなくなることは、この国の損失ってわけ。目先の六文ぽっちにこだわって、未来の莫大な利益を失うなんて馬鹿のすることだと思わないか？」

賢そうな兄ちゃんなら、わかってくれるよな？

そのあまりの勢いに、至は思わず頷きかけた。だが終一から「ちび助、与太話に耳かすんじゃねえぞ！」と怒声が飛び、すんでのところで我に返る。危うく納得しそうであったが、よくよく考えてみればただの暴論だ。来世を約束されて他界した人間の話など聞いたこともないし、ごらんのとおり至は賢くもない。こんな状況で舌がまわるだけでもすごいと思うが、それと来世はまたべつの話であった。

至が男への警戒を強めると、菊田は「困ったねえ」と苦く笑う。

「中学時代の思い出があるってことは、死後の一時的な記憶の混濁はないのかな。それなら、生前の交友関係から供養してくれるひとを探せるかもしれないけど……」

自分の名前や素性は覚えているんですよね？

菊田が問うと、男は勇んで首肯した。

「宮下善治、四十二歳！　日雇いを点々としながら酒代を稼ぐ日々のなか、酔い散らかしたあげく部屋でひっくり返って死にました！　よろしくお願いします！」

ご丁寧に敬礼までつけてくれたのはいいが、なにをよろしくお願いするつもりなのか。

男こと宮下善治の言葉をたしかめるため、至は慌てて羽織から電子端末をとりだした。画面に指をすべらせて善治の情報を表示し、ひとまず名前や年齢を確認する。

菊田の視線をうけて「間違いないです」と返せば、彼は柔らかく微笑んだ。

「それじゃあ、少しだけ頑張ってみようか」

その言葉に、善治は太鼓持ちさながらの仕草で「よっ、御大臣！」と囃したてる。はしゃぐ善治に、ほがらかな菊田。そして上司の決定に反論はしないまでも、歯茎を剝きだしにしてこちらを睨む終一。その眼光にひどく理不尽な圧を感じつつ、至は「どうしてこんなことになってしまったのだろう」と目頭をおさえてうつむいた。

＊

夜を待って。

至と終一は善治とともに、彼が懇意にしていたという飲み屋を訪ね歩いていた。

もちろん、無賃乗船という前科のある善治を野放しにするわけにはいかないので、手綱はきちんと握ってある。河原を離れる際に菊田から渡された、とある秘密の道具によって、善治はその行動を制限されていた。

それは菊田いわく、

「幽霊って、額に三角の布をつけているイメージがあるでしょう？　あれはなにも、洒落でしているわけじゃないんだよね。中国版のゾンビと呼ばれるキョンシーは額から大きなお札をさげているし、仏さまの眉間にある白毫には三千世界を照らす光明があると言われている。つまり人間の額には、俗世から離れるほど力がこもりやすいんだ」

とのことで、ようするに亡者にとって額は力の源であるらしい。そのため賽の河原株式会社では、懸念のある亡者を此岸の街へと連れだす場合には、額から後頭部までをすっぽりと覆う手ぬぐいを装着させる決まりとなっていた。大まかな外装は、至たちが纏う羽織と同じである。それを身につけた亡者の身体能力は著しく低下するらしく、今のところ善治が暴れる気配はなかった。

相変わらず年齢のわりに落ち着きのないようすではあるけれど、逃走や暴力に訴えないだけまだマシだ。河原ではあれほど軽やかだった足どりも、ときおり引きずる姿を見かけるところからして、ずいぶんと重だるく感じているのだろう。飲み屋の暖簾をくぐるたびに口数が減り、背中が丸くなっていくさまは、彼の疲労を色濃く示していた。

だが、それも仕方のないことだと至は思う。

善治が背中を丸めている理由は、肉体的な疲労のみが原因ではない。むしろ精神的な疲労のほうが強いだろう。なぜなら彼が懇意にしていたという飲み屋の主人たちは、善治の死を知るや否や、怒りに近い渋面を浮かべていたのである。

「あのひと、死んじまったのかい」

その沈んだ面持ちに、至もはじめは善治の死を悲しんでいるのだろうと思った。けれど話が深くなるにつれて、それが悲しみではなく憤りであることを悟った。

どうやら善治は、ほとんどの飲み屋でツケを踏み倒していたようなのだ。しかもそれだけではなく、店の客と喧嘩をして備品を壊したこともあるらしい。

「本当は弁償してほしかったけど、あのひとにそんな金がないのはわかってたからさ」

諦めたように店主は笑っていたが、ひくつく口角からも被害額はうかがえる。だから善治の供養は無理だと首をふられても、至はそれ以上食いさがることはできなかった。

そのあとに訪ねた店も、主の笑顔が拝めたのは入店時だけだ。

「死んだひとを悪く言うのはなんだけど、私はもうあのひとと関わりたくないんだよ」

それは上品に鬢をあげた、薫るような和装の女将であった。

客をお父さんと呼び親し気に接する小料理屋の女将は、それこそ善治の供養を快く引きうけてくれそうなものだったが、にべもない返事に追いすがる術はない。それきり口を噤んでしまった女将に無言の圧力をかけられているような気がして、至は「女将さん、そりゃないよ」と腕をのばす善治を無理やり店外に引っ張りだした。

ほかにもいくつかの店をまわったが、反応は概ね同じようなものだ。

善治に金を貸していたという男も。麻雀荘で知りあい一時期は親しくしていたが、やはり金絡みでトラブルになり疎遠になったという男も。友人の紹介でなんどか飲みに行ったことがあるという女性にいたっては、善治の名前すら記憶にないようだった。

それからの善治は、前述したとおりである。

くるりと丸まった背中をそのままに、ぼんやりとした視線を街へと向けている。足は無意識に動かしているようだが、それも至たちのあとを追っているだけだ。ほかに訪ねるあてはあるのかと終一に問われても、返事はうわの空であった。

地を掃くように歩いていた善治の足は、ひと気のない路地に差しかかったところでぴたりとまる。

「いやー、面と向かって言われるのはきついねえ」

照れくさそうに笑って、善治は手ぬぐいに覆われた額をなでさすった。

「そりゃたしかに、ちょっとばかり手持ちが足りなかった日はあるよ。客と喧嘩して店のガラス割っちまったこともあるし、女の子にちょっかいかけすぎてママに叱られたことだってある。でも、なにもあそこまで言うことないよなあ」

まるで自分は悪くないとでも言いたげなその口調が、善治の虚勢であることは明らかだった。サンダルのつま先でアスファルトを掘るように蹴って「だけど」と「だって」を繰り返す。

自分に非があることは、善治も薄々わかってはいるのだろう。けれど四十年以上をその身ですごしたものとして、心に痛い評価を真正面からうけとめるのは難しい。歳を重ねたぶんだけ、どんな人間にも矜持が生まれるものだ。この身体と、この心で生きてきた。それを真っ向から否定されて、平気でいられるひとは多くはない。

なかばひとり言のような善治のそれを聞きながら、

「……先輩、どうしますか？」

そっと耳打ちすれば、終一は短く息をついた。

「どうするもなにも、次のあてがないんじゃ手詰まりだろ」

腕を組んで、建物の外壁に背中をあずける。

そして携帯電話で時刻を確認すると、終一は舌を打った。定時を越えて久しいことに気づいたのだろうが、至はそれよりも空腹のほうが辛い。飲み屋を訪ねる手前、申しわけ程度に注文してはいるけれど、大食らいである至にとって酒のつまみは食事に入らなかった。

ぐうぐうと鳴る腹に、至は身体中のポケットをまさぐって非常食を探す。上着がわりに羽織っていた開襟シャツから個包装のチョコレートを発掘すると、アルミ箔を剝がして口に放り込んだ。

舌に絡みつく濃厚な甘さに、自然と頰がゆるんでいく。とろりとしたチョコレートを嚥下すれば、気休めではあるが胃袋もわずかな充足感を覚えてくれたらしい。至はみぞおちを軽くなでてから、ふたたび開襟シャツのポケットに手を入れた。

ポケットに残っているチョコレートは、あとふたつ。

たしかに腹は減っているが、貴重な食料をひとりじめするのは忍びない。

「先輩も、チョコレートいかがですか」

糖分を摂取すれば、終一の苛立ちも少しは紛れるだろう。

そう思い差しだしたチョコレートに、終一は手をのばした。けれどアルミ箔に触れる寸前で、ハッとしたように指を引く。そのまま掌を丸めてチョコレートを注視する姿は、なにやら葛藤しているようだ。まるでダイエットに勤しむひとが、カロリーの誘惑に耐えているかのようであった。

「……いや、俺はいい」

しばしの逡巡を経て、終一はぎこちない仕草でチョコレートから目をそらす。

簡素な台詞のわりに、声音には断腸の想いがにじんでいた。奥歯を嚙んでなにかをこらえているようだが、そこまでするくらいなら素直にうけとればいいのにと思う。終一は充分に引き締まった体軀をしているのでダイエットの必要はないし、彼が至に遠慮をするとも思えない。

――もしかして、アレルギーとか？

ふと思い浮かんだが、それなら手をのばす前に断るはずだ。反応からして、チョコレートを嫌っている線もないだろう。いや、むしろかなりの好物であるように思える。

――ということは、これも先輩なりの美学ってやつなのかな。

たまに見せる終一の奇行を思い出し、至は首をひねった。

終一は小柄なことや整った容姿を気にしているのか、不思議な美学を多数所持している。それは冠に「男なら」とつくような、前時代的な美学だ。他人におしつけることはないので菊田や千影は温かく見守っているようだが、正直なところ至には、その学びに宿る美がまったく理解できてはいなかった。

珈琲（コーヒー）に砂糖やミルクを入れるのは軟弱だと言い張り、顔を顰めて泥水をするように飲んでいることも。たるんだ身体は許せないらしく、睡眠時間を削ってでも毎日二時間ほど筋トレに励んでいることも。絶対に桃色の服は着ないと断言していることにいたっては、時代遅れも甚だしいと思う。

なので今回も、男が甘党なんて格好悪い――などと考えてしまったに違いない。至は美味しい珈琲が飲みたいし、ふかふかの布団で少なくとも六時間は眠りたい。似合うか否かにかぎらず好きな服を着ればいいと思うし、甘い辛いを問わず食べものに貴賤はない。

時代はもう、自分らしく生きることを推奨しているのだ。だがその美学も終一が育んだ個性なのだと思えば、言下に否定することは憚られた。

──念のためもうひとおしして、駄目だったら退こう。

終一が美学にこだわっているのだとしたら、無理に勧めるとやぶへびになるかもしれない。至とて、善意のおすそわけで終一の怒りを買いたくはなかった。

「本当にいいんですか？　俺、ぜんぶ食べちゃいますよ？」

最後通牒とも言える念おしに、終一はぐっと喉を詰まらせる。

しかしそれでも答えはかわらないらしく、終一は「いらん！」と声を張った。よくわからない美学を貫いて好物を逃すなんて至には解せない感性だが、この頑固さこそが彼を終一たらしめているのだろう。

「じゃあ、ふたつとも俺がいただきますね」

最低限の義理は果たした。至は胸中で頷いて、宣言どおりにチョコレートを頬張った。口に入れた瞬間、どこかからうめき声が聞こえたけれど、躊躇わずに咀嚼する。賽の河原で損な役まわりをさせられたぶん、仕返しができたようで心地がいい。しっかり味わってから胃袋におさめれば、終一は恨めしそうに唇を尖らせた。

「おいおっさん、本当にもう次のあてはねえんだよな？」

顎に梅干しのようなしわを刻んだ終一が、善治に八つ当たりめいた怒気を飛ばす。

善治は突然の鋭い声に肩を跳ねさせると、それから視線を泳がせた。

「あー、うん。今のところはないんじゃないかな……たぶん」

あの終一に睨まれているからなのか、善治の返答は歯切れが悪い。

だが終一は、善治の不審な挙動を追及することなく「なら、今日はここまでだな」と呟いた。

「おっさんは俺が向こうに連れて帰るから、ちび助はこのまま直帰していいぞ」

そう言って、終一は善治の首根っこをつかむ。身長差から地面に引きよせられるかたちとなった善治は、突如として締まった気管に「ぐえ」と鳴いたが、至はそれとはべつの部分で自分の耳を疑った。

まさかあの終一が、そんな面倒な仕事をみずから買ってでるなんて。

すわ天変地異の前触れか、と至は内心でざわつく。

「いや、そういうわけにはいきませんよ。向こうには俺がいきます」

事務所の鍵は入社当初に預かっているし、善治のようすを見るに逃走の心配もない。なぜ終一がそんなことを言いだしたのかは知れないが、そもそも至は後輩かつ新人なのだ。善治の送迎を雑事と呼んでいいのか否かはさておいて、先輩の手を煩わせるわけにはいかなかった。

だがしかし、雑事こと善治を引きとるべくのばした手は、終一によってひらりとかわされてしまう。

「俺が行くからいいって言ってんだろ。明日も仕事があるんだし、ガキはさっさと帰って寝ろ」

たかだかふたつの年齢差を盾にして、終一は野良猫を追いやるように手をふった。眼前をかすめる指先にたたらを踏んで、至は困惑する。

至だって、できることなら一刻もはやく家に帰りたいと思っていた。けれどそれは、終一とて同じだろう。残業代が支給されるとはいえ、本来ならばとっくの昔に自宅で団欒を楽しんでいる時刻なのだ。終一がテレビを見て笑い声をあげているところなど想像もつかないけれど、彼にだって娯楽はあるはずである。たぶん、おそらく。

「善治さんを送るくらい、俺にもできますから。先輩のほうこそ、もう眠たいんじゃないですか？　家の隣に住んでいるおじいちゃんなんか、歳をとるとすぐ眠くなっていかん！　って言ってましたよ」

子ども扱いをされた意趣返しも兼ねてそう言えば、終一はよほど頭にきたのだろう。つかんだままであった善治の首をより強く締めて、楽器のごとく彼を鳴らした。

ぐえ、ぐえ、と呼気をもらして顔色を青くする善治には申しわけないが、亡者である彼がふたたび他界することはないので、今は耐えていただくことにする。ここで退いてしまっては、至はいつまでたっても終一の言いなりだ。まだまだ未熟な身であることは理解しているけれど——いつの日か、至は終一に頼ってもらえるような男になりたいと思っていた。

「ねえ、先輩。俺に任せてくださいよ」

至の希うような声音から、終一はなにかを感じとったのかもしれない。

熟考の末、観念するようにため息をつく。

「……そこまで言うなら、わかった」

ようやく手に入れることができた一勝に、至は歓喜の笑みを浮かべた。

他人からするとちいさな一歩かもしれないが、至にとっては大きな一歩だ。そうと決まれば、終一の気がかわらないうちに動いたほうがいいだろう。至はそそくさと善治の身柄を引きとって、終一の演奏から解放する。すると善治より「ありがとう大きい兄ちゃん。危うく新しい扉をひらくところだったよ」と奇妙な方向から感謝をされたが、礼を言われるほどのことではないので曖昧に笑って誤魔化した。

「それじゃあ、俺たちもう行きますね。お疲れさまでした！」

念のため善治の甚平をハーネスのごとく握り、至は終一に敬礼を送る。

そして応えを待たずに歩きだそうとすると、

「おい、ちょっと待て」

腕組みをした鬼軍曹が、至と善治の前に立ちはだかった。

終一はゆっくりと腕をとき、至の眉間にひとさし指を突きつける。

「お前、そのおっさん持って帰れ」

瞬間。言われたことの意味が理解できず、至は首をひねった。こういった沈黙を海外では天使が通ったと言うらしいが、至はこれまでの人生において天使を目にしたことがないので、今回に関しては純粋な沈黙だろう。仮に通っていたとすれば亡者である善治のお迎えであったかもしれないが、彼は今も至の隣でぽやぽやとした表情をしているので問題はない。

持って帰れとは、いったいどういう意味なのか。

そもそも至は善治を賽の河原へ送り届けようとしていたのだから、広義で言えば持って帰ろうとしていたわけなのだが。

そうして至が訝しげなまなざしを向けていると、終一は語気を強めて「だから」と口にした。

「賽の河原じゃなくて、お前の家に持って帰れって言ってんだよ」

その言葉に、至は目をしばたたく。

——なに言ってるんだろう、このひと。

そんな至の内心は、声にださずとも表情に刻まれていたらしい。眉間にのびていた終一の指は、鋭いデコピンとなって至の額を強襲した。軽く弾いただけの指先にこれほどの殺傷能力を持たせるとは、つくづく恐ろしいひとである。穴でもあいたのではないかと患部をさすると、さっそくこぶができているようだった。

――なにするんですか、痛いじゃないですか！

あげようとした抗議の悲鳴よりも先に、善治は満面の笑みをたたえて宙高く両手を掲げる。

「わーい、やった！　大きい兄ちゃんのお家にお泊りだ！」

どうやら善治は、ずいぶんと暢気（のんき）な妄想をしたようだ。終一の思惑はきっと、お泊りなどという可愛らしいものではない。第一、至の知るお泊りとは、気のおけない友人とするものだ。コンビニやスーパーで食料を買い込み、夜通しゲームなどをして遊び、眠くなっても布団のなかでだらだらとお喋りをしてしまう、そんな青春の一人イベントと呼ぶべき代物だ。断じて、素行に問題のある中年男性を朝まで監視することではない。

至が間髪を入れずに「そんなの絶対に嫌です！」と拒絶すると、

「え、なんで？　いいじゃん、お泊りしようよ。おっさんと一緒に朝まで語りあかそう？　俺は色々と人生経験が豊富なおっさんだから、将来のためになる話がたくさん聞けるよ？」

善治はそう言って、至の腕にすがりついた。

だが善治は、その豊富な経験を駆使して人生を謳歌したあげく、舟の運賃を支払えずに途方に暮れているのだ。そんなひとから得た知識が本当にためになるのか。具体的にどういった話をしてくれるのかと問えば、善治は相好を崩して胸を張った。

「そうだなあ、借金の返済をもう少しだけ待ってほしいときの上手な言いわけなんてどう？　あとは、アルコール度数がめちゃくちゃ高いけど飲みやすくて、女の子を酔わすのにおすすめのカクテルとか。利率が低いカードローンの会社と、おまけにパチンコの当たり台の見分けかたもつけちゃう」

ほら、すごくためになるでしょう？

善治はなぜか得意げであったが、至としては「勘弁してくれ」のひと言につきた。

「先輩、今の聞きました？　無理です。俺、やっぱり絶対に嫌です」

善治に捕まったほうとは反対の腕で、至は終一に助けをもとめる。

しかし終一は無残にもそれをふりほどくと、あからさまに距離をとった。「うだうだ言うな、お前が任せろって言ったんだろうが」とはまさにそのとおりだが、至はなにも、こんな犯罪スレスレの小話が聞きたくて挙手したわけではない。

「だいたい、なんで俺の家に泊めなくちゃいけないんですか」

当初の予定通り、事務所の掃除用具入れを経由して、賽の河原に帰ってもらえばいいのではないか。

切実に問えば、終一はふんと鼻を鳴らした。

「うるせえな。お前が事務所に行くのは都合が悪いんだよ。俺がおっさんを河原に連れて行くか、お前が自分の家に泊めるか。この二択だ」

あまりにも理不尽な二択を勝手に提示され、さすがの至も苛立ちが募った。それになにより、至は実家暮らしだ。家には母が——眠るためにすら、薬を必要としている母がいる。彼女には霊感がないとはいえ、善治のように騒がしいひとを連れて帰るのは不安が大きい。

至は懸命にこの状況から逃れる術はないかと考えて、閃く記憶に指を鳴らした。

「そういえば、たしか先輩はひとり暮らしでしたよね？」

以前、千影から聞いた話だ。大学を卒業して賽の河原株式会社に就職した年に、終一は実家をでてひとり暮らしをはじめたらしい。住みたい街にこだわった結果、予定よりも家賃が高い物件に入居してしまったのだと、なぜか千影が困り顔だった。

実家暮らしの至と、ひとり暮らしの終一。善治を引きとるのに最適なのがどちらであるかは、火を見るよりも明らかだ。

これは二択ではなく、三択問題である。詰めよると、終一は鋭く舌を打った。

「ひとり暮らしって言っても、単身者向けの賃貸マンションだぞ。こんな騒がしいおっさん連れて帰ったら苦情しか来ないだろ」

「そんなの、俺だって実家ですよ。善治さんみたいなひとを招いたら、うちの母は卒倒してしまうかもしれません」

「待て、お前の母ちゃん霊感ないって言ってただろう！」

「それは先輩の家だって同じでしょう。善治さんの声は霊感のないひとには聞こえないんだから、関係ないじゃないですか！」

「おっさんの声が聞こえなくても、おっさんがうざすぎて怒鳴る俺の声は聞こえるだろうが！」

──それは、先輩が我慢すればいいだけなのでは？

至極単純なその疑問は、終一の凄まじい形相によって吹き飛んだ。

言われてみればたしかに、善治に怒鳴り散らす終一の姿は、容易に想像できてしまう。

反論の手立てを失った至が「ぐう」と喉を鳴らすと、

「ふたりとも、おっさんのために争わないで……！」

夜空の星をスポットライトに、善治は悲劇のヒロインと化していた。

＊

風呂は心の洗濯とは、よく言ったものだと思う。

白く湯気のたつ浴槽に身体を沈めて、至は腹の底から息を吐いた。肺のなかで凝りかたまっていた淀みが、温かな湯にとかされて宙へとのぼるようだ。梅雨の暑さと湿気によってべたついていた肌も、柔らかくほどけていくのを感じた。

ゆるく肩を揉みほぐしながら、至は一日をふり返る。

朝から彼岸と此岸を往復し、足場の悪い河原で追いかけっこをしたあげく、夜の街をめぐるために残業までした。幼い身体に大人びた心を搭載していた朝が侵入したときほどではないが、このまま眠りに落ちてしまいたいくらいには疲れている。できることなら、風呂からあがりしだい電気を消してベッドに直行したいところだが――それは無理な話だろう。

なぜなら今、至にとってもっとも安らげる場所であるはずの我が家には、珍客と言ってもおかしくはない人物が招かれているのだ。

「善治さん、静かにしてくれてるかな」

帰宅後、すぐさま二階の自室へと放り込んだ男のことを考えながら、至は風呂場の天井を見あげた。

あのあと、周囲の視線も気にせず押し問答を続けた至と終一であったが、軍配は当然ながら後者にあがった。終一に口喧嘩（くちげんか）で勝つことは難しいだろうと思ってはいたが、鶴の一声である先輩命令をだされてしまっては、入社してわずか数ヶ月の至に拒否権はなかったのだ。

鬼軍曹かつ暴君な先輩ではあるけれど、いつか見た手話の技術などから察するに、ああ見えて優しいひとであることを至は知っている。そんな終一が、至が事務所に行くことをあれほどに拒んだのだから、なにか特別な事情があるのかもしれない。

夜も深けていたおかげで、母が寝てくれていたのは幸いだった。念のため、着替えを持って部屋をでるときに「絶対に大人しくしていてくださいね」と忠告はしておいたが、大丈夫だろうか。

「……大丈夫なわけないか」

名残惜しいけれど、はやく二階へもどったほうがいいような気がする。

至は両手で湯をすくうと、それを顔におしつけた。ほぐれた身体に適度な気合いが入るまで繰り返して、勢いよく浴槽から身を起こす。脱衣所にて身体を拭き、寝間着であるスウェットに袖を通すと、至は足早に自室へと向かった。

「善治さん、入りますよ」

肩からさげたタオルで髪の水滴を拭いつつ、ドアをノックする。自分の部屋とはいえ、報せもなしにドアをあけるのは佐倉家のマナーに反する。だが応えを待たずにドアをひらくと、

「はーい、おかえりなさーい」

語尾に星が舞っていそうなほど上機嫌に、善治は至を出迎えた。

善治はこちらに背を向けて、遠慮なくベッドに寝転んでいる。片肘をついて上体を起こしているところを見るに、至の言いつけどおり静かに本でも読んでいたのだろう。視線で室内を軽く確認すると、やはり本棚の配置がわずかにかわっていた。

もっと派手に家探しをされているかと思ったが、それほどでもないようだ。今朝にはなかったはずの衣類が落ちていたり、不思議なことにベッドのしたから埃の塊が飛びだしていたりはするけれど、空き巣も感嘆するような惨状を懸念していた身としては及第点である。

——まあ、見られて困るものなんておいてないしな。

至が後ろ手にドアをしめると、

「ねえねえ、これどっちが大きい兄ちゃんなの？」

ベッドのうえで寝返りをうった善治が、手にしていた冊子をひらめかせた。

またなにか面倒なことを言いだしたのだろうかと、至は隠すことなく怪訝な表情を浮かべる。そして彼の掲げるものに目をやると、

「ちょっと、なに勝手に見てるんですか！」

ひい、と喉から悲鳴をあげた。

階下に眠る母のことすら忘れて、勢いよくベッドへと走りよる。年代もののマットレスは至の突進により断末魔のごとく鳴いたが、残念ながら構っている暇などない。なにせ善治の手にあるそれは、自分にとってなによりも恥ずかしい過ちが記されている代物なのだ。至は持ち前の身軽さを発揮してくるくると躍り逃げる善治を追って、狭苦しい自室を駆けまわった。

「返してください、お願いします！」

必死に手をのばして奪還を試みるけれど、善治にとってはたいした追及ではないらしい。「やーなこった」と舌をだす彼は至の包囲網からするりと抜けだすと、柔らかなラグが敷かれたフローリングを踏みしめ、部屋の隅へと逃走した。

そして胸の高さに、過ちが記された代物――つまりはアルバムを掲げ、こちらに見せつけるようにページをひらく。ひとつの台紙に二枚の写真が貼られ、周囲には短いコメントやイラストがそえられたそれは、至の幼少期――まだ誠が生きていたころの、微かに色あせた思い出たちだった。

「兄弟がいるなら言ってよ、水くさいなあ。ほら、これこれ。どっちが大きい兄ちゃん？」

言って、善治は一枚の写真を指さす。背丈も顔つきも似たふたりの少年のうち、片方は大粒の涙を流し、もう片方は笑いをこらえるように眉をさげている写真だ。世界の終わりと言わんばかりに泣いている少年は、並び立つ少年よりも少しだけ身体が大きかった。

上半身の衣服を剝ぎとられ、下半身には柔らかな綿の下着だけを身につけている涙の少年の近くには、不名誉にも「おもらし記念日」というコメントがついている。

「もう勘弁してください……！」

幼き自分の失態を見てはいられなくて、至は両手で顔面を覆う。羞恥から骨抜きにされた身体はベッドへと倒れ、文字通り手も足もだせずに丸まった。

「はやく答えてよう。ねえ、どっちなの？」

ねえねえ、と悪気なく急かす善治の攻撃を雨あられとあびたのち、至は観念して口をひらく。

「……背の高い、泣いているほうです」

そう返しながらも、至は内心で「見ればわかるだろう」と悪態をついた。

自分たちは年子ということもあり、ご近所から双子と評されるほどにそっくりな兄弟だったけれど、やはりその表情には個性がある。他人からすれば些細な違いかもしれないが、家族であれば絶対に間違えないであろう個性だ。奇しくも空へとのぼってしまった彼が大人になることはないので、今はどうだかわからないが、少なくとも幼いころの自分たちは似て非なる存在であった。

そういえば至と誠は、色々な意味で正反対だったな——と考えて、その思考をはじきだすように頭をふる。過去をふり返ったところで意味はない。生きているのは至で、死んでしまったのは誠。それはもう、なにをやっても変えようのない事実だ。

至はにごりかける気持ちを払拭するように、顔面を覆っていた手で髪をかきまぜる。

そんな至の内心を知ってか知らずか。善治はひどく楽しそうに「ちび助くんにも、本当のちび助だったころがあるんだねえ」と明後日(あさって)な感想をのべた。終一による愛のない愛称から想起した感想なのだろうが、あまりにも間の抜けたそれに、至は思わず噴きだしてしまう。

そんなのは、当たり前の話だろう。生まれたときからこの身長だったなら、至は今ごろどこかの研究室に連れ去られている。そうでなくとも霊感などというものがあり、普通の子どもとは異なっていたのだ。ふたつの意味で希少価値のある検体として、この国の科学へと貢献したに違いない。

——そういえば、あいつにも霊感はあったのかな。

ふとわきおこった疑問は、どのような電波を利用したかは知れないが善治にも伝わったらしい。「この子も幽霊が見えるの？」と問われ、至は言葉を詰まらせた。

「どう、なんでしょうね」

至の予想としては、たぶん見えていなかったのではないかと思う。昔から亡者と生者の区別が怪しかった至では、断言できないけれど。もし彼にも見えていたなら問題なく嚙みあったであろう会話が、記憶のなかにはいくつもあった。

「そういうこと話す前に死んじゃったんで、ちょっとわからないですね」

努めて明るく言ったつもりであったが、善治はなにかを察したようだ。常に軽薄な善治にしては珍しく、返答に迷うそぶりを見せた。

あー、うん、そっか。そんな単語でありながら文ではない言葉をいくつか転がして、善治はぺこりと頭をさげる。

「言いづらいこと訊いちゃって、ごめん」

俺、学がないからさ。こういうときなんて言えばいいのかわかんないんだけど。

そう継いで唇をまごつかせる善治は、本気でばつが悪いのだろう。持っていたアルバムをずいぶんと丁寧な仕草でとじたあと、まるでラブレターを渡す少年のように、至のもとへと差しだした。最後まであわない視線から本気の後悔を感じとり、至は忍び笑う。

――善治さんって、たしかに困ったひとだけど、こういうところが憎めないんだよな。

社会的にはろくでなしに分類されるのかもしれないけれど、きっと悪いひとではない。

至は善治のおかげで軽くなった心と身体を起こすと、アルバムをうけとり、ベッドに胡坐をかいた。ほっとしたようすの善治がラグに腰をおろすのを待って、口をひらく。

訊くなら、今がタイミングだと思った。

「俺も訊いていいですか。善治さんの……家族のこと」

供養先を探しはじめてから、行きつけの飲み屋や知り合いの女の子については饒舌に語っていた善治が、唯一触れようとしなかった存在。供養先として一番にあがってもおかしくはない存在を秘めたのだから、なにか理由があるのだろうと思ってはいたが、もはや避けては通れない。このまま供養先を見つけられずにいたら、善治は三途の川を泳がなくてはならないのだ。

至の真剣な表情に、善治はこれがただの雑談ではないことに気がついたのだろう。彼にしては珍しく神妙な面持ちで、

「たぶん、聞いても意味のない話だと思うけど」

と切りだした。

「俺の実家は、それなりに裕福な家庭だったんだ。自営業だったから、親父は社長なんて呼ばれててさ。おふくろは自分が社長夫人であることがなによりの自慢で、俺にもずっと親父の跡を継ぐよう言い聞かせてた。でも、俺はこのとおりちゃらんぽらんだから、勉強なんて全然できなくて。学校の椅子に座ってるだけでもしんどいんだから、そんなやつが塾だのお稽古だの、頑張れるはずないよね」

鼻のしたをかいて、善治は自嘲するように笑む。

「それでも俺は、なんとかふたりの期待に応えようとしていたんだけど……」

弟が産まれちゃったんだ。それも、とびきり優秀なやつ。

その口ぶりと表情から、至は善治に「そこから先はわかるだろう？」と問われているような心地になった。

そうして善治の両親は、その愛情と関心を弟に傾倒させてしまったそうだ。善治は早々に存在を諦められ、彼もまた自分を諦めたのだと語る。どんなに頑張っても弟には勝てないし、両親が必要としているのは自分ではない。弟さえいれば宮下家は円満なのだと理解したとき、善治はその輪から外れることを躊躇わなかった。

テスト用紙に名前を書ければ合格すると揶揄されるような高校を中退して、実家を飛びだし、世間からろくでなしと呼ばれる人間になるまでは簡単だった。両親が期待する位置までのぼろうと努力していたころは、身が千切れるほどの困難さに思い悩んでいたのに。この世界は、とても簡単に落ちていくことができる。そして這いあがるには、あまりにも難しい。なんて慈悲のない世界だと嘆いたこともあったけれど、一度ひらきなおると楽になった。

こんな世界に、真面目に生きる価値なんてない。当たり前のように親から愛され、当たり前のように友人を作り、当たり前のように大学をでて就職し、当たり前のように結婚する。そんな人生を当たり前だと思い込むやつらが管理する世界が、善治のような人間にそぐうわけがなかったのだ。それを生まれる場所を間違えたなどと表現する人間もいるらしいけれど、まさにそうだと思った。あの家でもこの身体でも、こんな世界でもない場所に生まれていたら、自分だってきっと——そう思わずにはいられなかった。

「今、漫画とか小説で流行ってる異世界転生ってあるじゃない。俺、あれ好きなんだよね。うだつのあがらない人間がトラックに轢かれて死んだら、とんでもない才能を与えられて異世界に転生するんだよ。なんでか女の子にモテモテで、衣食住にも困らない。果ては英雄として称えられる存在になったりもするんだから、爽快だよねえ」

善治は至の本棚に並ぶ漫画本を指さして、へらりと笑う。

「——でも、現実はそうはいかないでしょう?」

ゆるやかな弧を描いていた善治の瞳は、すっと冷えた。

現実には、漫画や小説のような転生はおろか、快進撃すらめったに起こらないと善治は言う。落ちた人間は這いあがれず、それでも生きていくために必要な義務だけが課されていくのだ。着るもの、食べるもの、住む場所。住民税や健康保険、そして年金。生活保護という救済制度はあるけれど、当たり前の世界に生きる殿上人のなかには、それを利用する人間を批判するものもいる。

しかし水道水を飲むにも金がいる世界で、時給数百円のアルバイトすら見つけられない人間はどうやって生きていけばいいのだろう。正社員なんて夢のまた夢で、せめて社会保険がつく仕事はないものかと考えながら求人情報誌を睨んでいる人間の気持ちは、どうすれば当たり前の世界に伝わるのだろう。

「そりゃ俺がろくでなしなのは否定できないけどさ。俺だって、ただ生きていくために必死だったんだよ。国が定める最低生活費は月に十三万円なんだって。ようするにこの国で、生活保護が謳う最低限に文化的な生活をするためには、それだけの金が必要なんだ」

だから善治は若いころ、高齢者を騙して金銭を奪いとる犯罪組織の末端に属してしまったことがあるのだと、打ち明けるように口にした。長らく音信不通であった両親から正式に勘当されたのは、その件により警察から事情聴取をうけているときであったそうだ。

「さすがに懲りて、犯罪行為からは手を引いたけど、親父もおふくろもカンカンでさ。お前が宮下の名を名乗っていると思うだけでも反吐がでる。今後一切、連絡はするな。俺たちはお前に骨を拾ってもらうつもりはないし、拾ってやる気もない……とまで言われたよ」

ほら、だから聞いても無駄だって言ったでしょう？

善治の声音は明るかったが、至はそれを笑うことなんてできなかった。

彼の気持ちが、至にはよくわかる。幸いなことに至は大学まで進学することができたけれど、すべては病をおして働いてくれた母と、養育費だけはきちんとおさめてくれた父のおかげだ。それなのに、至は賽の河原株式会社にたどりつくまで、正社員としての仕事を見つけることができなかった。日雇いを点々としていたらしい善治からすれば、更新性の派遣の仕事があっただけマシなのかもしれないが、至にだって彼と同じ境遇になる可能性は充分にあったのだ。

なにより善治もまた、朝と同じように天秤からもれてしまったひとだった。

その事実が、至にとっては無視できないほどに重く、痛い。

「犬と猫なら。ご飯とパンなら。恋人と娘なら……」

大観覧車のなかで聞いた朝の言葉が胸へとあふれ、無意識のうちに諳んじる。善治は突然のことに疑問符を浮かべたが、至は構うことなくベッドからおり、彼の手をとった。いつも操船用の棹を握っているからなのか、わずかに皮の厚くなった掌で、善治のそれを包み込む。

「俺が朝ちゃんと出会えたように、善治さんにもきっと、善治さんのことを想ってくれるひとがいるはずです！」

善治は朝という見知らぬ名前の登場に、またもや「はい？」と首を傾げた。

しかし、至の熱意が本物であることだけは理解できたのだろう。頑張りましょう、と声を張る至に対して、彼は困ったように微笑んだ。

＊

翌朝。善治をともない出社すると、事務所には千影の姿があった。

相変わらず、何時に出社しているのかわからないひとだ。まさか事務所に寝泊まりしているわけではあるまいな——と疑って、ここには風呂どころか寝袋すらないことを思い出し、一蹴する。誰よりも仕事熱心な彼女は本日も花瓶の水替えをおこなっていたらしく、その手には紫の花弁をゆらす一輪挿しがあった。

「おはようございます、千影さん。今日もはやいですね」

肩からリュックをおろしながら挨拶をすると、

「おはよう、佐倉くん。でも、そっくりそのまま返させてもらうわ」

千影は咲き誇る花にも劣らない笑顔を見せて、右目のまぶたをぱちりと鳴らした。

冗談を抜きにして、賽の河原株式会社におけるオアシスのようなひとだ。至の背後にいた善治がそんな千影を見て「嘘でしょ、なにあの可愛い子。なんで教えてくれなかったの？　ちょっとやだ紹介して？」と騒いでしまう気持ちも、百歩譲ってわからなくはない。興奮した善治が脱ぎかけのリュックをゆさぶっているせいで、至は胃袋から朝食を吐きもどしそうだけれど、たしかに千影は可愛い。それは紛れもない真実だった。

——だから、絶対に善治さんには紹介しない。

至はかたく決意して、騒ぐ善治をどうにか諫める。そして自分のデスクにリュックをおくべく腰をかがめると、

「だーれだ！」

視界の両端からのびた手が、至の瞳を完全に覆った。突如として現れた暗闇と、冷たくかさついた皮膚の感触に至は硬直する。

不審者による強襲を想像し思わず喉を引きつらせたが、至はすぐにその正体を見破った。こんな子ども騙しな行為を嬉々としておこなうのは、我が社においてはあのひとだけだ。

「もう、やめてくださいよ菊田さん！」

そう言って、至は身体をひねり拘束から逃れる。

晴れた視界の先には、予想通りの男が立っていた。

「おや、バレちゃったか。佐倉くんがあまりにもぼくに気がつかないから、意地悪しようと思ったのに」

もとから垂れた瞳に無邪気な笑みを浮かべて、菊田はちいさく舌をだす。彼にとってはちょっとした意地悪だったのかもしれないが、おかげさまで至の心臓はパンク寸前だ。

菊田が極端なまでに気配の薄いひとだということは知っているけれど、出社するたびに

仕掛けられていては身体がもたない。

「菊田さん。このままだと俺の心臓が危ないので、仕事着を黄色いスーツと赤い蝶ネクタイに変えてはいただけませんか」

いまだ高鳴る心臓をおさえながら提案すれば、菊田は「それはたしかに目立つねえ」と肩をゆらした。

「まるでお笑い芸人さんみたいだ。どこかの劇場で胸元をどつかれているぼくの姿が、ありありと思い浮かぶよ」

しみじみと頷く菊田に、耳をそばだてていたのであろう千影が目を丸くする。

「菊田さん、ご自分がボケ担当だっていう自覚があったんですね……？」

そのあまりにも唖然とした口ぶりに、至は込みあげる笑いをこらえられなかった。

菊田はとても頭のいいひとだけれど、お笑い芸人で言うところのツッコミ役は似合わない。むしろ頭がいいからこそ、突拍子もない発言をして周囲を困惑させる口だ。対する千影も今回に関しては的確なツッコミであったが、彼女は無自覚なタイプである。そして至にいたっては、不本意ながらも満場一致でボケへの裁決がくだるだろう。ということは、我が社は絶望的なまでのツッコミ不足であった。

至が脳裏に、唯一のツッコミ役である彼の姿を思い浮かべていると、

「ああ、眠みい。おはざぁっす」

大あくびをしながらドアノブをひねり、くだんのツッコミ役こと終一が現れた。

誰もが同じことを考えていたのか、全員の注目が終一に集う。終一はその圧に一瞬ひるんだようすだったが、千影が抱えていた一輪挿しに目をとめると、きつく唇を引き結んだ。

どこか不機嫌にも思える表情で、終一はふん、と鼻を鳴らす。

しかし至がその態度について言及するよりも先に、事務所には善治の猫なで声が木霊した。

「きみ、千影ちゃんっていうの？　名前も可愛いんだねえ。この花のように可憐だよ」

いつの間に至のそばを離れたのか、善治はすすすと身をすべらせて、千影の隣へ移動することに成功したらしい。腕が触れそうなほど近づいた善治に、千影は一歩だけ身体をずらして距離をとる。だが善治はそのくらいで諦める男ではないようで、とうとうと口説き文句を並べたてた。

「この花の名前は、花菖蒲って言うんだよ。花言葉は、信頼と情熱。ほかにも、優しさや優雅っていうのもある。花言葉は花の色によって区別されることが多いんだけど、なかでも紫の花菖蒲は特別でね。まさにきみと出会えた今日という日が、俺にとっての嬉しい知らせ――」

そうしてするすると舌をまわしていた善治であったが、彼の言葉は唐突に途切れた。

確実にボケ属性である善治のために、我が社自慢のツッコミ役が黄金の右足を放ったからだ。終一は斜めしたから肉をえぐるような重たい蹴りをお見舞いし、それは善治の臀部へと見事に着弾した。

終一は痛みに転げまわる善治の襟首をつかみ、千影から引き離すことも当然のごとく忘れない。さすがは鬼軍曹、あざやかなお手並みだ。上背の差により善治は床を掃く人間モップと化していたが、至は彼の「待って、せめて自分で歩かせて！　摩擦で足が削れちゃう！」という悲鳴を軽やかに無視した。

早朝から騒がしくも愉快な賽の河原株式会社であるが、そこで菊田は、場の空気を一新するように掌を打ち鳴らす。

「全員そろったところで、ぼくからひとつ話があるんだ」

それを合図とするように、千影はカフェオレの紙パックが鎮座する自分のデスクへと小走りに向かった。一輪挿しをデスクにおき、そこに広がっていた資料をまとめて菊田に手渡す。菊田は鷹揚に頷いてうけとると、資料を眺めながら言葉を継いだ。

「昨日、千影くんが善治さんの身辺について、改めて調査してくれたんだ。そこで新たにわかった情報を、確認させてほしいんだけど……」

宮下善治さん。あなた、三ヶ月ほど前にご結婚されていますよね？

常に笑んで見える瞳に剣呑な光を輝かせて、菊田は善治に視線を移した。彼の瞳に射抜かれた善治は狼狽えるように眼球を震わせ、口にはせずともそれが事実であると雄弁に語る。終一は大きく目を見ひらいて至を睨んだが、驚いたのはこちらも同じだ。あんぐりと口をあけて善治を見ると、彼は「いやあ、さすが情報がはやいな」と呟いた。

「てめえ、ちび助！　なんで電子端末でプロフィール確認したときに気がつかねえんだよ！」

終一からの鋭い頭突きが顎先へ飛び、至は衝撃によろめく。けれど、反論の余地はなかった。至は賽の河原で電子端末を閲覧したとき、彼が言っていた「宮下善治、四十二歳」という台詞を聞いて、その部分のみを確認してしまったのだ。浮世離れした善治の風貌も相まって、彼が既婚者である可能性など、ちらとも考えてはいなかった。

しかし善治とて、両親と弟のほかにも家族がいるのなら、昨夜に話してくれてもよかったのに、と至は恨みがましく彼を見る。

菊田は顎をおさえる至に案ずるような笑みを向けて、それから資料を読みあげた。

「宮下善治、四十二歳。今から三ヶ月ほど前に、婚姻届を提出。その際に転居の届け出はなし。お相手は……へえ、外国籍の方なんですね。年齢は二十五歳とずいぶんお若い。善治さんは細君のことを、リンファと呼んでいたとか」

なにか事実と異なる記載はありますか？

菊田の問いに、善治は軽く両手をあげて首をふった。

「間違いないよ。俺とリンファは……千影ちゃんの前で言うのはあれだけど、風俗店で出会ったんだ。なんとなく気があったからノリと勢いで結婚したけど、一緒に暮らしてすらいなかったよ。俺の家は四畳半のボロアパートだったし、あの子は外国籍ってこともあって部屋が借りられなかったから、店の寮に住んでいたしね。当然、引っ越しできるような金もなかった。たった三ヶ月の、しかも別居生活。あの子に俺の供養は頼めないよ」

だからあえて言わなかったんだ。

善治はそう言葉を締めたけれど、至は正直なところその説明では納得がいかなかった。

至は残念ながら独身であるし、悲しいことに恋人もいない。恋や愛についてはフィクションに基づく知識しかなく、誰かを深く想ったこともない。けれどそんな至にとっても、結婚は特別だ。自分だけではなく、相手やその家族の人生を左右する、重大事だと思っている。恋愛に慣れたひとからは初心だと笑われてしまうかもしれないけれど、けしてノリと勢いでするものではないと思うのだが。

――新婚の夫が亡くなって、供養もせずに平気なひとなんているのかな。

そんな至の感想をよそに、終一は深く考え込んでいるらしい。指先で唇を潰して、善治をじっと見つめていた。

しばらくして思考は結論にいたったのか、終一は静かに口をひらく。

「おい、おっさん。あんたまさか、その女から金なんかもらってねえよな？」

するとと善治は、ことさらにゆっくりとした動作で終一に顔を向けた。その瞳に胡乱な気配を感じて、至は思わず息を呑む。終一が発した言葉の意味もわからなければ、善治の表情が険しい理由もわからない。混乱する思考から菊田と千影に助けを求めると、ふたりはすべてを理解しているのだろう。複雑そうに眉をひそめて、ちいさく首をふった。

終一たちはしばしのあいだ無言で視線をあわせていたが、善治は不意に、おどけるような笑顔を浮かべる。

「いやあ、それはあり得ないよ」

次いで善治は、海外の映画を思わせるほどの大袈裟な身振りで事務所にいる全員を見まわした。

「綺麗な兄ちゃんはビザを目的とした偽装結婚を疑ってるんだろうけど、あれは歴とした犯罪だよ？　公正証書原本不実記載等罪って言ってね、懲役もしくは罰金刑があるんだ。さすがの俺でも、もう犯罪には手をださないよ」

うんうん、絶対にあり得ない。自分の言葉に頷いて、善治はその場でくるりと回転する。彼にはときおり自分の世界に入る癖があるのだろうが、至はその独壇場とも言える舞台から見事なまでにとり残されていた。

なぜ善治が既婚者であった事実が発覚して、それが公正証書なにがしという犯罪に繋がるのだろう。ふたりのあいだに金銭のやりとりがあったかもしれない、なんて。そもそも終一は、どうしてそんな疑念を抱いたのか。

至は、まるで嚙みあわないピースをわたされて、パズルを解けと言われているような気分であった。いくら頭を働かせても答えがわからないので、ふたたび菊田たちに視線を流せば、千影がこっそりと耳打ちをしてくれる。

千影いわく、外国人が日本で就労や長期滞在をするには、ビザと呼ばれる証明書が必要なのだそうだ。そして日本のビザは、審査が厳しいことで有名らしい。ビザによっては就労できる職業もかぎられるので、この国に暮らす外国人はたいへんなのだと千影は言う。

「だからずっと日本で暮らしたいと思っているひとは、永住権を取得しようとするんだけど……本当に、条件がすごく厳しくて。少なくとも、十年は滞在していないと駄目なのよ」

しかしその十年の歳月を必要とする永住権の取得を、三年に縮める方法があるのだと千影は続けた。それが日本人の配偶者となり「実態のある結婚生活を三年間おこなうこと」なのだと言う。つまり終一は、善治が自分の配偶者となる権利を売り、永住権の取得を目指すリンファから金銭をうけとった可能性を示唆していたのだ。

至はようやくひとつの絵と化したパズルを眺めて、おお、と感嘆の声をもらした。

けれど昨夜、善治は至に「もう犯罪は懲りた」と語っていたので、彼の言葉に嘘はないだろうと思ったのだが、

「語るに落ちたな、おっさん」

終一は、深くため息をついた。

どこか哀愁を感じる瞳を善治に向けて、彼は続ける。

「馬鹿のふりしてずいぶんとベラベラ喋るじゃねえか。普通はな、おっさん。法律家を目指して勉強していたか、必要に駆られて調べでもしねえかぎり、偽装結婚の正式な罪名を諳んじることなんてできねえんだよ」

こいつみたいにな、と終一は顎先で至を示した。

言われてみればたしかに、至は一度聞いた今でも偽装結婚の罪名を口にすることはできない。公正証書まではなんとかでてくるが、そこから先がさっぱりだ。それなのに、善治はよどみなく罪名を諳んじた。さらには、懲役や罰金刑があることまで語ってみせた。それは善治が偽装結婚に関する見識を深めようと、みずから学んだ証であった。

至の知るかぎり、善治が法律家を目指していたという話は聞いたことがない。となると、終一の論には——残念だが、理があることになる。

「まあ、この際真相はおいておこうか。ぼくらの目的は、善治さんを舟に乗せて彼岸に送り、六文銭をもらうことにある。善治さんだって、三途の川を泳ぎたくはないでしょ

う？　それなら、少しだとしてもある可能性を、見逃すべきじゃないと思うんです」

ひとまず、細君に会いにいってみませんか。

菊田に問われ、善治は床に視線を落とした。篤く葛藤しているのか、彼の身体はぴくりとも動かない。けれど、否とも言えないことが答えなのだろう。菊田は優しく微笑んで頷くと、千影にリンファ宅の住所を記したものを用意するよう指示をだした。

慌ただしく動きはじめた千影にならって、至と終一も外まわりの準備にとりかかる。

至が自分のデスクにおいていたリュックを背負いなおそうとしたとき、

「ふたりとも、ちょっといいかな」

菊田は善治のようすをうかがうように、静かに声をかけてきた。

秘密めいた声音に至と終一が身をよせると、菊田はほがらかに笑む。

「ぼくからひとつお願いがあってね。もし善治さんの細君が彼の供養を断るようなら、探してきてほしいものがあるんだ」

次いで発せられた菊田の願いに、至は目を見ひらいた。

＊

色あせた畳が続く、六畳二間の２ＤＫ。建築から四十五年の歳月を経ているという二階建ての木造アパートは、碌にリフォームなどされてはいないのだろう。キッチンおよびダイニング部分の板間は人々の往来によって研磨されたのか、こっくりとした深い色合いと、なめらかな光沢を纏っていた。

　隣接する六畳間へと案内され、至は鴨居に頭をぶつけないよう首をすぼめて敷居をまたぐ。後行する終一はそれを見てきりきりと歯を鳴らしたが、至とて望んで長身になったわけではない。ＤＮＡの神秘に勝手な嫉妬をされても困るのだと、聞こえないふりをして座卓についた。

　最後尾を歩いていた善治は、どこか落ち着かないようすだ。いつもの軽薄な態度はなりをひそめて、彼は畳の目を数えるように視線をさげたまま、部屋の隅に胡坐をかく。終一はそんな善治に一瞥をくれたあと、至の隣に腰をおろした。

「すみません。今、こんなものしかご用意できなくて」

　一同が和室に座してしばらく。キッチンより、お盆に三つのグラスを載せた女性が顔をだす。

　腰まである黒髪をひとつに束ね、部屋着と思しきボア素材の短パンからすらりとした脚をのばすそのひとは、善治の細君ことリンファであった。その名から察するとおりアジア出身であるらしく、薄く細い眉や切れ長の瞳には豊かな知性が感じられる。透けるほどに白い肌も相まって、まさしく薄幸の美女といった雰囲気だ。事務所で千影を見初めたことからも、善治の面食い具合は理解していたつもりであったが——これはたしかに、ひと目で恋に落ちてもおかしくはない。至はリンファより差しだされたグラスを丁重にうけとると、軽く唇を湿らせた。

「突然おしかけてしまって、すみません。まさか善治さんの奥さんがこんなにも綺麗なひとだったなんて、驚きました」

他愛ない雑談のふりをして話しかける至に、リンファはわずかに頬を染めて微笑む。

「私のほうこそ、彼にこんなにもまともな……ごめんなさい。素敵なお友達がいたなんて、知りませんでした」

そう言って、リンファは首筋につたっていたおくれ毛を指ですくうと、耳の縁に引っかけた。束ねた黒髪の根元には蓮の花を模したガラス製の髪留めが見え、至はその優美な仕草に目を奪われる。

彼女の言うように、至たちは宮下善治の友人を名乗って、リンファの部屋に侵入していた。なにも知らないリンファを騙すのは忍びなかったが、完全な嘘ではないので許していただきたい。友人と呼べるか否かはさておいて、至と善治はひとつ屋根のしたで夜を明かした仲なのだ。真相は眠りたい至VS喋りたい善治という不毛きわまりない一夜であったが、ある意味では絆が深まったと言っていいだろう。

至はリンファにへらりとした笑みを返して、それから部屋のなかへと視線を移す。

リンファの部屋は、うら若き女性が暮らす場所にしてはずいぶんと殺風景であった。家具と言えるものは座卓と化粧台のみで、テレビや本棚といった娯楽品は一切存在しない。和室が二間あるにも拘わらず、ひらいたふすまの向こうは空っぽだ。部屋の隅には組まれた段ボール箱が積まれており、まだテープ止めをしていないふたの隙間からは、洋服の袖と思しき布がのぞいていた。

至の記憶が正しければ、キッチンにも同様の段ボール箱がおいてあったはずである。まるで引っ越しを間近にひかえたかのような雰囲気に、至は違和感を覚えた。リンファが善治と暮らすための準備をしていた可能性は否定できないが、彼は自他ともに認める金欠男だ。なにより善治自身が「そんな金はなかった」と言っていたのだから、リンファが荷物をまとめている理由は、ほかにあると考えるのが自然である。

するとリンファは、至が部屋を眺めていることに気がついたらしい。掌で口元を隠し、恥ずかしそうに肩をすくめる。

「すみません、散らかっていて。今、荷物をまとめている最中なんです」

「……どこかにお引っ越しされるんですか？」

至の問いに、リンファは首肯した。

「ええ。近々、国に帰る予定なので」

その応えに、至は思わず声をあげる。

だが「なぜ」と訊ねるよりもはやく、リンファは言葉を継いだ。

「じつは私、風俗店に勤務しているんです。でも私が取得しているビザは就労ビザなので、本来なら就いてはいけないお仕事なんですよ。だから善治さんとの結婚を機に、風俗店での勤務が可能な、配偶者ビザに切り替えようと思っていたんですけど……先日、申請不許可のお手紙が届いてしまって。このままだと不正就労の罪に問われそうなので、故郷へ帰ることにしたんです」

善治さんから、私のことは聞いていませんか？

リンファはそう言って至の瞳をのぞいたが、彼女のあまりにもあっさりとした告白に動揺し、二の句を継ぐことはできなかった。リンファが外国人であることや、風俗店に勤務していることは菊田から聞いて知っていたけれど、そこまで深刻な状況だとは思ってもいなかったからだ。

まさかリンファが、日本を追われ故郷へ帰るつもりでいたなんて。それはもう、善治の供養を頼むどころではないのでは、と冷や汗をかく。

けれど終一は、そんな事態すら予想していたのかもしれない。

彼は顔色ひとつかえることなく、至から返答を引き継いだ。

「あなたとは、お店で知りあったとだけ。おふたりはどういった経緯でご結婚されたんですか？」

リンファは質問に応じるように、終一へと顔を向けた。

「……最初は、ただのお客様でした。お調子者で騒がしくて、お酒を飲んでいると少し面倒臭かったけど、お店のキャストに無茶な要望をすることはない普通のお客様です。でも面白いところもあって……彼、花言葉に詳しいじゃないですか」

リンファは、同意を求めるように終一と至を交互に見やった。言われてみればたしかに、善治は今朝の事務所にて、花言葉を利用して千影を口説こうとしていた。花弁の色によって意味が変化することまで話していたのだから、よほどの知識があるのだろう。

至が頷くと、リンファはなにかを思い出すように忍び笑った。

「それで私、訊いたんです。どうしてそんなに花言葉に詳しいのか。そしたら善治さん、花言葉はタダで手に入るプレゼントなんだって。本物のお花を買うお金はないけど、花言葉なら書店や図書館にある図鑑を読めば無料で手に入れられるだろうって笑っていて。そんなにも記憶力がいいならべつのことに使えばいいのに、本当に変なひとですよね」

どこか懐かしむようなその声音に、至は曖昧な笑みを返す。

そうして善治はある日、プレゼントと思われるちいさな箱をともなって来店したそうだ。リンファは全国展開している雑貨店のロゴが描かれた包装紙を見て、首をひねったと語る。

これまでに差し入れと称した高価なプレゼントをもらったことはあるけれど、明らかに安ものだと思われる雑貨店の品を持ってきたのは、善治がはじめてだった。いったいなにが入っているのだろうと彼女は逆に興味をひかれ、その場で封を解いた。するとそこには、蓮の花を模したガラス細工の、美しい髪留めが入っていた。

善治はそれを指さしながら、彼女にこう言ったそうだ。

「きみの名前は、蓮の花と書いてリンファと読むでしょう？　蓮の花には、休養、神聖、離れゆく愛っていう意味の花言葉があるんだ。でも俺がきみに贈りたいのは、もうひとつの花言葉」

——それは、救済。

だから、リンファには、自分で自分を救う力があるはずだと、善治は彼女にそう説いたらしい。リンファはそれを聞いて、最初は気休めにもならないおまじないのようだと思ったと言う。けれど彼女は、そのとき善治を面白いひとだと感じてしまった。外国から就労ビザを頼りに来日して、不法就労にあたるとわかっていながらも風俗店に勤務している女が、人生にもがき苦しんでいないわけがない。にこやかに接客するかたわらで救われたいと願っていたのは事実であり、それを善治のように浮ついた人間から指摘されてしまったことが面白かった。

交際を飛び越えて結婚を申し込んだのは、リンファからであったそうだ。

「私はただ、幸せになりたかっただけなんです。それがまさか、こんなことになるとは思ってもいませんでしたけど……」

言って、リンファは後頭部にある蓮の花の髪留めへと触れる。それはこうして帰国を迫られていることであり、結婚からたった三ヶ月で善治が他界してしまったことを指しているのだろう。彼女はやはり、別居をしていたとはいえ、善治の訃報を耳にしているのだ。菊田の読みは正しかったのかもしれないと、至は内心で強く頷いた。

それは終一も同じであったようで、ふたりの視線は自然とかちあう。

「あの……善治さんのことは、本当にご愁傷さまでした」

至がリンファに軽く頭をさげると、次いで終一は口をひらいた。

「そのことでひとつ、うかがいたいことがあるんです。あなたは宮下善治の供養について、どのようにお考えですか」

そこでリンファは、終始ほがらかであった瞳にゆらぎを見せた。

部屋を眺めたかぎりでは、彼女が善治の死を弔っているようすはない。だが帰国を急いでいるのであれば、それも仕方のないことだと至は思う。故人を弔う一連の行事はひどく複雑であり、想像するよりもずっとたいへんなのだ。至はその苦労を、身をもって理解していた。

――それにもし、先輩の言うようにふたりの関係が偽装結婚だったなら。

朝の生家を見たときにはあまりの憤怒に目を眩ませた至であったが、これに関しては善治とリンファの両名に罪があるものだ。互いに納得のうえで婚姻届を提出し夫婦となったのであれば、どのような結末を迎えてしまったとしても、彼女だけを責めるのは筋違いである。

リンファは考え込むようにじっと身を凝らせていたが、静かに瞬きをすると、その双眸に意思めいた光を閃かせた。

「すみませんが、私にはもう……彼のためにできることは、なにもありません」

彼女の応えに、至はもう驚かない。むしろ諦念にも似た得心を抱いて、部屋の隅でちいさくなっている善治へと視線を流す。

善治は、唇を結んだまま背中を丸めていた。人形のように色のない瞳から彼の感情を読むことはできないが、くたりとゆがんだ背骨に哀愁を覚える。ふたりがどのような関係であったにせよ、みずからを否定されるのは誰だって辛い。それが人生の総決算とも言える、死後の供養に関することとならなおさらだ。

至はそんな善治のようすにちくりと胸を痛めたが、まるで追い打ちをかけるかのように、リンファは深く息をついた。

「警察から善治さんの訃報を聞いて、私がどれほどたいへんな思いをしたか、わかりますか」

彼女の声音に滲(にじ)むほのかな憎悪に、至の肌は知らず粟立つ。そしてリンファは悔いるように眉宇をよせると、座卓におかれたグラスを両手で握り、ちいさく肩を震わせた。

「私は警察から、善治さんが自分の部屋で亡くなっていたことを聞かされました。それと一緒に、善治さんの両親が彼を拒否したことも。だから妻である私が、善治さんの最期につきあわなくてはならないんだと、警察はそう言っていました」

だがしかし、彼女はこの国の生まれではない。善治がどのような神や仏を信じているのかもわからないのに、頼るあてもなく困り果てたとリンファは言う。

生粋の日本人である至ですらこの国の冠婚葬祭は複雑だと感じるのだから、外国人であるリンファにとっては、まさに未知の世界であっただろう。通夜や葬式のみならず、初七日や四十九日など執りおこなうべき法要は数知れない。菩提寺への連絡。戒名や遺影の準備。故人の知人や友人に訃報を報せ、弔問客には香典返しを考える。喪主であれば挨拶まわりもしなくてはならないし、式が終わったあとには火葬が待っている。あらかじめ火葬場に支払う使用料を準備し、棺へ入れる副葬品の用意も必要だ。その後も仏壇や位牌を購入し、菩提寺の僧侶へ開眼法要と呼ばれる魂入れを依頼しなくてはならない。ただでさえ地域や宗派によって法要に関する作法は様々だというのに、これらを自分の日常生活を守りながらおこなうのである。悲しむ暇もないとは、まさしくこのことだった。

自身の経験を踏まえて至が聞き入っていると、リンファは握ったグラスに波紋を広げて「私を困らせるものは、それだけじゃありませんでした」と打ち明ける。

「お通夜もお葬式も、どうしたらいいのかわからなくて困惑していた私のもとに、善治さんが暮らしていた部屋の大家さんから連絡が入ったんです」

大家いわく、善治は家賃を滞納していたらしい。しかし、当然のごとく肩代わりをする余裕などなかったとリンファは語る。どうにかして滞納分を免除してはもらえないかと、リンファは無料の法律相談などを駆使して調べあげたそうだ。そしてリンファは、相続放棄の存在を知った。放棄してしまえば善治の遺産や生命保険をうけとることはできなくなるけれど、浮世離れした生きかたをしていた彼にそんなものあるはずがない。リンファは大家にその旨を伝えたが、返ってきたのは激しい叱責であった。

「妻が夫を支えるのは当然のことだろう。それを相続放棄だなんて、恥知らずにもほどがある。あんなちゃらんぽらんな男に部屋を貸してやっただけでも感謝してほしいのに、そこで死ぬなんて迷惑だ。次の借り手が見つからなかったらどうしてくれる……と、大家さんはずっと怒鳴り散らしていました」

そのあまりの剣幕に、リンファは身がすくむ思いだったとため息をつく。

彼女の言うとおり、相続放棄をすれば、遺産や生命保険を諦める代わりに借金などの負債を拒否することができる。ただし故人の家財などもふくめて放棄することになるので、形見分けをもらうことはできないらしい。

だから善治の家主は、リンファが相続放棄をすることによって家賃の滞納分を失うだけではなく、部屋の始末も自分でつけなければならなくなると慌てたのだろう。しかも病死とはいえ、部屋に瑕疵(かし)がついたとなれば、次の店子(たなこ)を見つけるのは難しくなる。話を聞くかぎりでは、家主はリンファを相当きつく責めたてたようだ。彼女はその責め苦に耐えかねて、せめて家財の処分や掃除はしようと、善治の部屋に通ったと言う。

「ここも古い物件ですけど、善治さんのお家はもっと古くて狭かったです。彼みたいなひとに貸しているんだから当然かもしれませんが、お世辞にも綺麗とは言えなくて。でも仕方がないので、何日かかけて掃除に行きました。深夜に仕事をして、朝になったら善治さんの携帯電話の解約とか、書類を提出するために役所へ行って。また夜になったら仕事をして……」

語尾をすぼめて、リンファはすっと目を細める。化粧によって誤魔化されてはいるものの、そのしたまぶたには青々とした隈の片鱗(へんりん)があった。

至の両親も——事故死ということもあり、しばらくのあいだは学校や警察、役所などに日参していたことを思い出す。彼は小学生だったのでまだ少ないほうだったのだろうが、ひとりの大人が営んでいた生活を清算するのは、けして楽なことではない。サブスクリプションひとつをとっても、故人がどのようなサービスに加入していたのか、調べなくてはならないのだ。契約を解除するにしても本人が他界していることの証明が必要であり、それもまた役所で書類を申請することとなる。

ひとは死んで、それで終わりではない。生きていた証をひとつひとつほどいていくことは、故人の積み重ねた人生が長く濃いほど困難だ。

しかもそんな折に、リンファのもとには配偶者ビザの申請を不可とする手紙が届いてしまった。もとから、不法就労という秘密を抱えていた彼女である。これまでは身をひそめて罪への追及を逃れてきたが、夫である善治が自宅で孤独死したことにより、警察の介入をうけてしまった。リンファという人間に注目が集まれば、彼女の罪に気がつくものが現れるかもしれない。終一が即座に疑ったくらいなのだから、偽装結婚に関しても調べがまわるだろう。

そうして焦ったリンファは故郷へ帰るべく荷物をまとめ、そこに至と終一が来訪したのだ。

「だからもう、私にできることはないんです。いつ不法就労に対する咎めがくるかわからないのに、彼のことなんて考えてはいられません。私は、自分のことで手一杯なんです」

リンファはそう言いきると、握っていたグラスをあおり干す。短く息をついた彼女の瞳には、やはり決意のような意思が瞬いて見えた。

彼女の話を聞いたうえで、至は改めて思う。リンファに善治の供養を願うのは、酷なことだ。たとえ配偶者ビザ取得のために仕方なく警察からの要請をうけ入れたのだとしても、彼女はよくやったほうだと感じる。もちろん、両親のみならず妻からも拒絶されてしまった善治を可哀想だとは思うが——これは、どちらがより憐れであるかを競う話ではない。

——菊田さんの指令を、遂行するときがきたのかもしれない。

ちらりと横目を流し終一のようすをうかがうと、彼は指先で唇を潰していた。空の隣室を睨めつけるように見つめて、おもむろに口をひらく。

「あなたは先ほど、警察から善治さんの訃報をもらったと言っていましたよね」

終一はわずかな間をおいて、

「では、彼の遺体は——今どこに？」

リンファの瞳を、射抜くように捉えた。

自宅で亡くなった人間の扱いについては、至も座学で教わったばかりだ。救急車は生きた患者の搬送を主としているので、死んでしまったひとを乗せることはできない。遺体の発見者は警察に通報し、現場検証や検死をおこなうこととなる。状況に応じて司法解剖をすることもあるそうだが、善治の死因は深酒に関連するものだ。早々に事件性なしと判断され、解剖は免れたことだろう。

だが事件性なしと判断されても、善治は両親から勘当されていたこともあり、すぐには遺体の引きとり手が見つからなかったはずだ。そうなると、遺体は一時的に警察のもとで保管される。身元がはっきりしないときにはＤＮＡ鑑定をおこない、血縁関係の濃い親族から順に連絡をするそうだが——リンファは、そこで善治の死を知ったのだろう。彼女は警察から、善治の遺体を引きとるよう言われたはずである。

だから終一は、善治の遺体の在り処をリンファに問うたのだと、至は内心で頷いた。

「……はじめのうちは、彼の遺体は警察に保管されていました」

予想と相違のない返答に、至はまた頷く。

けれど警察が遺体を保管してくれる期間は、そう長くはない。しかも一日あたり数千円の費用がかかると、リンファは説明されたはずだ。その時点でどれほどの日数が経っていたのかは知れないが、善治の滞納家賃を相続放棄したところから見て、彼女も金銭的に困窮した状況であると考えられる。

ならばきっと、リンファは慌てて善治の遺体を引きとろうとしたに違いない。

至の思考を肯定するように、リンファは言葉を継いだ。

「でも私には、善治さんの遺体の保管にかかる費用を支払うことはできませんでした。だから急いで、インターネットで葬儀社を探し、彼を迎えに行ったんです。それからのことは、先ほどお話ししたとおり……私にできたのは、そこまででした」

リンファは睫毛を伏せ、空になったグラスへ視線を落とす。

善治の両親に連絡がとれない以上、リンファは彼の菩提寺はおろか、先祖代々の墓がある場所すら見つけることはできなかっただろう。仮に判明したとしても、墓の所有者である宮下家の人間が善治の埋葬を許可したとは思えない。リンファはかわり果てた姿でもどった善治とともに、途方に暮れたはずである。

だがしかし、新たに墓を建立するのは現実的な案ではない。その費用は優に三桁を超えるのだ。納骨の際には宮下家の宗派にあう僧侶を手配しなくてはならないし、墓を建てたとあっては遠方に引っ越すわけにもいかなくなる。継手がいなければ墓じまいも必要だ。

少子化も相まって、近ごろは墓の今後について語られることが多いと聞く。都内では永代供養をうけ負うマンションタイプの納骨堂が増えているというのだから、後継ぎ問題は至が思っているよりも深刻なのだろう。

となるとやはり、リンファにできたのはそこまで――葬儀社の力を借りて、善治を火葬するまでである。

リンファは座卓から腰をあげると、空の隣室へと足を向けた。押入れと思しきふすまをあけて、その奥深くに手をのばす。両手で抱えるほどの白いなにかをとりだすと、彼女はそれを抱きしめたまま座卓にもどった。

音もなく座卓におかれたそれは、

「これが、彼です」

白菊の布を纏った桐の箱。至はそのなかに、白く丸みをおびた陶器の壺があることを、とてもよく知っていた。そうして厳重に包まれた先にある、砕けた骨の感触も。

——やっぱり、リンファさんが持っていたんだ。

自宅で倒れ、警察に保管されたのち、リンファによって荼毘に付された彼の——善治の遺骨。

菊田からその可能性を事前に聞かされていても、悄然とする気持ちはおさえられない。至は座卓に鎮座する白菊の箱を眺めて、幼いころの記憶が脳裏に明滅するのを感じた。

「喉仏は、仏さまが座禅を組んでいるかたちに似ているから、とても大切なものなんだよ」

「だから最後に、あの子を一番に愛していたひとたちで拾ってあげよう」

そう言って幼い至の頭をなでた、黒いスーツ姿の男たち。溺れるほどに涙を流す母と、奥歯を嚙みしめるように唇を結んだ父と、一緒に箸を持ったことを覚えている。至は背伸びをして、箸に指をそえることしかできなかった。拾ったそれは真っ白な壺のなかへと落ちていき、両親は嗚咽をもらしながらふたをとじた。

もう何年も前のことなのに、あの光景はいつだって鮮明に思い出せる。

軽い眩暈にふらつきながら善治に目をやると、彼は唖然とした表情で自分自身を見つめていた。心構えをする暇もなく人生が終わり、あらゆる人間の天秤からこぼれ落ちた末に、己の遺骨を眺めるというのはどういう気分なのだろう。まともな供養をうけられず、押入れの奥深くにしまわれていた善治の気持ち。それを考えると、至の胸には虚しさが募った。

リンファは、今もなお蓮の花の髪留めを挿しているのに。

それもただ偽装結婚への追及を免れるためにしているだけで、ふたりのあいだには戸籍と金銭の関係しかなかったと——善治を想う心はかけらもないと、そう言うのだろうか。

「……おふたりは、ご夫婦だったんですよね」

気がつくと至は、座卓に身を乗りだしていた。

突然の出来事にリンファは瞠目(どうもく)したが、至は構うことなく言い募る。

「事情はどうあれ、リンファさんは善治さんのことを愛していたんですよね。だからふたりで幸せになるために、結婚したんですよね？」

勢いに負けた座卓はみしりと音をたてたが、至はそれすらも無視して、リンファの瞳を食い入るように見つめた。薄幸の美貌という儚(はかな)くも柔らかな印象を持ちながら、意思を秘めたまなざしをたたえるリンファの双眸。それが至をじっと見つめかえし、無言ながらも互いの想いをぶつけあう。

　リンファの瞳はちらともゆらぐことなく、

「それは今、お話ししなければいけないことですか？」

　彼女は、凍えるほどに冷えた声音でそう言った。

「あなたたちは善治さんの友人として、彼の供養がきちんとおこなわれるのかどうかを心配している。そして私は、一刻もはやく故郷に帰らなければならない。だから善治さんの供養はできないと、はっきりそう答えています。それ以上の情報が、今あなたたちに必要なんですか？」

　それは氷のように冷えていながらも、炎のような怒気をはらんだ声だった。青い炎を思わせるリンファの瞳に気圧(けお)されて、至はぐっと喉を詰まらせる。たしかに、至たちにとってその情報は必要がないものだ。至たちがリンファのもとを訪ねた理由は、善治の供養について彼女に問い、もし断られるようであればあるものを——彼の遺骨を回収するよう、菊田に指示されていたからなのだ。目的は達成したのだから、この問いはあくまで余談にすぎない。

　——でも、その余談に救われるかもしれない人間が、ここにはいるんだ。

　ひるんだ心を叱咤して、至が二の句を継ごうとしたとき、

「もういいよ、大きい兄ちゃん」

善治はこの部屋ではじめて、ちいさな笑みを浮かべて見せた。

穏やかな表情でゆるく首をふる彼に、至は凝っていた肩をおろして唇を噛む。台詞に反して、ずいぶんと寂しそうな声音だった。この声がリンファに届いていればと願うけれど、おそらく彼女に霊感はない。その証拠に、リンファは善治の存在になど露ほども気がつかないまま、座卓の遺骨を終一の前にすべらせた。

「私からも、お願いがあります。あなたたちが本当に善治さんの友人なら、彼を連れて行ってはもらえませんか」

終一は、静かに首肯する。そして至に善治の遺骨を抱えるよう指示すると、リンファに急な訪問や不躾な質問を詫びたのち、玄関へと歩きだした。至は終一のあとを追いながら、善治に声をかけてやることもできず、腕のなかの彼をぎゅっと抱きしめる。

「私が言えた義理ではないですが……どうか善治さんを、よろしくお願いします」

玄関口にて深々と頭をさげるリンファに見送られ、一同は彼女の部屋をあとにした。

＊

のどかな公園の一角で、至はベンチに腰かけながら、ブランコを漕ぐ善治を眺めていた。リンファの暮らす木造アパートをでて、しばらく歩いたところで、終一が菊田に電話をすると言ったからである。ベンチからやや離れたところで携帯電話を耳にあてる終一は、菊田にことの次第を報告しているのだろう。至は膝のうえに善治の遺骨を抱えたまま、ぼんやりと時間がすぎるのを待っていた。

「ちび助、菊田さんがお前にかわれって」

終一に肩をたたかれ、至は携帯電話をうけとる。すると受話口から「もしもし、佐倉くん？」と菊田の声がもれ聞こえた。耳にあてて返事をすると、菊田は殊更に柔らかな声音で「お疲れさま。辛いことを頼んでしまって、本当にごめんね」と続ける。

「菊田さん、俺――」

あふれる感情をおさえることができず、至は菊田に思いの丈をぶちまけた。

最後の砦であったリンファにも拒絶され、もう善治を救う手立てがないこと。煤けた骨になったあと、押入れの奥深くにしまわれていたことを知った善治の気持ち。それになにより、彼が誰の天秤にも選ばれなかったという事実が、たまらなく悲しい。たった一夜とはいえ語りあった仲だからこそ、至はもう善治を赤の他人だとは思えなかった。

けれど、リンファにだって譲れない事情があることは理解できる。そんな誰も責めることのできない状況だからこそ、至が責めるのは自分自身だった。

もっと、善治のためにできることがあったのではないか。

自分はなにかを見落としているのではないかと、そう思う。

「佐倉くんは、リンファさんを責められないって言うけど……」

菊田は、至の沈黙を待って口をひらいた。

「ぼくは、彼女にも非があると思う。むしろそれをたしかめるために、ぼくは佐倉くんたちに善治さんの遺骨の在り処を確認するよう頼んだんだ。思い出してほしい。ぼくたちが善治さんの供養先を探しはじめた、最初の理由はなんだったかな」

その言葉に、至は善治と出会った日のことを思い出す。

善治との出会いは、賽の河原――いや、三途の川を渡る舟のなかだった。だが彼は運賃である六文銭を持っていなかったために、至たちは善治の供養先を――六文銭を贈ってくれるひとを探そうと、動きだしたのだ。

――そうだ、六文銭。

そのとき、至は気がついた。

六文銭が贈られる本来のタイミングは、火葬がおこなわれる前に副葬品として棺におさめる、その瞬間だ。至の手元に善治の遺骨がある以上、彼の火葬を見届けた人物がリンファであることは疑いようもない。ということは、リンファには善治の懐に冥銭を忍ばせる機会があったはずなのである。

「それじゃあ、リンファさんは」

至の呟きに、菊田はため息をもって応じた。

「たぶん、インターネットを利用してよくない葬儀社を引きあてちゃったんだろうね。彼女は金銭的にも余裕がなかったみたいだし、プランは一番安く済む直葬にしたんだと思う。依頼主は故人の宗派もわからないうえに、日本の冠婚葬祭にも疎いだろう外国人。その葬儀社はリンファさんと故人を軽んじて、ずいぶんと粗末な仕事をしてくれたみたいだ」

でもそれは、きちんと確認しなかった彼女の責任でもあると、ぼくは思うよ。

そう言って、菊田は受話口に雑音を響かせた。音と状況から察するに、眉間によったしわを揉みほぐしているのだろう。至はがさごそと鳴る雑音を耳朶に感じながら、きつく目をとじた。

時代の移りかわりにそって、様々な選択肢が生まれている昨今。大型ショッピングサイトでは僧侶すら買える――とは冒瀆的な表現だと思うが、街なかでよく見かける大きな斎場を持つ葬儀社のほかにも、様々な企業が乱立しているという噂を、至も耳にしたことがある。リンファはそのなかでも、人間の最期に金の匂いを嗅ぐような、粗悪な業者を選んでしまったのだろう。しかも、プランは最安値の直葬だ。通夜や葬式をおこなわず、火葬場へと直接向かう弔い方法は、忙しい現代人のあいだではひとつの選択肢として支持されている。至は故人を想う気持ちがあるのなら、どのような送りかたでも構わないと考えているけれど――金払いが悪いというだけで態度や仕事の精度をかえる業者は、どこにだっているものだ。彼らはきっと、善治の棺に杭を打つ前におさめるべき冥銭を、なんらかの理由で入れ忘れたに違いなかった。

あまりの衝撃に至が言葉を失っていると、菊田は受話口に「話の続きは事務所でしよう。千影くんと一緒に待ってるから、帰っておいで」とささやく。至は困惑を極める思考をおさえながら、たどたどしくも「はい」と応えた。

そこで話に区切りがついたと察したらしい終一は、至から携帯電話を奪いとり、菊田と短い会話をかわして通話を終える。

「おっさんの遺骨は、菊田さんの伝手を使って埋葬先を探してくれるらしい。それで解決するかは微妙なところみてえだが……ひとまず、事務所にもどるぞ」

終一は至の背中をたたいてベンチから腰をあげるよう促したが、現状の処理に必死な頭脳はまるで使いものにならなかった。

菊田の指示通り善治の遺骨を確認して、リンファの罪が明らかになった今。六文銭を持たない善治の行く末がどうなるのか、至には想像もつかない。遺骨を埋葬したところで、運賃が支払えなければ三途の川を泳ぐ決まりにかわりはないのだ。そうなると善治は、ほぼ確実に川底へ沈む。そして三途の川にたゆたう怨念と同化し、輪廻すら叶わないものになってしまうだろう。

善治の遺骨を抱えてぴくりとも動かない至に、終一は鋭く舌を打った。

「へこんでたって、どうしようもねえだろう。俺たちにできることは、ぜんぶやったんだ。あとは菊田さんに任せるしかねえんだよ」

しかし、それでも至は動くことができない。

終一は乱暴にみずからの頭をかくと、善治のようすをうかがうように声をひそめた。

「絶対に溺れるってわかってる川に亡者を送りだすのは、俺だってきつい。お前がへこむ気持ちもよくわかる。でもこんなのは、そう滅多にあることじゃねえんだ。だから
――安心しろ」

終一の台詞は至の耳朶をゆらし、その奥に繋がる海馬すら震わせた。

至は強い眩暈を覚えながら、ブランコを漕ぐ善治に瞳を向ける。

自分は本当に、できるかぎりのことをやったのだろうか。

至が善治のためにできることは、もうなにもないのだろうか。

はやまる鼓動に手をあてて、至は己の海馬へ問う。するとその耳朶に、善治と出会った日に賽の河原で聞いた、悲痛な叫びがよみがえった。

――六文くらい、まけてくれてもいいじゃない。

瞬間、善治と視線があう。

彼のへらりとした笑みを見つめて、至はちいさく唾を飲んだ。

＊

赤く灯る信号が点滅していた。

車どころか、ひとの気配すら感じない。街灯に群がる羽虫の羽音と、律儀に横断歩道を踏んで歩く至の吐息だけが、今この世界にある生命だ。

あまりの静けさに耳鳴りがして、至は軽く耳朶をなでた。こうしていると、通い慣れた道を歩いているはずなのに、知らない街へと迷い込んでしまったような気分になる。至が知る街とそっくり同じものを用意して、気がつかないうちにとりかえられてしまったかのような、そんな心地だ。

月明かりに照らされた白線をたどって、至は足をとめた。

見あげた先にあるのは、古びた雑居ビルである。巷の小学生たちから幽霊ビルと揶揄されているだけあって、深夜の迫力は昼間の比ではない。心なしか最上階の窓がほのかに光っているような気さえして、至は「そんなまさか」と首をふった。

ジーンズの後ろポケットから携帯電話を引き抜いて、画面をつける。

その灯りを頼りに、なるべく音をたてないように階段をのぼった。

「まさかこんなふうに、この鍵を使う日がくるなんてな」

すりガラスに掲げられた賽の河原株式会社の文字を眺めて、至は施錠されていた戸に鍵をさし込む。千影よりはやく出社するべく意気込んでいたときには、こんな泥棒まがいの状況は想像もしていなかったというのに。立派な不法侵入者と成り果てた自分に苦笑して、至は自身のデスクに足を進めた。

背負っていたリュックをおろし、暗闇に慣れた瞳で室内を見まわす。

金色のプレートがおかれた菊田のデスク。千影の席に紙パックのカフェオレがあるのは、珍しくも彼女が捨て忘れたからだろうか。雑多な書類で埋め尽くされているのは終一の席だ。お世辞にも片付いているとは言い難いそれは、彼の激しい気性を表しているかのようであった。

応接スペースの間仕切り棚に飾られた花菖蒲を越えて、至はローテーブルに鎮座する白菊の箱に目をとめる。

善治の遺骨は、菊田の伝手を利用してどこかの墓地へと埋葬されるらしい。その際には信頼のおける腕のいい僧侶を手配するからと、菊田は至を安心させるように言っていた。けれど実態としては、それで善治が救われるか否かは断言できないそうだ。これは事務所へもどってから千影に訊いた話だが、本来であれば善治のように孤独死し、無縁仏と化したとしても、自治体などがきちんとした供養をおこなってくれるものらしい。だが善治は、最終的には両親や妻に拒絶されてしまったものの無縁ではなかった。リンファによって質の悪い葬儀社へと託されて、贈られるはずであった六文銭を失ったのだ。それはこれまでに前例のない事態であり、今後の予測は不可能であると、千影は菊田より伝え聞いたそうだった。

ならばやはり、至は善治に「三途の川を泳いで渡れ」と言わなくてはならないのだろう。

「……そんなの、絶対に無理だ」

呟いて、至は自身の頬をたたく。

至はもう、善治の顛末を自己責任だと断じることはできない。彼がうだつのあがらない人生を歩んだことは事実だとしても、六文銭を得られなかった責任は、善治にはないと知ってしまったからだ。それなのに、自身の愚かな人生を認めて川底に沈め——だなんて。そんなこと、至には言えるはずがなかった。

木製のポールハンガーにゆれる藍色の羽織をつかんで、袖を通す。

最後に襟元を正すと、至は掃除用具入れの戸に手をかけた。

桟橋にとまる渡し舟に乗り込んで、至はつま先で舟底をたたいた。見たところ浸水している箇所はなく、衝撃によるゆれも想定内だ。棹もしっとりと手に吸いつき、握り心地がいい。

これなら問題ないだろう。至はひとり頷いて、賽の河原へと身体を向けた。

「善治さん、準備できましたよ！」

片手を口元にそえて声を張ると、不安げな表情であたりを見まわしていた善治の肩が跳ねた。おそらく、終一の襲来を恐れているのだろう。善治は慌てた仕草で河原を飛ぶように走り、桟橋へとやってくる。

「ねえ、本当にいいの？　俺、お金持ってないよ？」

船縁に足をかけたところで真剣に問われたが、至は曖昧に笑って善治を引き入れた。

善治と、そして自分の迷いをふりきるように川底へ棹を突き立てて、舟をだす。

鏡のように凪いだ川面は、夜空の星をそのままに映していた。

「……なんど見ても、綺麗なもんだねえ」

星空を割って進む舟に、善治は感嘆の息をつく。ひときわ大きく輝く月は道しるべのごとく船首を照らし、善治の姿を宵闇に晒していた。

善治が無賃乗船を試みたのは昼間のことだったので、夜の景色はまた違って見えるのだろう。至も普段は、明るい時間帯に舟を漕いでいるので新鮮だ。こうして舟のうえから星空を眺めたのは、朝を彼岸に送ったとき以外にはないはずである。あれは昼と夜の狭間にあたる時間帯だったけれど、夕暮れに浮かぶ星々がとても綺麗だった。

――元気にしてるかな、朝ちゃん。

想いを馳せて、至は棹を握る。まだ二ヶ月ほどしか経っていないはずなのに、ずいぶんと昔のことのように感じるのだから不思議だ。それでいて、朝がくれた笑顔はすぐにでも思い出せる。ちいさな子どもかと思えば驚くほどに賢くて、至の身体に侵入するような無鉄砲さも兼ね備えていた不遇の少女。それでも懸命に生きて舟に乗った彼女を——その死出の旅路に立ち会えたことを、至は誇りに思っている。

朝を想い至が崩した石は、彼女の六文銭となった。

あの石の温もりを、至は一生忘れないだろう。

「俺、初仕事でちいさな女の子を乗せたんです」

長い船旅のおともに、至は朝との思い出を語りはじめる。

故人への想いが六文銭になるのであれば、至が善治に抱いているこの感情にも可能性はあるはずだ。それが希望的観測にすぎないことはわかっていたけれど、至はあの日の自分を信じてひたすらに棹を繰り、唇を動かした。

善治は船縁に身をもたれて、至の思い出話に相槌を打つ。そしてふと、彼は「大きい兄ちゃんにとって、その子は大切な女の子だったんだね」と呟いた。

そのあまりにもしみじみとした響きに、至は一瞬だけ手をとめる。

「……善治さんだって、リンファさんのことを大切な女の子だと想っていたんじゃないんですか？」

至と朝の関係は、善治とリンファのような男女のそれではなかったけれど。至がこの短いあいだに知った宮下善治というひとは、ろくでなしかもしれないが悪人ではなかった。たとえリンファに偽装結婚の契約を持ちかけられたとしても、彼は多少なりとも悩んだはずである。だからこそ善治は、正式な罪名を諳んじられるほどに、偽装結婚について調べていたのだ。

そんな善治が、リンファの求婚をうけた理由。

至はそこに、善治の想いを感じてならない。

「うーん、そうだねえ」

善治は面映ゆそうに顎の無精ひげをなでると、

「あの子は、とびきり綺麗で頭のいい子なんだ。田舎の農村部に生まれたせいで満足に学ぶことはできなかったみたいだけど、努力家でさ。はじめは片言だった日本語も、あっという間に上達したんだよ」

まるで宝物を自慢するように、リンファとの出会いについて訥々（とつとつ）と口にした。

「農村部にありがちな貧乏子だくさんで、すごく苦労したんだって。もちろん、すぐに信じたわけじゃないよ。苦労話で客の気をひこうとする女の子はいっぱいいるし、俺だって最初はそう思ってた」

だが店に通いはじめてしばらくしたころ、リンファは善治にこう話したと言う。

この国に来たのは家族のためではない。仕送りはするけれど、弟妹が大人になるまでだ。母国に帰るつもりはなく、この国で自分の幸せをつかんでみせる——と。

「私は、私の人生に負けたくないの」

薄く頼りない布を肩にかけて、安物のベッドに座りそう宣言する彼女は、痺れるほどに美しかったと善治は回顧する。

「可哀想なふりしちゃってさ、本当はめちゃくちゃ強いんだもん。吃驚しちゃうよね」

照れたようすで鼻のしたをこする善治は、そうしてリンファに魅せられたのだそうだ。

恵まれない環境に育ち夜の街へと流れついたリンファに、はじめのうちは親近感を覚えていたはずなのに。馬鹿みたいな同情と薄汚い優越感を金にかえて買っていた彼女は、善治が思うよりもずっとたくましいひとだった。

家族に唾を吐き、社会に不平不満を垂れて、すべてを他人のせいにして生きてきた自分とは違う。俺の人生なんてこんなものだと匙を投げる善治の隣で、リンファはずっと自分の人生と戦っていた。

そんな彼女が、眩しくてたまらなかった。自分にだけは、もっと本音をぶつけてほしいと思った。客に見せるとり繕ったような笑顔ではなく、あの激情を宿した瞳を晒してほしかった。

だから善治は、蓮の花の花言葉を知ったとき、彼女のもとへ駆けたのだと言う。

「俺はこのとおり、地位も名誉も金も容姿も、ましてや若さすら持ってない。そんな俺にリンファを救えるわけがないけど、少しでも力になれたらって思った。だからあの花言葉を知ったとき、これがリンファのお守りになるんじゃないかって考えたんだ。たったひとりで人生と戦う彼女を救済する、お守りに」

相槌を打ちながら、至はリンファの豊かな黒髪を彩っていた、蓮の花の髪留めを脳裏に描く。

たしかリンファは、見るからに安価なそれをもらったとき、気休めにしかならないおまじないだと感じながらも、善治を面白いひとだと思った——と言っていた。ふたりの馴れ初めとなる大切なエピソードのようであったが、あれもリンファにとっては、偽装結婚を秘めるための隠れみのでしかなかったのだろうか。

善治はそのときのことを思い出したのか、くつくつと喉を鳴らして笑う。

善治いわく、リンファは他人に弱味を握られることを嫌うので、あのときの彼女は嘘を吐かずとも真実を隠していたらしい。

「本当はね、蓮の花の花言葉を知ったとき、リンファは泣いたんだよ。俺、それを見て思ったんだ。強いひとは、傷つかないわけじゃない。どんなに辛く苦しくても、歯を食いしばって立ちあがる根性があるだけで、本当はたくさん傷を負ってるんだって。最初は言葉も通じなかっただろう異国の地で、女の子がたったひとりで生きていたんだよ。

そんなの、心細かったに決まってるよねえ」

穏やかに瞳を細める善治の表情は、恋しいものを遠くに見る男のそれだ。

だからこそ至は、わきあがる悔しさに唇を嚙んだ。あのときリンファから、彼女の本音を訊きだせていたら。心から愛していたとは言えなくとも、憎からず想っていたことさえ口にしてくれたなら、善治はどれほど救われていただろう。

沈黙と表情から、善治は至の沈痛を察してくれたらしい。彼は慌てたように船縁から身を起こすと、自身の心の健勝さを誇示するように大きく手をふった。

「リンファの部屋でのことなら、気にしなくていいんだよ。あの子が知りあったばかりのひとに本音を明かすとは思えないし、俺もそれをたしかめるつもりなんてなかったんだから」

そうして、善治はまた瞳に恋を宿す。

「俺が綺麗だと思ったのは、自分の人生と戦ってる強くてたくましいリンファなんだ。あの子は今も、幸せになることを諦めてない。俺はそれだけで、百年でも千年でも恋ができる」

優しい弧を描くまなざしに捉えられ、至はちいさく息を吞んだ。

善治のこのかぎりなく澄んだ純心が、リンファに届いていればいい。そうすれば、リンファは善治を想わずにはいられなかったはずだ。地位も名誉も金も容姿も、若さだって必要はない。ただ、このひとがそばにいるだけで、生きていくことができる。そういうふたりになれたはずだった。

じんわりと涙の浮かぶまぶたをこすって、至は強く棹を握る。

善治は至の心境を慮ってか——いや、自身の気恥ずかしさを誤魔化す意味もあったのだろう。努めて声を弾ませると、とりとめのない会話を並べたてた。

ひとってあんなにちいさくなるんだね。俺の骨は、リンファが拾ったのかな。生活態度が悪いと骨がスカスカになるって聞くけど、どうだったんだろう。このとおり男前なおっさんだけど、骨までイケメンとはかぎらないからなあ。

荘厳なる三途の川に、善治の声と至の相槌が木霊する。

そうして道しるべのごとき月明かりをたどって舟を進めていると、ふとした瞬間に沈黙が訪れた。

棹を繰る手をとめて善治を見れば、彼はぼんやりと月を見あげている。

「俺の人生って、なんだったのかな」

にごった眼球に月だけを映して、善治はそう呟いた。

「……善治さん？」

先ほどまでの善治とはどこか異なる雰囲気に、至は両手で棹を握る。

その感情の抜け落ちた横顔に、至は深夜の街を重ね見た。

そっくり同じものを用意して、気がつかないうちにとりかえられてしまったかのような、あの心地。

善治は緩慢な仕草で立ちあがると、船尾にいる至のもとへと手をのばした。

「なあ兄ちゃん、俺のことも助けてくれよ」

意図の読めない発言に戸惑う暇もなく、善治の手が至の羽織をつかむ。肩から脱がすように力を込めて引かれると、バランスを崩した舟が大きく傾いだ。抵抗しなければ、と瞬時に思うが、狭い舟のなかで暴れるのは得策ではない。

――ひとまず、善治さんを落ちつかせないと。

そのわずかな逡巡が、至の足を文字どおりすくった。

ふたりはもつれあうように転げ、至は船縁に背中を打ちつけた。善治は至の真上でうなり声をあげるが、その両手は羽織を握ったままである。ふらつく身体を整えて、なお羽織を引こうとする善治がなにを考えているのかわからない。ただその瞳に宿る執念が灼けるように熱く思えて、恐怖心に駆られた至は、善治の喉元に棹をおしつけた。

両腕をのばして善治を剝がそうとすれば、潰れた声がもれる。

「あと少しだったんだ」

気管を潰されているせいで音程の調整ができないのか、それはひどく耳障りな声音だった。

「あと少しで、リンファは幸せを手に入れるはずだったんだ。それなのに、俺が台なしにしちまった。俺みたいなクズでも、あの子の役にたてると思ったのに」

肌に食い込む棹すら気にもとめず、至へと迫る善治が怖い。喋るどころか呼吸すらままならないはずだ。その証拠に、だらしなくあいた善治の口からは唾液と細かな呼気がもれていた。

だが、それでも善治は動きをとめない。むしろ彼の気迫に圧された至がひるむのを待っていたかのように、こちらの腕力がゆるんだ隙を狙って、善治は背筋をぐっと盛りあげた。至の腕はくの字にまがり、首すじに食らいつこうとする善治を防ぐ術はない。吐息がかかるほどの距離で、善治はまた「俺を助けてくれよ」とささやいた。

「兄ちゃんの大切な女の子にしたみたいに、俺にもその身体を貸してくれ。ほんの数年でいいんだ。兄ちゃんがリンファと結婚して、子どもを産んで、この国に生きる権利を手に入れたら。そしたら、必ず返すって約束する。俺は、あの子の願いを叶えるって誓ったんだ。そんな誓いすら守れずに死んだら、俺が生きていた意味がなくなっちまうんだよ」

ひとはそれを、未練と呼ぶのだろう。

ぎりぎりと軋む棹を握りながら、至は食いしばるように目をとじた。長い船旅のおともに、などという安易な考えで、朝のことを話すべきではなかった。善治はそれを耳にして、リンファに抱いていた未練をふくらませてしまったのだ。舟か泳ぐか、どちらにせよ彼岸に渡らなくてはならないと思っていた彼に、新たな選択肢を与えてしまった。数分前の自分を殴ってやりたいと、至は本気でそう思った。

しかし、だからといって善治にこの身体を奪われるわけにはいかない。

――なんとかして、善治さんを説得しないと。

攻防の最中に至は思考をめぐらせたが、ちいさな舟のなかに現状を打破する術はないように思われた。遠く此岸を離れ、舟は大河をただよっている。ふたりの男が揉みあう舟は著しく比重をかたよらせ、至の後頭部にはときおり跳ねた水があたっていた。先に善治が力尽きてくれればいいが、残念ながら彼の優勢にかわりはない。このままでは至が負けるか――もしくは、舟ごと転覆するだろう。

その予測に至が身を凝らせたとき、手元からめきりと嫌な音がした。予測から外れていた役者が、我先にと音をあげたのだ。善治と至にはさまれて、その細い身体にどれほどの負荷がかかっていたかは知れない。がむしゃらな善治の猛攻に、ここまで耐えただけでも立派だと言えよう。――だが、できることならばもう少し耐えてほしかった。

「善治さん！」

ひび割れた棹は、善治をはさむようにして折れた。至の腕は宙をかき、善治の身体は支えを失い前に倒れる。至は彼をうけとめようとしたけれど、精一杯に棹を握っていた手はかたく凝っていて、簡単にはひらいてくれなかった。善治は勢いのまま至に覆いかぶさり、船縁にはふたりの体重がすべて乗る。

——舟が、

その先を思うよりもはやく、至の世界は反転した。

吸い込まれるように三途の川へと投げだされ、視界が目まぐるしく変化する。すがめた瞳の端では、泡の粒が瞬いた。焦りと水圧にやられた肺は貴重な酸素をいくども逃がし、酸欠にあえぐ鼻は水を飲んでつんと痛む。脱力して浮かなくては、と頭ではわかっているのに、混乱した脊髄はひたすらに足掻けと指示をだしていた。

手足をばたつかせて睨んだ川底は、墨をとかしたかのように黒い。月光すら届かないのだろう。水のなかであることすら忘れかける漆黒の縁に、なにかがゆらめいて見えた。

暗闇というひとつの塊からのびるように、それはぬるりと顔をだす。触手のごとき先端をうごめかせる姿は、意思のある生物のようだった。いや、むしろ意思そのものだと言えるのかもしれない。おそらくあれが、終一が言っていた「川底に沈んだ亡者の怨念」なのだろう。道連れを求めて手を招くという評判のとおり、怨念は善治の四肢に絡みつこうとしていた。

——やめろ、善治さんにさわるな！

虚ろなまなざしで水面を見あげる善治に、至は絶叫する。叫んだはずの言葉は泡となり、怨念は善治にまきついた。悠々と彼をさらおうとする怨念を追いかけて、至は水を蹴る。至のもとにも怨念はやってきたが、羽織の効果なのだろうか——なぜか至に触れるのを嫌がるそぶりを見せて、ひゅっと指先を引っ込めた。

理屈はわからないが、邪魔されないのは好都合だ。

まっすぐに善治のもとへ向かうと、彼は至の存在に気がついたようだった。

冬の窓のようにくすんだ瞳が至を捉えて、わずかに瞳孔をひらく。けれど、抵抗するつもりはないらしい。身体をまさぐる怨念にすべてをゆだねて、善治はその身を晒していた。至が触手を剝ぎとろうとしても、彼は身じろぎひとつしない。善治の顎先の無精ひげへと頰ずりし、唇のなかにもぐり込もうとするそれを捕まえて、至は顔を顰めた。

怨念をつかむたびに、至の身体を動かすボンベの残量は減っていた。酸素の足りない脳みそが、どくどくと脈打って頭痛を訴える。けれど、それでも善治を諦めるわけにはいかなかった。こんなところで見捨てられるくらいなら、至は最初から善治を舟に乗せてはいないのである。

——でも、どうしたらいいんだ。

ヒーローの胸に光るランプのように、至の視界が明滅する。

いよいよ限界なのだろう。

眼球がぐるりとまわりかけたとき、至は忍びよる死を意識した。

この冷たい水のなかで、自分は死ぬのだ。誰に看取られることも、家族に骨を残してやることもできずに。そうして自分という存在は、この世から完全に消滅してしまう。自分のために泣いてくれるひとがいたとして、それが本当に自分へと向けられた悲しみなのかどうかもわからずに。そんなふうに命を終えて、悔いはないと言えるのだろうか。

――そんなの、嫌だ。

ふつふつと胸にわく後悔が、至に拳を握らせた。

震える眼球を善治に定めれば、彼も至を見つめている。

かわらずぼんやりとしたまなざしだったが、ふと、善治は笑みをもらした。

そして唇をひらくと、しゃぼん玉のような呼気がのぼる。

「……ごめんね」

音のない謝罪をされたような気がして――次の瞬間、至は腹を蹴りあげられていた。

反動で至の身体は善治から離れようとして、必死に彼へと手をのばす。なにかをつかんだような気がしたが、もう間にあわなかった。怨念はスピードをあげて善治を川底へと連れ去り、水面に向かう至には目もくれない。

――助けにいかないと。

その考えは、メーターのふりきれた酸素ボンベによって阻まれた。むしろ善治を助けるどころか、至だって生きて帰れるかはわからない。舟は転覆してしまったし、棹だってふたつに折れている。このまま勢いに任せて水から顔をだせたとしても、岸はずいぶんと遠い。今は見逃してくれている怨念だって、絶対に至を襲わないという根拠はどこにもなかった。

諦念のにじむ横顔を、月明かりが照らす。

覚悟を決めてまぶたをとじようとした——そのときだった。

「ちび助、こっちだ！　手えのばせ！」

死んだあとも、聴覚は最後まで残るという。

幻聴かと思ったが、同時に至の頬をかすめていった痛みは現実だった。流れる血液は棒状のなにかへと絡みつき、三途の川にとけていく。操船用の棹だろうか。なぜ、と疑問を抱くよりも先に、至は片手でそれを握りしめていた。

ぐん、と身体が持ちあがり、至は水面に衝突する勢いで水をのぼっていく。

釣りあげられる魚の気持ちを、はからずも体感してしまった。漁師こと終一は至の襟首をつかむと、雄叫びをあげながら舟のうえへと引きあげた。

木肌に転がって、胃を裏返すように水を吐く。呼吸の仕方を忘れた胸は喘鳴(ぜんめい)し、頭痛にあえぐ視界は天地すら失ったようだった。ぐるぐると回転する世界のなかで終一がなにごとかを叫んでいるが、言葉として理解することができない。ただなんとなく叱られていることだけは察しがついて、至はうわ言のように口をひらいた。

——朝ちゃんのときみたいに、なんとかできると思ってしまったんです。

それが終一のもとに届いていたのか定かではないが、引きつるような怒声が答えなのだろう。

「六文銭ってのは、そんな簡単なもんじゃねえんだよ！ お前が朝にやった想いを、安っぽい同情と一緒にすんな！」

頭上からふりそそぐ怒りをうけとめて、至の瞳には涙が浮く。

「同情でも、いいじゃないですか」

ようようだした声は、ずいぶんとふやけたものだった。

たとえ同情でも、至は善治を救いたかった。天秤からこぼれて不運に見舞われた彼を、至だけは助けてやらなくてはと思った。

それなのに、どうしてこんなことになってしまったのだろう。

「誰にも愛されなくて、誰にも必要とされなくて——それなら俺たちは、なんのために生きていたんですか」

言って、至は舟のうえで身体を転がす。

満天の星空をその身にあびながら、至は自身の手におさまるかたい感触に気がついた。

終一の棹を握ったものとは異なる、反対の手だ。いまだ言うことを利かない身体を叱咤して、至はその手をそっとひらく。

水に濡れ、夜空の瞬きに光り輝く――蓮の花を模したガラスの髪留め。

どくりと鳴る心臓とともに、至は瞠目した。

どうして、と唇が戦慄く。これはたしかに、リンファの髪を彩っていたものだ。善治の話を聞くかぎり、同じものが存在するとは思えない。それなのに、至の手には髪留めがある。どれほど思考をめぐらせても、その意味はひとつしか思い浮かばなかった。

――祈ったんだ。リンファさんが、善治さんのために。

火葬を越えて、六文銭として届くほどに強く。

すべてを理解した瞬間、三途の川には咆哮が轟いた。蓮の花を模した髪留めを抱きしめるように身体を丸めて、至は喉が焼けつくほどに叫ぶ。言葉にならなかった。言葉にできなかった。今このとき至の胸にうずまくのは、あのとき善治を舟に乗せてしまった、愚かな自分への果てしない憎悪だけだった。

――善治さんを本当の意味で殺してしまったのは、この俺だ。

あふれる涙とともに胃液を吐いて、それでも至は悔恨を吼える。しだいに喉が嗄れ声は細く途切れたが、涙と嗚咽はつきることがなかった。

微かな光を放つ髪留めを握りしめて、至は船底に拳を打つ。

船尾に座す終一はそれをとめることなく、ただ静かに水平線を睨んでいた。

〈第三話〉ねがい花

太陽にきらめく川面を眺めて、至はひとつ息をついた。

季節は夏に近づこうとしていた。対岸が望めないほどに大きな川と、角のとれた石が転がる賽の河原も例外ではない。陽の光を反射させる川面はゆらめくたびに瞬きをしているようで、その眩しさに至は目を細めた。

頬をなでる風は生ぬるく、空に浮かぶ雲は欲張りすぎるくらいに太っている。おまけに至は現在、いつもの藍色の羽織ではなく黒色のものを纏っていたので、集光率の高さから汗がにじむほどの温もりに包まれていた。菊田の話によると、現行のものが完成する前に作られた試作品であるらしい。そのぶん加護の力は弱くなってしまうそうだが、着ていないよりはマシだろうとのお達しであった。

それもこれも、数週間前におきた舟からの転落事件によって、至が羽織を損傷してしまったせいだ。至の羽織をつかんでいた善治の力はかなりのものであったらしく、裏地に縫われていた経は糸が千切れ、三途の川のなかでもがいたことも相まって修繕が必要になってしまった。しかも至の身体は、けして標準と言えるサイズではない。予備の羽織では丈が足りないどころか肩幅がちいさすぎて、身じろぎひとつとれやしなかった。

そこで菊田は苦肉の策として、備品を保管していた棚の奥から、はるか昔の試作品を引っ張りだしてくれたのである。

あくまでも試作品なのだから無茶はしないように、と忠告されてはいるけれど、今のところはなんの問題もない。

むしろ、至の頭のなかはべつの問題でいっぱいだった。

「これから、どうやって生きていけばいいんだろう」

呟いて、至は河原の石を拾いあげた。宙をすべらせるように放ると、石は川面のうえをいくつか跳ねる。幼少期の最高記録は七度であったが、大人になった至に昔ほどの熱意はない。気概の薄さぶん味気なく跳ねて、石は唐突に川のなかへと沈んでいった。

雄大な川に飲まれて消える石を見つめて、至はそれを自分のようだと思う。

舟から転落し、終一に助けられたあと。気を失った至は終一により病院へと運ばれたようで、気がつくと白い部屋のなかに寝かされていた。身体の震えを誤魔化すように指先を揉んだ母から「あんたまでいなくなるかと思ったじゃない」と詰られたことをよく覚えている。対する菊田は安堵の笑みを浮かべて、至の無事を喜んでくれた。そして終一や千影が仕事の関係で見舞いに来られないことを詫びると「こっちのことは気にしなくていいから、今はゆっくり身体を休めるんだよ」と労わってくれた。

幸いなことに数日の検査入院でことは済んだので、至は試作品の羽織を借りてそくざに仕事へ復帰したのだが――なぜかこうして、暇に飽かして石で遊んでいる。

放ったふたつめの石は一度も跳ねることなく川面に消えて、至は不甲斐なさに頭をかいた。

仕事への復帰初日。至はいつものように舟へと乗り込もうとして、その足が桟橋から離れないことに気がついた。気持ちのうえでは汚名返上・名誉（めいよ）挽回（ばんかい）と言わんばかりにはりきっていたのだ。検査入院による欠勤を抜きにしても、様々な迷惑をかけてしまった自覚はあった。だからこそ、心を入れかえて仕事に励まなくてはと思っていた。

だが、不思議なことに至の踵（かかと）はまったくあがらなかった。それどころか喉は狭まり、視界は霞（かす）み、あわなくなった歯の根はかちかちと音を奏でる始末だった。それは医師によると、パニック発作と呼ばれる症状であるらしい。ようするに至はあの一件を経て、舟に対する極度のトラウマを抱えたようだった。

賽の河原株式会社においては、舟に乗れなければ仕事にならない。これはさすがに首をきられるのではないか——と青ざめたところで菊田はリハビリを提案し、そうして至は暇なときには三途の川を眺めてすごすようになった。舟に乗れないとはいえ、此岸をさまよう亡者を賽の河原へ案内したり、千影の手伝いをすることはできる。霊感のある人材を手放すのは惜しいと菊田は言っていたが、どう考えても彼の温情であった。

予定では今月に終了するはずであった試用期間を、一ヶ月のばしてもらうことで合意を得たが、本来ならば至のほうから退職を願いでるべき状況だと思う。しかし辞めたところで、次の職が見つかる保証はない。ただでさえ至は、賽の河原株式会社へたどりつくまでに数多の企業から今後の活躍を祈られてきたのだ。そんな至に、未来を楽観視する余裕などなかった。

「仕事辞めて、どうするんだよって話だしな……」

その場にしゃがんで、至は掌で転がしていた石を土台に、もうひとつの石を重ねる。

賽の河原における石積みの刑は、いくども鬼に崩されてふりだしに戻ることから「不毛」の代名詞とされているが、まさしくこれは堂々巡りの不毛な問いであった。

菊田の優しさに甘えて、役立たずであることを自覚しながらも厚顔無恥を極めるか。

それとも、空気を読んで三途の川よりも先の見えない大海原へと漕ぎだすか。

三つ四つと石を積んだところで、答えなどでるはずもないのである。

「俺、先輩にもちゃんと謝れてないんだよなあ」

五つめの石をてっぺんに落として、至は抱えた膝に頬をおしつけた。至の不在により終一は多忙を極めているようで、近ごろは事務所でも姿を見ない。許可なく無茶をしたことも、助けてもらったことも謝りたいと思っているのに、至はそのチャンスをつかめないでいた。

そもそも終一が至のことをどう考えているのか、それすらもわからないままだ。それとなく菊田や千影のようすをうかがってはみたけれど、もとより終一は陰で他人の評価を吹聴するような男ではない。文句があるなら躊躇わず本人に告げる男が黙っているのだから、至にできるのは彼の心情を想像することだけだ。そしてその想像のなかで、至は終一に罵詈雑言をあびせられているのであった。

もはや呼吸と大差のないため息をついて、至は六つめの石を積む。

バランスを欠いて傾ぐそれに、七つめの石を重ねて挽回を試みたとき、

——やめろ。

こめかみを刺す痛みに、至はうめいた。

音をたてて崩れゆく石の塔には目もくれず、至はその場に倒れ込む。

脈打つ血管にあわせて、なにかが警告をしているかのようだった。

——やめろ、やめろ、やめろ。

声とともに強さを増す痛みに、至はくだんのパニック発作を疑う。

だが、至は舟に近づいてすらいない。ただ子どもたちの真似をして、思案のついでに石を積んでいただけだ。ただの手遊びであったのに、どうしてこんなにも激しい頭痛と、警告のような幻聴に襲われなくてはならないのか。

まわる視界のなかで浮かんだその疑問は、

——まだ、駄目だよ。

という応えによってかき消された。

額のひんやりとした感触に、至は意識を引きあげられた。ぼわりと霞む視界には、天

井と思しき白が広がっている。そこに斜めから差し込む黒い影は、人間だろうか。汚れたレンズを拭くように瞬きをすると、白い天井は事務所のそれに、黒い人影は女性の姿へと収束した。

景色から察するに、至は応接スペースに寝かされていたらしい。軽く身じろぎをすると、ソファから飛びだした足が宙をかき、至の頭部は柔らかくなめらかなものへと沈み込む。自宅の枕など相手にもならない、温かく心地のいい肌触りだ。至はいまだ疼くこめかみを柔らかなそれへとすりつけて、ほのかに鼻腔をくすぐるカフェオレの匂いに飛び起きた。

「おはよう、佐倉くん。具合はどう？　大丈夫？」

先ほどまで至が寝ていた場所に座した千影が、飛び起きた勢いで転がる濡れタオルをうけとめて微笑む。正直なところ心臓は和太鼓のごとく鳴り響いているし、顔色も赤いのだか青いのだかわからない状況ではあったけれど、至は絞りだすように「だ、大丈夫です」と応えた。

記憶は曖昧だが、たぶん至は賽の河原で頭痛に襲われたあと、這うようにして事務所へともどってきたのだろう。千影はそんな至を掃除用具入れの前で発見し、こうして介抱してくれていたのだ。至が温かく心地のいい枕と評したそれは、千影の太ももであったに違いない。そうとも知らず頰をすりつけた自分を内心で叱咤しつつ、至は千影から距離をとるべく腰を浮かせた。

だが千影はそんな至を咎めると「なにか飲みものをとってくるから、休んでて」と言及して給湯室の奥へと向かう。ひとり残された至が、彼女の言いつけどおりソファで背中を丸めてしばらく。千影はお盆に麦茶の入ったグラスと、いつものカフェオレを携えて応接スペースへともどった。

「最近は夏らしい陽気になってきたから、冷たい麦茶がいいわよね」

言って、千影はそれらをテーブルに並べる。至は恐縮しながらも手にとって、グラスに唇をよせた。喉が渇いている自覚はなかったが、思ったよりも水分に飢えていたらしい。胃に落ちる麦茶の冷たい感触に、気がつくとグラスを干していた。

千影は思いのほか元気そうな至に安心したのか、対面のソファに腰をおろすと、ちいさく笑んで自身のカフェオレへと手をのばす。ストローを口にふくむと、こくこくと喉を上下させたのちに息をついた。

「それで、いったいなにがあったの？　まだ無理はしないよう言っておいたのに、まさか舟に乗ろうとしたわけじゃないでしょうね」

諫めるような視線に晒されて、至は苦く笑う。誓って、至は舟に乗ろうとしたわけではない。ただ手遊びに石を積んでいたら、原因不明の頭痛と幻聴に襲われただけだ。

とはいえ、幼いころから健康優良児として名を馳せてきた至にとって、パニック発作以外の不調など考えるべくもないのだが――心の痛みが身体に現れる事象については、母を見て育ったのでよく知っている。至はその可能性を否定できず、首をひねりながら呟いた。

「自分でも、よくわからないんですけど……色々と考えすぎて、気分が悪くなってしまったんだと思います」

すなわち、知恵熱のようなものだ。

千影は至の返答に短く頷くと、カフェオレの紙パックを膝のうえにおろした。

「色々って、たとえば？」

促され、至は黙考する。仕事の進退に関しては言わずもがなだが、一番の悩みは自身の愚かさだ。勝手な判断で善治を舟に乗せ、あまつさえ彼を川底へ沈めてしまったこと。それに対する償いをする間もなく、パニック発作などという不調をきたしてしまったこと。至のせいで終一の仕事は倍にふくれ、事務所へもどる暇もなく駆けずりまわっている。それなのに、千影も菊田も優しく笑むばかりで、誰も至を責めようとはしない。

もちろん至とて、責められたところでパニック発作が治るわけではないことは理解している。だが今の至は――そう、たぶん傷つきたいのだ。善治を救うと息まいていたくせに、本当は余計なことをしただけであった自分を。遺骨は手放されてしまったけれど、リンファというかけがえのない存在から選ばれていた善治を、冷たい川の底に導いてしまった自分を。誰かに、もう二度と立ちあがれなくなるほど痛めつけられて、その傷を贖罪としたかった。

　きっと終一あたりが耳にすれば、理のなさすぎる論に「馬鹿か」と吐き捨てるだろう。むしろ「そんなに傷つきてえなら自分でやれ。なに他人に傷つけてもらおうとしてんだ、烏滸がましい」とすら言うかもしれない。脳内の終一は、こういうときに至を自動で諌めてくれるので、とても便利だ。

　まとまりの悪い思考をぽつぽつと話すと、千影はどこか遠くを見つめながら「そうね、わかるわ」と首肯した。

「佐倉くんと一緒にしたら失礼かもしれないけど、私だって自分の不甲斐なさに悩むことはあるもの。そういうときって、自分を粗末にしたくなるのよね。髪をかきむしって、頬をたたいて、腕に噛みついて……でも、どんなに痛い思いをしても気分は晴れない。だって現実は、なにひとつ変わってはいないんだから」

　その実感のこもった声音に、至は驚きから目をしばたたいた。いつも涼やかな笑顔で事務仕事を一手に引きうけている彼女が、そんな自暴自棄に陥ることがあるだなんて、想像もつかなかったからだ。至の目には、千影は常から完璧に見える。もちろん人間なのだからちいさなミスをすることはあるのだろうが、至のように取りかえしのつかない愚かさを、彼女が持っているとは思えなかった。

「千影さんも……自分のことを、そんなふうに思うことがあるんですか？」

問うと、千影は複雑そうに眉宇をよせて笑う。

彼女はそれ以上多くを語りはしなかったが、まるで懺悔をするように「私だって、たまには自分のことが大嫌いになったりもするのよ」と言った。

「でも、時間をまきもどして失敗をなかったことにはできないでしょう？ それなら、あとはひたすら頑張るしかないと思うの。自分を責めて許しを乞うんじゃなくて、失敗から学んだ姿をきちんと示していく。きっと終一も、それを待っているんだと思うわ」

千影はカフェオレのストローを咥えて、わずかに嚥下する。至は彼女の言葉を噛み砕くように反芻して、手にしたままであった空のグラスをテーブルにおいた。

千影の言うように、時間はけしてまきもどらない。失くした兄弟は生き返らないし、朝との遅すぎる出会いをどれほど悔いても意味はない。善治が川底に沈んでしまったことも――そして、至が余計な真似をしなければ彼が無事に彼岸へ渡れていただろうことも、覆しようのない現実なのだ。

もしも終一が、千影の言うように至の成長を待ってくれているのだとしたら。

その信頼まで裏切る人間にはなりたくないと、強く思った。

「終一は頑固で不器用なうえに、口が悪くて手もはやいけど、ああ見えて優しいひとなのよ。懐に入れたものは必ず守ろうとするし、簡単に見捨てたりはしない。だから佐倉くんも……終一のこと、信じてあげてほしいの」

そうして肩をすくめた千影の表情は、どことなく至の母に似ているような気がした。美点も欠点もすべてを承知のうえで、けして失うことのない情を感じる――家族のような慈愛のまなざし。ふたりは至が入社する前からともに仕事をしていたのだから、それなりの絆があって当然なのかもしれないが、かなりの親密さをうかがわせる雰囲気に首をひねった。

以前から若干気にはなっていたのだが、千影と終一はどういった関係なのだろう。海外であれば一介の同僚でもファーストネームを呼びあうのかもしれないが、ここは日本だ。至にちび助なる不名誉なあだ名をつけた終一はまだしも、千影はそのあたりの線引きをわきまえているような気がする。そんな千影が終一を気安く呼び、さらには彼の性格を把握したうえで「信じてほしい」と懇願する理由。

よほどの関係なのではないかと疑って、至は思考のままに口をひらいた。

「ずっと気になっていたんですけど……千影さんと先輩って、お付き合いされてるんですか？」

瞬間、千影は喉にカフェオレを詰まらせた。

初夏の日差しが線を描く真昼の事務所に、千影の動揺が響き渡る。彼女が手にした紙パックは握力によってわずかに潰れ、ストローの先端からは茶色い液体が飛びだした。

背中を丸めて咳き込む千影は、目尻に涙まで浮かべている。

至は慌ててソファから尻を浮かせたが、先んじた千影によって制された。

「私と終一は、ただの幼なじみよ。家が近所で、親同士の仲もよくてね。生まれた年も一緒だからセットにされていただけなの。色々あって働く場所まで同じになっちゃったけど、本当にそれだけ。腐れ縁ってやつなのよ」

千影は至に掌を突きだして、小刻みに咳をまぜながらそう言った。最後に「それに私、あんな気難しいひと嫌だわ」とまで追加されてしまえば、至には二の句が継げられない。疑惑の当人である千影が否定するのなら、それが真実なのだろう。ひとまず納得して謝罪すると、千影は満足げに息をついた。

しばしの沈黙をもって、千影は事務所の床へとのびる陽光に目を落とす。

「……誰だって、死ぬのは怖いのよね」

その秘めるような呟きに、至は耳を澄ませた。

それはきっと、善治のことだ。彼は肉体を失ってなお、リンファとの約束を守れずに死を迎えることへの恐怖から至を襲った。至もあの暗い川のなかで、自分という存在が泡沫(ほうまつ)に消えていく感覚を味わったからこそ、彼の気持ちがよくわかる。背筋を走る恐れと悔いによる焦燥は、そう簡単に克服できるものではない。死から逃れようと抗(あらが)うのは、人間に備えられた本能だった。

だから千影は、善治の強襲により舟が転覆してしまったことも、それにより至がトラウマを抱えたことも、無理のないことだと言いたいのだろうか。

じっと陽光を見つめる千影の横顔から、その真意を測ることはできなかった。

「千影さんも、死ぬのは怖いと思いますか」

至の問いかけに、千影はゆっくりと顔をあげる。

「――ええ、とても」

陽光によって影を濃くした千影の表情は、不思議なほどにあざやかな、くっきりとした笑みだった。

*

大事をとって早退するよう促され、至は帰路についていた。だが陽も翳らぬうちから帰宅するのは忍びなく、足は自然と通い慣れた道をはずれていく。

気がつくと、至は木造アパートの前にいた。築四十五年を超えてなお現役を貫く、善治の細君ことリンファが暮らすアパートだ。至は二階の廊下に面した扉をぼんやりと見あげて、その部屋の主を思った。

――リンファさんは、もう母国に帰ってしまったのかな。

もとより表札のない扉は前回の来訪とかわりなく、外からでは空室か否かの判断がつかない。あれから数週間が経っていることを考えれば、すでに帰国している可能性も充分にある。あのときリンファは、部屋のいたるところに段ボール箱を積み、荷造りを進めていたのだ。リンファのおかれた状況を思うに、彼女は一秒でもはやくこの国をでたかったはずである。至はリンファが無事に帰国できていることを願いながらも、自分はもう一度彼女に会わなくてはならないのだという、相反する感情に苛(さいな)まれていた。

——だって俺は、善治さんを。

至の脳裏には、怨念に四肢を奪われ、川底へ沈んでいく善治の姿が瞬く。そしてリンファが彼に贈った、蓮の花を模した髪留めの感触も。終一はそれを三途の川に流し、善治への手向けにしたと言っていたけれど、本来であれば彼とともに舟に乗り、彼岸へ渡されるはずのものだったのだ。しかし至が勝手な判断をしたことによって、どちらも泡沫へと消えてしまった。

事情を知らないリンファにそれを謝罪したところで、彼女を困らせるだけだということはわかっている。一方的な謝罪なんて、こちらが心を軽くしたいがためにする身勝手な行為だ。だから至は、きっと彼女を前にしても謝ることはできない。だがそれを理解してなお、至の足はこの場所を離れようとはしなかった。

呼び鈴を鳴らす勇気もなく、階下から扉を眺める。

そのとき、突如としてドアノブのまわる音が鳴り響き、至は肩を跳ねさせた。扉を注視すると、薄くひらいたそこからはスーツケースと思しき赤色の塊が顔をだす。次いで廊下に姿を現したのは、長い黒髪を蓮の花の髪留めでまとめた、リンファであった。

彼女は部屋の扉に鍵をかけ、赤色のスーツケースを転がしながら廊下を歩く。子どもならば入れそうなサイズのそれを抱えて階段をおりると、至の存在に気がついたのだろう。驚きに丸まった瞳をこちらに向けて、彼女はちいさく会釈をした。

至も軽く首を縦にして挨拶を返したが、ふたりのあいだには沈黙が流れる。リンファにとって至は、一度会ったことがある夫の友人という、赤の他人と言っても過言ではない存在だ。対する至も、まさか本当にリンファに会えるとは思っておらず、突然の事態に困惑している。重苦しい空気に、極度の気まずさを覚えた。

するとと沈黙に耐えかねたのか、リンファはこちらへとやってくる。

「どうも、お久しぶりです」

その言葉に、至は「お久しぶりです」と返しながらも、意識は彼女の手に携えられたスーツケースへと向かっていた。状況を察するに、これから帰国の途につくと見て間違いないだろう。そんな瞬間に偶然アパートを訪ねるなんて、神の采配——いや、善治の意思を感じるタイミングである。

「これから、母国に帰られるんですか？」

問えば、リンファは首肯した。

「ええ。不動産屋さんにアパートの鍵を返してから、空港へ向かう予定です。なので、あまり時間がないんですけど……」

語尾をすぼめて腕時計へと横目を走らせるリンファに、至は慌ててかぶりをふる。

「大丈夫です。お時間はとらせません」と前置きをして、

「お預かりした善治さんの遺骨について、ご報告しなくてはと思っていたんです。彼の遺骨は、俺の上司が紹介してくれた都内の霊園に、無事に埋葬されました」

と手短に伝えた。我ながら咄嗟の誤魔化しがうまい口だと呆れながらも、念のため霊園の住所が記された地図アプリの画面を見せる。するとリンファは、肩にかけていたショルダーバッグから携帯電話をとりだそうとした。だがそこで、なにかを思ったのだろう。わずかに逡巡するそぶりを見せたあと、彼女は携帯電話を持つことなく、ショルダーバッグから手を離す。

「私がいたらないばかりに、お手数をおかけしてすみません。ありがとうございました」

そのまま頭をさげられて、至はまたもや首を横にふった。

いたらないのは、むしろこちらのほうだ。無事に埋葬されたなどと言っておきながら、善治の魂を三途の川底へ沈めてしまったのは、ほかならぬ至なのである。それをリンファ

に伝えるなんて、酷な真似をするつもりはないけれど——至はうしろめたさに胸を焼かれつつ、意を決したように口をひらいた。

「今日、俺がここに来たのは……それともうひとつ、どうしても確認したいことがあったからなんです」

至はリンファの黒髪を彩る髪留めに視線を流して、ひっそりと唇を嚙む。

このアパートのなかで、リンファに「善治のことをどう想っているのか」と問うたとき、彼女は「それを訊くことに意味はあるのか」と問い返した。至はリンファが、善治のことをちらとも想ってはいないからこそ、ふたりの本当の関係性を隠すためにそう言ったのだと考えていた。だが事実として、善治のもとにはリンファの髪留めが届いている。それは紛れもなく、リンファが善治を憎からず想っていた証拠であった。

ではなぜ、あのときリンファは言葉をにごしてしまったのか。

彼女の真意をたしかめなくては、至は罪悪感におしつぶされてしまいそうで、善治の墓前に立つことさえままならない。

「失礼なことは承知のうえで、もう一度訊かせてください。リンファさんにとって、善治さんはどういう存在だったんですか？」

至の言葉を耳にして、リンファはわかりやすく眉宇をよせた。

だが至の真剣なまなざしから、覚悟を察したのだろう。それに彼女は、数時間後には国境を越えている。もはや隠すことに意味はないと判断したのか、リンファはため息をついた。

「わざわざお話ししなくても、私と善治さんが普通の夫婦ではなかったことくらい、お気づきなんでしょう？」

切れ長の瞳に剣呑な色を乗せて、リンファは至を見る。

「常識的に考えて、親子ほどに歳の離れた男女が結婚するなんて、妙な勘ぐりをされても仕方のない状況ですから。資産狙いの結婚詐欺か、もしくは相手の容姿に惚れ込んだか。でも善治さんは、定職にも就かず風俗店に通うろくでなしだった。そんな男と若い外国人の女が結婚したら、私でも事情を疑います」

「それじゃあ、おふたりは……」

至の呟きに、リンファは頷いた。

終一たちが予想したとおり、リンファと善治の関係は、ビザを目的とした偽装結婚だったのだ。彼女は悪びれたようすもなく「私が善治さんにお金を渡して、彼の配偶者となる権利を買いました」と口にする。そして自分は、そもそも恋愛感情というものを持ちあわせてはいないのだ――とも。

リンファはずっと、生きていくことに精一杯だった。貧しい農村部に生まれ、労働力として次々と生産される弟妹たちの面倒を見ながら、畑を耕すしか能のない両親を内心で侮蔑し、自分はいつか必ずこんな暮らしから脱してやるのだと、拳を握りしめて生きてきた。そんな彼女にとって、恋愛はただの足枷だった。思考と判断力を鈍らせ、他人に傾倒してしまう悪しき感情だと思っていた。

だからリンファは、善治にはじめて会ったときにも、その軽薄な態度を嫌悪したそうだ。だが対話を重ねるうちに、善治もまた生まれと育ちを呪い、もがき苦しみながら生きていた人間なのだと気がついた。

　リンファが善治に自身の生い立ちを話してしまったのは、彼に同類としての共感を覚えたからなのかもしれない。そうして善治は、リンファに蓮の花を模した髪留めを贈った。心より軽蔑していた両親から与えられた名前が自分を救うだなんて、とんだ皮肉である。しかしリンファは、そのときたしかに涙を流した。善治ならば、どんな汚泥をすすっても、ともに幸福を目指してくれる——共犯者に足る人物かもしれないと、そう思った。

　当時を懐かしんでいるのか、リンファは微かに口角をゆるめる。

「善治さんは、渡された封筒のなかを見て困惑していました。こんなものがなくても、俺はきみのためならなんでもするよって、最初は突き返されたんです。でも私は、無償の協力なんて信用できなかった。善治さんは私の性格が頑固なことを知っていましたから、なにを言っても無駄だと思ったんでしょうね。最終的に、彼は折れてくれました」

風俗店の粗末な簡易ベッドのうえで、善治はへらりとした笑みを浮かべて、封筒から一枚の紙幣を抜きとったのだとリンファは言う。

それから善治は、こう口にしたのだそうだ。

きみの仕事が終わったら、これで美味しいものでも食べに行こうか——と。

戸籍に登録される一生ものの記載を売るわりに、ずいぶんと安あがりな男だったとリンファは笑う。しかしふたりは、そのたった一枚の紙幣をかいして共犯者になった。風俗店の勤務を終えて、早朝でも営業している焼き肉屋で腹を満たしただけなのに、善治はリンファと同じ罪を背負ってくれた。

もしあのまま善治が生きていたら、なにかが変わっていたのだろうかと彼女は呟く。

「でも、たられぱの話をしても意味はありません。私は明日も明後日も、善治さんのいなくなった世界を生きていかなくてはならないんです。もう、誰にも甘えることはできない。きっとそうして気を張っていたから、あなたに善治さんのことを訊かれたとき、私は苛立ってしまったんでしょう」

あのときは、本当にすみませんでした。

リンファの謝罪を、至は目を剝いて否定した。あれが不躾な質問であったことは、彼女の話を聞いてよくわかった。ふたりのあいだには、安易な言葉では表すことのできない、積み重ねられた感情があったのだ。それに至は、故人の人生を清算するのは、けして簡単ではないことを知っている。リンファはこの国の複雑な冠婚葬祭事情に揉まれ、彼女は善治の遺骨を手放した。

善治の死を悼む暇もなかったはずだ。そんな折に至たちはリンファのもとを訪れ、彼女は善治の遺骨を手放した。

それはきっと、彼女の肩の荷を軽くしたことだろう。リンファはようやく、善治の死と向きあう時間を持つことができたのだ。至たちが部屋を去ったあと、リンファはあの髪留めを握って涙を流したのかもしれない。この国でたったひとり、そばにいてくれた共犯者を失って。その遺骨すら手放さなくてはならなかったことを詫びながら、必死に祈ったのかもしれない。

善治の死出の旅路が、せめて安らかなものであるように。

「俺のほうこそ、おふたりのことをなにも知らないくせに……勝手なことばかり言って、すみませんでした」

至はうずまく後悔に唇をゆがませて、深く頭をさげる。

リンファは首を横にした。

「いいえ、謝らないでください。あの言葉があったから、私はあなたたちに善治さんの遺骨を託そうと思えたんです。あなたたちなら、きっと彼を悪いようにはしないと信じることができたから」

瞳の奥に悲しみの色を隠して、リンファは微笑む。

そして彼女は腕時計を確認すると、ショルダーバッグを肩にかけなおし、スーツケースのハンドルを握った。

「私はもう、この国にもどることはありません」

それがリンファにとっての贖罪であるかのように、彼女は決然と口にする。

「だから、もしよかったら……私の代わりに、彼の墓前に伝えてください。あなたは私の、この世界で唯一心を許すことができた、ろくでなしの共犯者だったと」

そう言って、リンファはちいさくお辞儀をした。

こちらに背を向けて歩きだす彼女を引きとめる術は、至にはない。リンファはもう、後ろをふり返ることはないのだろう。彼女がこの国でつかもうとしていた幸福は、善治とともに失われてしまった。だがそれでも、リンファは明日を生きなくてはならない。終末が彼女を迎えにくるそのときまで、歩みをとめることは許されない。

過去をふりきるように未来を見据えて、ひたすらに幸福を目指すその背中は、まさしく善治が愛したひとだった。

＊

リンファのアパートをあとにして、至はふたたび帰路についた。

自宅へ到着するころには夜に近づいているかと思いきや、太陽はいまだ高い位置にある。至は近所の目を気にしつつ玄関口へ向かうと、いつものように南京錠をはずし、郵便うけをのぞき込んだ。

どうやら、近隣のドラッグストアのチラシが入ってる以外に、特筆すべき手紙はないようだ。至はチラシの内容をチェックしながら玄関の戸をあけて、三和土に揃えられていた母の靴に眉宇をよせる。

タイミングが悪いことに、母はすでに帰宅しているらしい。いや、もしかすると仕事が休みの日だったのかもしれない。近ごろは自分のことに精一杯で確認を怠っていたが、冷蔵庫に貼られた母のシフト表には、毎週金曜日に赤い丸が描かれていたように思う。明日は土曜日だ。予定よりもはやく帰宅した息子に、目を白黒とさせる母の姿は容易に想像ができた。

――早退したなんて言ったら、絶対に心配するよな。

至はそろりと靴を脱いで、忍び足にて廊下を進む。リビングに繋がるドアの隙間から部屋をのぞくと、母はダイニングテーブルに座して夕飯の仕込みをしているようだった。ボウルから絹さやと思しき平たい緑を拾いあげると、慣れた手つきで筋を除去している。

至は一瞬、このまま二階の自室に潜伏することを考えたが、すぐさま一蹴した。物音をたてずに部屋へ忍ぶなんて、現実的な案ではない。人間として生理現象をもよおした際には、水を流して手を洗う必要があるのだ。それを我慢などできるわけもなく、そもそも嘘を吐くのはよろしくない。

至はため息をついて、心を決めてからドアノブを握った。

「母さん、ただいま」

できるかぎり平静を装って、至は母に帰宅を告げる。彼女は突如として現れた息子に瞳を丸くしていたが、その意味を察したのだろう。手にした絹さやをボウルに放ると、勢いよく椅子から立ちあがった。

「こんなにはやく帰ってくるなんて、なにかあったの？」

ダイニングテーブルの縁をたどってこちらへと駆ける母の顔には、至の予想通り心配の二文字が刻まれている。至はなるべく彼女に負担をかけないよう苦く笑って「いや、俺は大丈夫だって断ったんだけど、会社のひとが念のために早退しろって言うからさ」と弁明のごとき台詞を連ねたが、母には息子の虚言などお見通しであったらしい。そくざに「嘘をおっしゃい」とたしなめられて、至はするすると巨体を縮めた。

「あんたの言う大丈夫は、昔から信用ならないのよ。大丈夫って返事したそばから転んだり、溝に落ちたり。本当にもう、吃驚するくらいにそそっかしい子だったんだから。大人になって少しは落ち着いたと思ってたけど、まだまだ目が離せないわ」

隈の浮く瞳を怒らせて、母は至の額に手をのばす。そこから発熱の有無や全身の症状にいたるまで厳しい事情聴取がおこなわれたが、至は肩をすくめて追及の手を逃れた。

見た目に関しては至よりも母のほうが病人然としているのに、そんな彼女から過剰な心配をされるのは釈然としない。元来、母には過保護の気があったけれど、至の救急搬送をうけてからはより顕著だ。彼女の身に起きた不幸を考えれば当然なのかもしれないが、至としてはもう少し信用してほしいところであった。

せめてもの抵抗に「そそっかしかったのは誠のほうだろ」と唇を尖らせてはみたものの、これにも母は「私は今、あんたの話をしているのよ」と雷を落として返す。彼女の心はいまだ繊細な状況であるはずなのだが、同時に母は強しという格言も備えているのだろう。至は潔く白旗をあげると、唯一の退路である和室へと身体を向けた。

「あー、そういえば俺、今日はまだ仏壇にお線香あげてなかったかも。ただいまの挨拶もしてないし、ちょっと行ってくる」

そそくさとリビングをあとにする至であったが、もちろんいつもは挨拶などしてはいない。母はあからさまな遁走に制止の声をかけたものの、仏壇がある和室に喧騒を持ち込むのは躊躇われたようだ。唇を結んでこちらを睨む彼女を尻目に、至は仏壇の前へと身をすべらせた。

居住まいを正して線香をたて、鈴を鳴らしたのちに手をあわせる。そして母から逃れるための方便として利用してしまったことを詫びると、そっと目をひらいた。

至の視線は、仏壇の隅に飾られた写真たてへと自然に吸いよせられる。常では満面の笑みを浮かべている少年が、どことなく憂いをおびているような気がした。その翳を感じる表情に、至は少年からなにかを問われているような気分になる。もしかすると、至の複雑な心理状態が視覚に現れているのかもしれない。仮にそうだとするのなら、少年の笑顔を曇らせてしまったことに罪悪感を覚えた。

沈んだ気持ちをなぐさめるように下腹をなでて、至は立ちあがる。

リビングにもどろうとしたところで、母はおずおずと和室をのぞいた。

「ねえ、本当にどこも悪くはないの？　明日は休診日だから、今のうちに病院で診てもらったほうがいいんじゃない？」

眉尻をさげる母を見て、至はまたもや苦く笑う。

「そんなに心配しなくても、本当に大丈夫なんだって。明日は家で大人しくしておくから、安心してよ」

その返答に母は渋々ながらも納得したようだったが、至は内心で安堵の息をついた。なぜなら至は、すでに明日の予定を決めていたからだ。リンファから託された伝言を、彼に届けなくてはならない。そのために至は、あの場所へ赴く決意をかためていた。

気合いを入れるべく拳を握って、ぐっと腕を引く。

明日の行き先に想いを馳せながら、至は和室をあとにした。

翌日。出社する母を見送って、至は電車に乗り込んだ。地下鉄やJRを経由して、訪れた先にて路線バスへと乗り換える。電光掲示板には、あまり馴染みのない地名が並んでいた。目的地までは、まだ距離があるようだ。携帯電話に表示された案内ページによると、最寄りのバス停より徒歩二十分ほどかかるらしい。マップを見れば近くにスーパーがあるとのことだったので、必要なものはそこで購入しようとあたりをつけた。

バスをおり、スーパーにて束で数百円の仏花を見繕って、あとはマップを頼りに足を進める。

「へえ、思ったよりも綺麗なところなんだな」

地図アプリのアシスト機能が到着を示したのは、郊外に位置する公営墓地だった。自治体が管理する墓地だと聞いていたので勝手にさびれた印象を抱いていたが、想像よりもずっと明るく、ちょっとした公園のような雰囲気だ。石畳で整備された通路には緑豊かな木々が影を落とし、建ち並ぶ墓石の向こうには青空が抜けている。微かに見えるマンションやビルからも人々の生活がうかがえて、そこには従来の墓地らしさ——薄暗く湿ったイメージを払拭する清涼感があった。

「さすがだな、菊田さん。こんな霊園に伝手があるなんて」

上司の人脈に感心しつつ、至は通路を歩いて奥地を目指す。

階段をのぼって高台に向かえば、吹き抜ける風が一段と強くなり、やがて視界がひらけた。

殺風景なほど静謐に整えられた広場の中央に、石造りの巨大なオブジェが鎮座している。その手前にあるのは献花台だろうか。菊や百合といった色とりどりの花々が、寝そべるように供えられていた。

なにかの記念碑を思わせるくらいに、ずいぶんと立派な合祀墓である。

道すがら目に入った、家名や家紋を刻んだ墓石とは違う。それはひとつの血筋に連なる人々が眠る場所だが、ここには数多の他人がともに埋葬されている。様々な理由から行き場をなくした故人が、骨壺から白く煤けた骨をとりだされ、土へと還る日を待っているのだ。

そのなかのひとりが、善治であった。

途端に喉元を詰まらせる感情を飲みくだして、至は広場に足を踏み入れる。

だが献花台の前にたたずむ人影を捉えて、ぎくりと肩をこわばらせた。

陽の光を反射する金色の襟足と、男性にしては小柄な体軀。これまでに何度も目にしてきた背中だ。至があの後ろ姿を見紛うはずがない。

「……先輩」

応えるように、終一はふり向いた。

重なる視線は驚きの色を纏い、それから訝しげにすがめられる。なんでお前がここにいるんだ、と問いたいのだろう。けれど、それは至とて同じであった。

ふたりのあいだを、沈黙が往来する。

やがて終一は、場を譲るように献花台の前から退いた。そして高台の縁に点在するベンチへと腰をおろし、景色を眺める。その仕草から、至は終一の意図を察した。

──俺のことを、待ってるんだ。

終一に会釈をして、至は献花台に歩みよる。動揺する思考には一旦ふたをして仏花を供えると、自宅から持参した線香に火を灯し、終一がたてたと思しきそれの隣に並べた。

静かにまぶたをおろして、手をあわせる。

そのとき、至の頭のなかには「それで許されるとでも思ったのか？」とささやく声がしたけれど、無心を努めてリンファの言葉を善治に伝えた。彼の魂が仄暗い川の底にあるとしても、けして無意味ではないと信じたい。それが善治をあのような最期に導いてしまった、至の責任だった。

──先輩にも、ちゃんと謝らないと。

意を決して、至は瞳をひらく。

荷物を整えてからベンチに座す終一へ近づくと、

「このあいだは、助けてくださってありがとうございました。それと、たくさんご迷惑をおかけして、本当に申しわけございませんでした」

断頭台に首をおく心地で、至は深く頭をさげた。

緊張に凝る至のようすを見て、終一はベンチの座面を小突く。座れと指示されているようだが、許されたのかは微妙なラインだ。お行儀よく膝頭を揃えて終一の隣に腰をおろすと、至は横目で彼の表情をうかがった。そうして、無駄に整った鼻梁を盗み見てしばらく。終一はおもむろに口をひらく。

「お前、なんでおっさんを舟に乗せたんだ」

意外なほど冷静な問いに、至は驚いた。初手で罵倒されてもおかしくはないと思っていたのに、終一の声音には険がない。戸惑いから返答に詰まると、終一は焦れたように頭をかいた。

「俺だってなあ、なんでもかんでも怒鳴り散らしてるわけじゃねえんだよ。相応の理由があるなら話してみろ。指導についてはそのあとに決める」

じゃないと千影がうるせえしな。

密やかすぎる呟きを継いで、終一はちいさく唇を尖らせる。

至は千影が与えてくれたらしい執行猶予に瞳を丸くして、けれど変わることはないだろう判決に表情を曇らせた。至はどうして、善治を舟に乗せたのか。その理由は、どれほど言いわけを重ねたとしても帰結するところは同じである。

「……ただ、放っておけなかっただけです」

善治が奔放に生きていたことは事実だとしても、彼が六文銭を逃した理由は不運のひと言に尽きていた。だからこそ至は、善治のことを放ってはおけなかったのだ。数多の天秤からこぼれ落ち、深い孤独を抱えてしまった善治のことを。そんな彼に六文銭が届くなんて、あのときの至は想像すらしていなかった。

「お前がとんでもないお人好しだってことは、よくわかってる」

終一は嘆息し、ベンチの背もたれに腕をまわす。

「でもな。そうやってあちこちに首を突っ込んでたら、いつかまじで死んじまうぞ」

呆れた調子で放たれたその言葉に、至はぴくりと眉をゆらした。

終一は、至のことを心配してくれているのだろう。今回は助かったからいいものの、次もそうだとはかぎらない。死にたくなければ自衛をしろ、とはごもっともである。

だが至は、その言葉を素直に聞くことができなかった。終一に悪気がないことは理解しているはずなのに、不思議と心が反発する。むしろ腹立たしさにも似た熱がみぞおちに淀んで、喉元から顔をだしてしまいそうだった。

この感情には、覚えがあった。善治の遺骨を抱えて、公園のベンチに座っていたときのことだ。菊田との通話を終えた終一から事務所へ帰るよう促されたとき、至はこれと同様の気持ちを胸に抱いた。けれどあのときは善治の行く末を想うのに精一杯で、気がつくことができなかったのだろう。

終一にとってあれは、励ましのつもりだったのかもしれない。落ち込んだ至を元気づけようと、彼にしては懸命に言葉を紡いでくれたのかもしれない。だが至にとっては、そのひと言がとどめだった。自分が善治を救ってやらなくてはと、意固地に思う理由となった。

わきあがる感情を吐露すべきか迷って、唇が戦慄く。先のことを考えれば、黙って呑み込むのが得策だろう。この仕事を続けるか否かに拘わらず、終一とぶつかる利点はない。笑顔でかわすのが大人の対応だとわかってはいたけれど——至は、自分をおさえることができなかった。

「それなら、先輩みたいに善治さんを見捨てればよかったんですか」

硬くトゲをはやした自分の声に、至の肌が粟立つ。

すぐ隣で、獣の眼光が鋭く閃くのを感じた。墓前にありながらのどかであった広場の空気は、瞬時に張りつめたようだった。

「どういう意味だ、それ」

終一に胸倉をつかまれ、至の身体は自然と前のめりになる。こうなるだろうと予想はしていたけれど、やはり少しだけ後悔した。だがしかし、もはや退くことはできない。

至は負けじと終一を睨み返すと、勢いのままに言葉を継いだ。

「だって先輩、言ってましたよね。こんなのは滅多にあることじゃないから、安心しろって。先輩はそうして、俺を励ましたつもりだったのかもしれませんけど」

そのとき、至は終一に失望したのだ。

たとえ無賃乗船が珍しいことであったとしても、善治の問題が解決したわけではない。それなのに終一は、善治のことを過去のように語った。

こんなことは滅多にないのだから気にするな。善治のことは諦めて、あとはなりゆきに任せよう。もし善治に川を泳ぐよう通達することになっても、それは仕方のないことだ。また同じことが起こる可能性は低いのだから、落ち込んでいないで切り替えろ——と、至は善治を処理されたように感じた。

長らくこの仕事をしている人間からすれば、それが当然の判断なのかもしれない。数多の亡者を彼岸へ送るなかで、ひとりひとりの事情に傾倒していたら、それこそ魂の循環が滞ってしまう。これは慈善事業ではなく仕事なのだから、ときには非情な判断をすることも必要なのだと、理性のうえではわかっていたけれど——至はどうしても、その非情さをうけ入れることができなかった。

終一は、至の眼前で舌を打つ。

「あの時点で、おっさんは六文銭を持っていなかった。どんな理由があろうと運賃が払えない以上、舟に乗せることはできねえ。舟に乗って彼岸に渡るってことは、故人の死出の旅路が安寧であるよう、遺族から願われている証なんだ。そのルールを、俺たちが破るわけにはいかねえだろう」

述べられた正論に、至はぐっと喉を詰まらせた。

誰よりも感情的なふりをして、終一はいつも冷静で正しい。千影の言うように、わかりにくいけれど優しさもある。だからこそ至は彼を頼りにするとともに、ほのかな憧れを抱いていたのに――そんなふうに、正しさで善治を見切られてしまったことが、悔しくてたまらなかった。

「どうしてそんな、冷たいことが言えるんですか！」

終一の腕を引き剝がすようにつかんで、至はまなじりを赤く染める。

喉奥からまぶたの縁へあふれる熱が、身体の内側を焼いていくようだった。

正論を理由に善治を諦めてしまった終一も、彼を川底へ沈めたあげく、こうしてわめくことしかできない自分も、なにもかもに憤りを覚えて仕方がない。たしかに至のおこないが正しかったとは言えないけれど、だからといって終一の正しさを認めることはできなかった。

天秤からこぼれ落ちたものには、なにひとつとして救済が与えられないなんて。そういう生きかたをしたほうが悪いと、わりきることが正解だなんて。たとえ世界中の人間がそれを正しいと評したとしても、至だけは頷くわけにはいかなかった。

「ルールどおりに亡者を運べたら、それでいいんですか。先輩にとって亡者の魂は、そんなに軽いものなんですか！」

昂る感情のままに言えば、終一の腕には至の爪が食い込んだ。痛みに顔を顰めて、終一は至のわき腹に蹴りを入れるべく、容赦なく靴底を打ちつける。遠慮のない一撃は筋肉や皮下脂肪を越えて内臓をゆらし、至はうめき声をあげながらベンチから転落した。

終一は広場の石畳に転がる至のあとを追って、腹のうえにまたがる。そして片手で胸倉を持ちあげると、至の上半身は石畳からわずかに浮いた。

「亡者の魂に、重いも軽いもあるか！　善治のおっさんと心中する覚悟もねえくせに、半端なことすんなって言ってんだ！」

またもや正論に頬を打たれて、至の頭にはかっと血がのぼる。

「先輩は、善治さんのことを助けたいとは思わなかったんですか」

「善治のおっさんに対して、してやれることはあれでぜんぶだった。勝手に憐れんだあげく誰も彼も助けようとしてたら、こっちの命がいくつあっても足りねえだろう」

「そんなふうに言って、本当は怖気(おじけ)づいていたんでしょう。先輩は善治さんを見捨てて、保身に走ったんだ」

「馬鹿言え。てめえの命を張るべきときがきたら、俺は迷いなんてしねえよ。でもな、命ってのはひとつしかねえんだ。それを大事にしてなにが悪い」

「──この、冷血漢！」

「うるせえ、お前こそ自己犠牲に酔ってるだけじゃねえのか！」

瞬間。胸倉から手を離されて、至は石畳に後頭部を強打した。頭を抱えて身をひねれば、追撃のように蹴り転がされる。いくら至から喧嘩をふっかけたとはいえ、これが先輩のすることだろうか。子どものように純粋な怒りをたたえて終一を見あげると、彼は肩で息をしていた。絞められた喉に違和感があるのか、乱暴になでさすり至を睥睨する。

「俺はな、てめえの人生に責任持ってんだ。覚悟もなく半端なことはしねえし、死に場所だって俺が決める。この命の使い道を、お前にとやかく言われる筋あいはねえんだよ」

この命、の部分を強調するように、終一は自身の胸を親指でたたいた。そして疲れたように手を振ると「だからもう、お前も好きにしろ」と言って背を向ける。

緩慢に歩きだした終一に、至は目を瞠った。途端にわきあがる心細さと苛立ちが、胸のなかでまざりあう。まるで梯子を外されたような心地がして──悔しさに視界をにじませて、至はうめいた。

彼はきっと、大切なものをなくしたことなんてないのだろう。昨日までは当たり前のようにあったものが失われる恐怖も、痛みも知らない。だから終一は、善治に対して鈍感でいられるのだ。

自分を犠牲にしても構わないと思うほど、大切なものがないから。

「なにも、なくしたことなんてないくせに……」

石畳を這う指が、砂利に汚れる。

「誰かを失う痛みも知らないくせに、偉そうに言うなよ！」

離れ行く背中へ苦し紛れに吼えれば、終一は足をとめた。

至はまた蹴られることを予想し身構えて、けれど一向に訪れない衝撃に顔をあげる。

終一は、静かに至を見おろしていた。青白く透きとおる頬にはひとつの感情もなく、先ほどまで燃えさかっていた憤怒も見られない。ガラス玉のような瞳で至を見つめる終一の姿は、高台に吹く風にさらわれてしまうのではないかと思うほど、儚く感じた。

――なんで、そんな顔するんだよ。

戸惑う至の思考を裂くように、広場には電子音が響く。無機質な振動をともにするそれは、携帯電話の着信を知らせるものだ。至は自身のポケットに目をやって、それから終一に視線をもどした。

「はい、真城です」

スピーカーに耳をよせた終一が、受話口に向かって声をひそめる。

至は音をたてないように立ちあがると、手足や服を軽く払った。あれほど熱を持っていた頭は、不思議と冷えている。このまま帰るのも気まずく思えて立ちすくんでいると、終一は短い通話を終えた。

「おい、ちび助」

画面を操作しながら呼ばれ、至は目をあげる。

なにか、自分にも関係のある電話だったのだろうか。

黙して待つ至に、終一は平坦な声音でこう告げた。

「千影が、事務所からいなくなった」

＊

高台から転がるように駆けだした終一のあとを追って、たどりついたのは賽の河原だった。

道行くタクシーを呼びとめ飛び乗った彼のようすは、はっきり言って尋常ではなかったように思う。運転手も終一の様相からそれを察したらしく、タクシーは頼んでもいないのに裏道を爆走し、予想よりも大幅にタイムを縮めて事務所の前へと停車した。

藍色の羽織をつかんで掃除用具入れへと駆け込んだ終一にならって、至も試作品のそれを手に賽の河原へやってきたけれど、今もなお、合祀墓の前で告げられた台詞の意味はわからないままだ。至は前を行く終一を必死に追うほかなく、静謐な三途の川にはふたりの荒れた呼吸が木霊していた。

そうして、一心不乱に駆けることしばらく。しだいに、至の耳には石臼を引くようなごりごりとした音が届く。はじめは微かなものであったそれは、少しずつこちらへ近づいているようだ。いや、むしろ至たちが音の正体へと向かっているのだろう。重く響きを増していく音から察するに、それなりに大きなものが河原のうえを這っているに違いない。至は音の発生源を探るべく前方をうかがって、

「菊田さん！」

片手をあげて声を張る終一の先に、渡し舟を引きずる菊田の姿を発見した。

「よかった、ふたりとも来てくれたんだね」

菊田は激しく喘鳴しながら、ほっとした表情を浮かべる。大工道具よりも厚手の専門書が似合うような風貌をして、ひとりで渡し舟を引きずるなんて、意外と無茶をするひとだ。

船体をつかみ奮闘する菊田を手伝うべく、至もその対面に陣をとった。終一は船尾へと走り、体重をあずけるように舟をおしていく。鳴り響く摩擦音は三人の力によってさらに音階を高くし、やがて舟は派手な水飛沫（みずしぶき）をあげて三途の川へと着水した。

達成感から歓声をあげる菊田には目もくれず、終一は素早く出航の準備に移る。

だが至は、そこからどうすればいいのかわからず途方に暮れた。状況からして、終一

に電話をしたのは菊田で間違いないだろう。しかしそれと、三途の川に舟を用意する意図が合致しない。そもそも菊田が引きずっていたのは、予備の渡し舟だ。至たちがいつも使っている舟は、亡者が悪さをしないよう特殊な術をほどこした縄によって桟橋へと繋がれているはずなので、出航するにしても予備をだす必要はないのである。

戸惑いをまなざしに乗せて菊田を見ると、彼は乱れた呼吸を整えてから口をひらいた。

「もしかして、真城くんからなにも聞いてないの？」

頷くと、菊田は終一に瞳を向けて眉宇をよせる。

なにやら逡巡しているようであったが、ややあって菊田は至に視線をもどした。

「真城くんが話していないなら、ぼくの口から言うのは憚られるんだけど……っていうか佐倉くん、やっぱり気がついていなかったんだね。――千影くんが、霊体だってことに」

常より垂れている瞳を苦く笑ませて、菊田は言葉を継ぐ。

たしかな衝撃をともなって耳朶を貫いたその台詞に、至は目をしばたたいた。

「千影さんが、霊体……？」

言葉の意味を理解するべく復唱してはみたものの、単語は前頭葉を彷徨うのみだ。至は菊田が性質の悪い冗談を言っているのではないかと疑ったが、彼の瞳はどこまでも真摯に澄んでいて、それが真実であることを示すばかりだった。

思わず啞然として額をおさえれば、至の脳裏には千影の姿が閃く。千影はいつも、誰よりもはやく出社をしていた。彼女は紙パックのカフェオレを愛飲しているが、それ以外のものを口にしているところは見たことがない。夜間に善治を賽の河原へ送ろうとしたとき、終一が至の帰社を阻んだのはなぜだ。もし仮に、霊体である千影には帰る場所がなく、昼夜を問わず事務所に滞在していることを知られたくなかったのだとしたら、あの横暴すぎる先輩命令にも納得がいく。

それになにより、至が舟から落ちたとき。終一は、深夜にも拘わらず至を助けにきてくれた。あのとき事務所に千影がひそんでいたとして、至が賽の河原へ向かったことを、彼女が終一に報告したのだとすれば——頭のなかに点在していた記憶が次々と繫がっていく感覚に、至は瞳孔を震わせた。

「それじゃあ、千影さんは死んで——」

「縁起でもねえこと言うな、ちび助！」

舟より胴間声が飛び、至は思わず首をすくめる。

終一は操船用の棹を握ったままこちらを鋭く睨んでいたが、舌を打って視線をそらした。そのまま出航の準備にもどってしまった終一を呆然と眺めて、至はふたたび菊田を見る。

菊田は深く頷いて、

「千影くんは、もう何年も入院しているんだ。車道に飛び出した子どもを助けようとして、交通事故にあって……それ以来、ずっと眠ったままなんだよ」

悔恨を秘めたまなざしで、遠く彼岸を望んだ。

まだ千影と終一が高校生であったころ、菊田は街なかでふたりを見つけたのだと言う。当時からこの仕事をしていた菊田は、すぐさま千影が霊体であることに気がついたそうだ。だが手元に届いていた亡者のリストに彼女の記載はなく、しかもその隣には同業者とは思えない若い男がいた。終一のようすからして悪霊に憑りつかれているわけではなさそうだったが、見すごすわけにもいかない。そうして菊田はふたりに声をかけ、事情を訊いたことがはじまりだった。

「真城くんが事故の連絡をうけて病院に駆けつけたとき、千影くんはベッドに眠る自分をぼんやり眺めていたんだって。もともと霊感があった真城くんが声をかけても、反応すらしなかった。治療が終わっても身体にもどるようすはなかったみたいで、真城くんは霊体である千影くんの意識だけでもとりもどそうと、彼女にとって思い出のある街に連れだしていたんだ」

菊田がふたりを発見したのは、まさにその瞬間だったのだろう。ふたりの話を聞いたあと、菊田は千影を保護するべく事務所を提供したそうだ。

だが、事故の衝撃によるものなのか、自我の混濁が見られる千影をひとりにするのは得策ではなかった。誰かが一緒にいられるときはいいけれど、菊田には仕事があり、終一にいたってはまだ学生だ。当時の終一は千影のそばにいると言って憚らなかったが、それが不可能であることは明白だった。

だから菊田は、懇意にしていた寺の僧侶に頼んで、いつも千影が身に纏っている事務員用の制服を作製したのだと言う。あの制服には、善治の頭にまいていた手ぬぐいよりも強力な経が刻まれているらしい。事務服を纏った千影が自由に動けるのは、事務所のなかと掃除用具入れの先だけだというのだから、その拘束力はかなりのものであると言えよう。それでも千影は、夜間に事務所の電気を明滅させたり、窓をぺたぺたと触って手形を残したりしたようで、古びた外観の雑居ビルは「幽霊ビル」と揶揄されることになってしまった。

そんな千影を見守るために、終一は入社を決めたそうだ。アルバイトとして勤務する終一の傍らで、千影は少しずつ自我をとりもどしていったという。そして彼女も事務仕事を手伝うようになり、終一の大学卒業を待って、ふたりは正式に賽の河原株式会社の一員となった。

「でも、それだけの月日が経っても千影くんは自分の身体にもどれなかったんだ。お医者さまは、身体のほうに大きな問題はないって言うんだけど……なんど霊体の千影くんを病室に連れて行っても、彼女の身体はぴくりともしなかった」

それでも菊田は諦めず、古今東西の書物をあさり、あらゆる方法を試したと言う。しかしどれほど調べようと、千影が身体にもどれない原因はわからなかった。はじめのうちは目を覚ますためにあれこれと試みていた千影も、しだいに「幽霊の事務員がいるなんて、面白くていいじゃない」と冗談を口にするようになった。迷いをふりきるように仕事へ邁進する彼女を見て、菊田たちはなにも言えなかったそうだ。

「彼女が無理をしていることには、気がついていたはずなのにね。千影くんはいつも楽しそうに笑っていたから、油断しちゃったんだ。まさかここまで思い詰めていたなんて……上司失格だよ、本当に」

みずからを責めるようにぼやいて、菊田は彼岸から目をそらす。

「……千影さんは、彼岸に行こうとしているんですね」

彼に代わって、至は川の向こうへと視線を移した。

菊田からの電話をうけて、終一がなりふり構わず駆けだしたのは、それに気がついたからだろう。あの制服を纏うかぎり、千影は事務所の外にはでられない。そんな千影が事務所からいなくなったということは、行き先は掃除用具入れの先に決まっている。仮に用事があって賽の河原へ行くことになったのだとしても、あの千影が伝言を忘れるとは思えないので、これは紛れもない失踪だ。

それに菊田は、至たちが賽の河原へやってきたとき、ひとりで予備の舟を引きずっていた。つまりは事務員として社内の機密に触れていた千影が、なんらかの方法で桟橋に繋がる縄を解き、舟を動かしたに違いなかった。

至はようやく把握できた全容と――そのあまりにも絶望的な状況に、深く息をつく。仕事に関しても責任感の強い彼女が、長らく身体にもどれない自分を疎んで彼岸へ渡ろうとしてもおかしくはない。けれど生きた身体から離れた千影の魂が彼岸へ渡るということは、彼女の終わりを意味してしまう。千影は今、みずからの人生に別れを告げようとしているのだ。至は急くように舟を整える終一を見て、鼓動がはやまるのを感じた。

――千影さんを、とめなくちゃ。

どくどくと血流を増す全身が、鼓動とともに震えだす。

今ここで千影をとめることができなければ、彼女とは二度と会えなくなるだろう。ならば、至がやるべきことはひとつしかない。一秒でもはやく千影のもとへと駆けつけて、馬鹿な真似はやめるよう説得する。そして彼女を連れて、賽の河原株式会社へ帰るのだ。そのためにも至は、今すぐにこの足を動かさなくてはならなかった。

迷っている暇も、悩んでいる暇も、怖気づいている暇もないことはわかっている。

こうしているあいだにも、千影は刻一刻と彼岸へ近づいている。

行かなくてはならない。至にとっても、賽の河原株式会社にとってもかかすことのできない、相原千影というひとを失いたくないと願うのなら。

少しでもはやく、千影のもとへ。

——先輩と一緒に、舟に乗って。

途端。込みあげる吐き気に、至は河原へ膝をついた。

ぶわりと噴きだした汗がわきのしたや額をじっとりと濡らし、背中には布の貼りつく感触がする。全身は小刻みに震え、狭まった気道はひゅうひゅうとよくない音をたてた。眩暈と胃の不快感が絶え間なく至を襲い、それと同時に頭の先から地面へと血液を奪われていく感覚もある。間違いなく貧血だった。至はすうっと冷たいものが全身に流れていくのを感じながら、河原に蹲りその身を丸めた。

「佐倉くん、大丈夫だから。落ち着いて息をするんだ」

喘鳴の隙間ですら咳き込む至に、菊田は駆けより背中をさする。

「きみは舟に乗らなくていい。千影くんのことは、真城くんに任せよう。彼なら必ず、千影くんを連れ帰ってくれるから」

すがりつきたくなるほど優しい声に、至の瞳からは自然と涙があふれた。

病院に担ぎ込まれたときから、菊田の言葉はそうだった。至にとって都合のいい、この葛藤を手離す理由をくれる柔らかい言葉ばかりだった。

焦らなくていい。ゆっくりでいい。どうか自分を責めないで。

その穏やかな優しさに甘えて、至は今も折れた背骨をのばせずにいる。千影は至の傷を労わりながらも、立ちあがれるよう鼓舞してくれたのに。ほんの少し舟に乗ることを考えただけで、至の身体はこんなにもポンコツになってしまう。

――だって、俺が舟に乗ったら。

また、誰かを沈めてしまうのではないかと思うと怖いのだ。それが千影であるなら、なおのこと。至はきっと、その罪の重さに耐えられないだろう。このままでいいわけがないことはわかっていたけれど、川底へ沈む善治の姿がまぶたの裏に瞬き、至を苛んで仕方がなかった。

なんて惨めで、情けない。至は自分の不甲斐なさに喘(あえ)ぎ、河原の石に指先が白むほど爪をたてる。そして悔しさから食いしばった歯茎が、ぎちりと音を鳴らしたとき――覚えのある痛みが頰へと走り、思わず息をとめた。

数週間のときを経て薄い皮膚を形成した頰は、またもや裂けてしまったらしい。生温かい液体が頰を伝う感触に首をもたげると、そこには棹の先端を凶器のごとく光らせる終一の姿があった。

「俺は、お前が舟に乗ろうが乗るまいがどうでもいいけどな」

眼前に突きつけられたそれから赤い血が滴っているところを見るに、終一はあのときと同じく、その鋭い切っ先で至の頬を裂いたのだろう。

河原に這う至を見おろして、終一は石の隙間に棹を突きたてる。

「お前の啖呵はこの程度だったのかよ、お人好し」

怒り、憐れみ、嘲り——そのどれでもない、身体を芯から見透かすような瞳に晒されて、至は大きく目を見ひらいた。

善治が眠る合祀墓の前で、終一のことを「怖気づいて保身に走った冷血漢」となじったのは、至にほかならない。だがあれほどの啖呵をきっておきながら、結局のところ至は安全な場所へ留まろうとしている。これ以上の罪を背負いたくはないから。追いかけたところで千影がもどる保証はなく、目の前で彼女を失う痛みを感じたくはないから。これを保身と呼ばずして、なんと表現すればいいのだろう。

それに終一は、至が三途の川に落ち死への諦念に囚われかけたとき、あの柔らかくも優しくもない棹の先端で頬を裂いて、たしかにこの身を救ってくれた。そんな彼をなにも失ったことのない人間だと決めつけて、好き放題にわめいたあげくここで日和ったら——至はきっと、自分を許せなくなるだろう。合祀墓の前で終一にぶつけた想いは、正しくはなくとも、けして間違ってはいないと信じている。彼がお人好しと呼んだその信念を、放棄するわけにはいかなかった。

「……舐めないでください。俺も行きます」

河原に突き立てられた棹を握り、至はゆっくりと身を起こす。涙や唾液にまみれながらも静かな炎を宿す至の瞳を見て、終一はふん、と鼻を鳴らした。

「途中で泣いても、引き返してはやれねえぞ」

「泣きませんし、俺が此岸に帰るときは千影さんも一緒です」

至の応えに、終一は目を丸くする。だがすぐさま不敵な笑みを浮かべると、彼は握っていた棹に力を込めて、至の身体を引きあげた。

「――上等！」

踵を返し舟へ向かう終一を追って、至は河原の石を蹴る。

三途の川へと漕ぎだすふたりの背中を、菊田は誇らしげな表情で見送った。

＊

宣言通り、終一の運転は荒かった。

はじめのうちは至も棹を握って船首に立っていたのだが、完全に舟への恐怖を克服したわけではない。実際のところは震える脚を叱咤して、持ち前の負けん気を添え木にしていただけだ。そんなつまようじにも劣る気概では、高波に挑むマグロ漁船のごとく川面を割る終一に敵うはずもなく、至は早々に「吐かれたら迷惑だから寝てろ」と戦力外通告をいただいた。

いっそのこと舟のうえにいることを忘れてしまえばいいのではないか、と思い寝そべって空を眺めたはいいものの、これでは文字通りのお荷物でしかない。

彼岸が近づくにつれ、終一の顔色も悪くなっていた。体質による不調だけではなく、千影が見つからないことに気を揉んでいるのだろう。千影は操船訓練をうけてはいないので多少の遅れならばとり返せるはずなのだが、拙いからこそ航路を外れてしまった可能性もある。あまり考えたくはないけれど、入社当初の至のように川底へ棹をひっかけてあわや、ということもあり得る。

やはり自分も、周囲を探したほうがいいのではないか。

至がのっそりと身体を起こそうとすると、

「……いた」

遥か遠くを注視する終一が、声をあげた。

巧みに舟を操って、船首をターゲットへと定める。

「ちび助、飛ばすからつかまってろよ」

その忠告は、できれば実行するよりも前に言ってほしかった。

心構えのないままスピードをあげる舟にしがみついて、至はまろびでる心臓を飲み込んだ。どうにか顔をあげて前を見れば、そこには覚束ない手つきで棹を繰る千影の姿がある。こちらに気がつき逃げようとするが、終一と競ってもおよぶべくもないことを悟ったのだろう。観念したように手をとめた彼女に追いついたのは、彼岸の桟橋が微かに見えはじめたころだった。

ぶつからないよう距離をあけて、二艘が並ぶ。

千影はわずかに息をついてから、

「ふたりとも、もしかして見送りに来てくれたの？」

心にもない笑顔を浮かべて、首を傾げた。

対する終一は眉間に深くしわを刻み、怒気をはらんだ視線を返す。

「笑えねえ冗談言ってんじゃねえぞ。お前、自分がなにしようとしてるかわかってんのか？」

ひどく険のある声だったが、千影は臆することなく鼻白んだ。

「わかってるわ。私が彼岸に行けば、あの死にぞこないの身体は魂を失って、今度こそ本当に死ぬでしょうね」

自身へと向けるにはあまりにも辛辣なそれに、至は思わず立ちあがる。普段の彼女からは想像もつかない、乱暴な口ぶりだ。千影が誰かを悪しざまに言うところなんて見たことがない。ましてや自分のことを、死にぞこないだなんて。

すぎた言葉に至が戸惑っていれば、千影は頰をゆがめて「もう嫌なのよ、誰かに迷惑をかけて生きるのは」と呟いた。

諦観に満ちた瞳を至に向けて、千影は継ぐ。

「事務所で佐倉くんと話をしたとき、言ったでしょう？　失敗をなかったことにはできない。だから自分を責めて許しを乞うんじゃなくて、そこから学んだ姿を見せていく。ひたすらに頑張るしかないのよって。あれは私の本心だけど、それだけじゃなかったの。私はあなたをなぐさめるふりをして、自分自身にもそう言い聞かせていたのよ」

その言葉に、至の脳裏には事務所でカフェオレを飲みながら語っていた彼女の姿がよみがえった。あのとき千影は、たしかにそう言っていた。過去を変えることはできないけれど、未来と自分は変えていける。終一もそれを待っているはずだ――と。

あれが千影に向けられたものでもあったなら、彼女はなにを失敗したと言うのか。

千影は意を決するように瞬きをして、口をひらいた。

「私の失敗は、みんなの優しさに甘えて生き永らえてしまったこと。本当はあの事故で……いいえ、身体にもどれないことに気づいた時点で、きちんと死んでおくべきだった」

そうしたら、こんなにもたくさんひとに迷惑をかけることはなかったはずだわ。

千影はどこか寂しそうに微笑んで、凪いだ川面に視線を落とした。

病室のベッドに眠る千影を生かすために、両親は朝も夜もなく働いていると彼女は言う。仕事だけではなく、千影の介護もふくめてだ。入院しているのでほとんどの世話は看護師がおこなっているけれど、筋力の低下をおさえるマッサージなどを両親は自主的に学び、実戦してくれている。海外ではみずから食事がとれなくなった段階で命の終末を判断することがあるというのに、排泄など衛生的なケアから寝返りひとつにいたるまで他人の手を必要とする千影が、ふたたび自分の足で地面を踏みしめる日がくるはずだと信じているのだ。

そのうえ、数年間におよぶ入院生活にかかる費用は並大抵のものではない。様々な福祉制度を利用してはいるのだろうが、相原家は特別に裕福な家庭ではないので、かなりの負担になっているはずだ。両親こそ、自身の老後に不安を覚えているだろう。だがふたりが介護を必要とするころに、唯一の頼りである娘はベッドのうえでのうのうと眠る役立たずだ。そんないつかを迎えるくらいならば、一秒でもはやく両親を解放してやらなくてはと、千影はずっと思い悩んでいた。

「それに終一だって、私のせいで人生を狂わされてしまった。仕事も、住む場所も。なにかあればすぐ駆けつけられるようにって、病院の近くに引っ越しまでして。終一なら、どんな場所でも生きていくことができたはずなのに。私は彼の人生を、丸ごと奪ってしまったの」

毎朝、終一が病室に届けてくれるカフェオレを飲むたびに、嬉しさとともに罪悪感が募ったと千影は語る。彼女が愛飲しているカフェオレは、見舞いの品であったらしい。ふたりが高校生だったころ、無理してブラック珈琲を飲んでいた終一に勧めたところ、彼はそれが千影の好物であると勘違いしてしまったそうだ。

たった一度の何気ない会話を愚直に覚え、一日もかかすことなく太陽とともに病室を訪れる終一を——その甘さと苦味の混ざった優しさを、いつまでも独占するわけにはいかないと千影は思っていた。

そして、そんな千影を保護してくれた菊田も。自我の混濁が見られたときに起こした騒動への対応はもちろん、今だって千影の目が覚めるよう仕事のあいまを縫って方々を調べてくれている。ただ街なかで出会ってしまった、亡者でも幽霊でもない霊体のために。菊田が事務所に招いてくれなければ、千影はどれほど空虚な日々をすごしたことか知れない。

けれどそうして感謝を覚えるたびに、千影の胸のなかには罪悪感がふくれていった。

その大きさは、もはや見て見ぬふりはできないのだと千影は言う。

「もう、終わりにしなくちゃいけないの。私は誰かに助けてもらわないと生きていくことすらできない、どうしようもない人間なんだから。本当は、もっとはやく決断するべきだった。もしかしたら明日には……なんて、馬鹿な希望にすがらずに」

千影は手にした棹を強く握り、川面から彼岸へと視線を移す。今にも桟橋へ向かってしまいそうな彼女の雰囲気に、至は焦燥感を募らせた。

至は、千影のことをどうしようもない人間だとは思わない。むしろ至のほうこそ、千影に助けられてばかりである。仕事だけではなく、人柄としても。彼女がほがらかに微笑みながら事務所を守ってくれているからこそ、至は雑念なく三途の川や外での仕事に邁進できたのだ。

それは終一も、幼なじみであることを抜きにしたとしても同じ気持ちだろう。

焦れたようすで唇を噛む終一に一瞥をくれてから、至は言った。

「千影さんは、どうしようもない人間なんかじゃないです。賽の河原株式会社にとって、絶対になくてはならないひとだ。俺は自分を責めて、ぐだぐだと悩むばかりだったけど……千影さんは、誠実に示していたじゃないですか。みんなの優しさに応えるために、頑張って仕事をして。その姿を、先輩や菊田さんはずっと見ていたんです。千影さんの想いが、伝わっていないとは思えません」

千影が今も生きていることは、けして失敗などではない。千影はずっと、感謝の気持ちを伝えるべく努力をしていた。それは彼女が自分に言い聞かせていたことを、体現しようと頑張っていたからだ。だからこそ終一たちは千影にたしかな好意を抱き、今もこうして帰還を望んでいる。

千影はわずかに息を詰まらせると、その表情をくしゃりとゆがめた。

「あれは、そんなたいそうなものじゃないわ。だって私には、仕事しかできなかったんだもの。あの事務所が私の世界のすべてだった。あのちいさな世界で役に立てなければ、私の居場所はなくなってしまう。だから私は、必死に優秀なふりをして、みんなに褒められることで安心していたの。まだ、ここにいてもいいんだって。まだ、生きていてもいいんだって。我ながら、なんて浅ましい——」

自身を呪うように、千影は憎悪と侮蔑を声音に乗せる。

そして彼女は、自分なんて外に出ればなんの価値もない人間なのだと、そう呟いた。

仮に目を覚ますことができたとしても、リハビリにはかなりの年月を要するだろうと千影は言う。彼女は在学中に事故にあったため、高校の卒業資格すら持ってはいない。ただベッドで眠っていただけの自分を、うけ入れてくれる社会は本当にあるのか。それにもし万が一、後遺症が残っていたら。千影はまた、誰かを頼りにして生きることになる。みずからの足で立ち、懸命に生きているひとにすがりついて、優しさを搾取するだけの生きものと化してしまう。

そんなふうに、他人の真心を栄養素として生き永らえるくらいなら——いっそのこと、ここで死んでしまったほうがいいのだと千影は叫んだ。

「こんな私を生かしておく意味が、どこにあるって言うの？　今だって、ただ息をして心臓を動かしているだけなのよ。たとえ目が覚めたとしても、あの事務所の外に明るい未来なんてない。それなら、被害が少ないうちに死んでくれたほうがマシだって、佐倉くんもそう思うでしょう？」

唇を戦慄かせ言葉を継ぐ千影に、至は目が眩むほどの衝撃を覚えた。

千影が事務所で言っていた「自分を大嫌いになることもある」という台詞を、甘く見すぎていたのかもしれない。髪をかきむしって、頬をたたいて、腕に嚙みついて。それでも変わらない現実に、千影はずっと苛まれていたのだ。

けれど、彼女はいつも笑顔だった。不備なく整えられた資料に、先まわりに徹した完璧なサポート。埃ひとつ見あたらない事務所は古びた雑居ビルにあっても明るく、至はそれらを当然のようにうけとっていた。千影のようすに、苦悩など微塵も感じてはいなかったからだ。彼女が自分の居場所を守るために必死であったことなど、知りもしなかった。千影はいつも、あんなにも至のことを気にかけてくれていたのに。

――なにやってんだよ、俺。

あまりにも鈍感な己に悔しさが募り、至は拳を握る。

千影はそんな至を見て、悲しそうに微笑んだ。

「だから私は、彼岸に行くの。私には善治さんみたいに、このひとのために生きていなくちゃと思えるような約束なんてないもの。私が死んで助かるひとはいても、困るひとはいない。それに朝ちゃんだって……あんなにちいさな女の子が、現実から目をそらさずに戦って、立派に渡って行ったのよ。それなのに、大人の私が逃げてばかりだなんて、格好悪いでしょう？」

言って、千影は今度こそと棹を川面にひたす。

わずかに彼岸へとゆれる舟に、至は考える間もなく声を張った。

「一緒にしないでください！　朝ちゃんは、笑顔で舟に乗ったんです！」

千影はぴくりと眉をよせて、棹を繰る手をとめる。

朝はたしかに、現実と向きあい戦った。自分のなかにあるゆがみを認め、舟に乗るべくこの場所へもどった。だが朝は、千影のように未来を諦めて彼岸へ渡ったわけではない。至との出会いを——いくども壊された塔の石を抱えて、彼女は笑顔で旅立ったのだ。それは朝が、居心地の悪さを感じながらも賽の河原に留まり続けて、ようやく手に入れたものだった。

——どんなときでも、ちいさなことからコツコツと。

不意に、至の脳裏には事務所の壁へと飾られた社訓が閃く。石積みの刑は不毛の代名詞とされているが、諦めずに積んでいれば、いつか必ず地蔵菩薩による迎えがやってくる。それはつまり、ただの不毛ではなく、積み重ねたものは無駄ではないということを示しているのではないのか。

生きていれば、己の不甲斐なさに打ちのめされ、他人の優しさにすがりつき、蹲ることもあるだろう。だができることをコツコツと積み重ねていくなかで、報われるものはきっとある。

その証拠に、善治は人生の最後で、リンファから蓮の花を模した髪留めを贈られた。至の愚かさが彼を川底へ沈めてしまったけれど、その人生が無駄だったとは、絶対に思わない。

「息をして、心臓が動いていることのなにが駄目なんですか」

じわりと滲む視界を袖口で拭って、至は言い募る。

「たったそれだけでも、生きていてほしいと思ったら駄目なんですか！」

幼いころから考えていたことだけれど、言葉にしたら想いがあふれた。

至は、たったそれだけでも生きていてほしいと思っていた。綺麗に整えられた祭壇の前で棺に眠るより、真っ白な病室でベッドに横たわっているほうがよかった。白く煤けた骨を箸で拾うより、たとえ動かなくとも柔らかい手を握っていたかった。二度と笑いあうことも、喧嘩をすることすらできなくても。仏壇に話しかけるより、息をして心臓を動かしている彼に会いたかった。

千影は彼と同じく、数多の天秤に選ばれている。

それなのに、罪悪感から自分をどうしようもない人間だと責めたあげく、みずから天秤をおりてしまうなんて。千影は、彼女を選んだひとたちの――此岸に残されるひとたちの気持ちを、ちっともわかってはいない。彼女を失うだけで呼吸すらままならなくなるひとがいることを、千影はもっと理解するべきだ。

その筆頭であるだろう終一を、至は赤く染まった瞳できつく睨んだ。

合祀墓の前で至に説教をした男と、同一人物だとは思えないほどに手をこまねいている終一に、ふつふつとした怒りがわく。千影を心から大切に想っているからこそ、下手なことを言えない気持ちはよくわかる。今の千影は、罪悪感でふくらんだ破裂寸前の風船みたいなものだ。自分の迂闊なひと言が彼女を彼岸に――いや、もしかしたら三途の川へ飛び込ませてしまうかもしれないと思うと、至だって恐ろしくて堪(たま)らない。

けれどこの男は、彼いわく「たったひとつしかない命」を後生大事に抱えたまま、みすみす千影を失うつもりなのだろうか。至に対して声高に「俺は命を張るべきときがきたら迷わない」と宣言していたにも拘わらず。

「なにボケっとしてるんですか、先輩！」

怒号に、終一はびくりと肩をゆらした。

だが至は構うことなく、二の句を叫ぶ。

「ここで命張らないで、どうするんですか！」

その言葉に、終一は弾(はじ)かれたように至を見た。

大きくひらかれた瞳に、泣きはらした至の姿を捉える。

わずかな逡巡を経て終一は唇を結ぶと、千影から距離をとるように舟のなかを後退した。舟が傾ぐほどぎりぎりの縁までさがって、それから終一は力強い一歩を踏みしめる。

「千影、絶対にそこを動くな！」

吼えて、終一は舟を駆けた。どつどつと身体をゆらす振動に足をとられ至が尻をつくと、反して終一は宙を舞う。ちいさな身体で大空を背負った彼は、千影がいる舟へと飛び移って、激しい水しぶきを噴きあげた。反動で舟から投げだされそうになる千影の手首をつかみ、終一は彼女の身体を引きよせる。

「迷惑とか、負担とか、勝手なことばっか言ってんじゃねえよ」

苛立ちを宿しながらも希うようなその声に、千影は息を呑んだ。

「俺はいつだって、自分のしたいように生きてきたんだ。菊田さんのところで働くことも、住む場所も、自分で決めた。千影に俺の人生の責任とらせようなんて思ってねえ。だからお前も、妙な建前は捨てろ。お前が本気で終わりたいって言うなら、俺はとめない」

けどな、と呼吸をおいて、

「毎朝、お前の心臓が動いているのを確認するたびに、俺がどれだけほっとしてるか……お前は知らねえだろう」

終一は語尾を震わせて、なにかをこらえるように眉宇をよせた。

千影はまなじりに赤をさし、瞳にきらめく水の膜を張る。

「他人の気持ちなんて、俺にはわかんねえけどな。少なくとも俺は、そうなんだよ。それだけでもいいって思う俺の感情を、勝手に否定すんな」

こぼれ落ちる涙を隠すように、千影は終一の肩に顔をうずめた。嗚咽をもらし、子どものように泣く彼女の背中を、終一は覚束ない手つきでなでさする。その表情は、焦りと安堵が半々だ。泣かせてしまったことに焦りながらも、頑なに凝っていた千影の心がわずかでもほぐれたことに、安堵しているようだった。

三途の川へと木霊する千影の泣き声を耳にして、至は事務所で彼女と話をしたときに見た、あざやかな笑顔を思い出す。「千影さんも死ぬのは怖いですか」と問うたとき、彼女は不自然なほどにくっきりとした笑顔で「ええ、とても」と答えた。それはきっと、死への恐怖を誤魔化すために必死で練った表情だったのだろう。他人の真心を頼りにして生きることに罪悪感を覚えながらも、死ぬのは怖いと――できることならば生きていたいと、千影はそう願っていたのだ。

終一は今、その願いを全力で肯定した。いや、今だけではない。千影が病院に搬送されたときからずっと、終一は行動によって示していたのである。

毎日のように病室へと通い、彼女の穏やかな寝息や、とくとくと鳴る鼓動を確認して。

事務所にいる千影が少しでも楽しく暮らせるよう、枕元に紙パックのカフェオレを届けて。

千影に生きていてほしいと思うからこそ——いつか必ず、目を覚ますはずだと信じるからこそ。そうして終一は、長い年月をすごしてきた。それを献身と言わず、みずからの意思だと断言する終一の想いが、千影の罪悪感に負けるわけがなかった。

——くそ、格好いいな。

ふたたび込みあげる涙をこらえようと、至は天を仰いだ。服の袖口で乱暴に目もとをこすり、洟をすする。頭上にひらめく敗北の白旗を、至は認めざるを得なかった。

お人好しと冷血漢の争いは、後者の勝ちだ。いやむしろ、こんな冷血漢がいてたまるかと思う。これほどまでの覚悟の違いを見せつけられて、それでもお人好しな主張を続けられるほど、至の神経は太くはない。終一の言うように、至には覚悟が足りてはいなかった。人生のすべてをかけてもいいと思うほどの気概もなく、半端に手を差しのべた結果、善治を川底に沈めてしまった。この罪は、それこそ人生のすべてをかけて贖わなくてはならない。

微かに熱をおびた吐息を宙に放って、至は薄くまぶたを持ちあげる。

燦々とした陽の光に瞳を焼かれ、そのまぶしさに眉宇をよせたとき、

「なによ、これ」

終一の肩から顔をあげた千影が、呆けるようにそう言った。

その声に導かれるまま彼女を見れば、千影は困惑の表情でみずからの掌に視線を落としている。終一の身体が壁となり、至の位置からその全容を見ることはできなかったが、ふたりのあいだには紫と思しき色あざやかな光が瞬いていた。

終一はそれを目にするや否や、驚愕に瞳を丸める。千影は戸惑いのあまり身体の力が抜けてしまったのか、覚束ない足どりで舟のうえをあとずさり、終一から距離をとった。彼女の掌でふわふわとゆれる紫の光は、歩みとともに少しずつ輝きを弱め、やがてその輪郭を露わにする。

――あれは、まさか。

至は千影の掌によこたわる紫の正体を捉え、ちいさく息を呑んだ。

するとそれに呼応するように、三途の川を突風が襲う。舟をゆらすほどの衝撃に至が身構えると、千影のもとにあった紫は高く空へとさらわれた。離れゆく紫に手をのばす千影を追って、至も空を仰ぎ見る。太陽の眩さに射された瞳は容易く紫の行方を見失い、ややあって視界が晴れると、至は青空を覆う極彩色に目を奪われた。

雄大な夏雲を従えて、無数の花弁が悠々とふりしきる。太陽の光を反射するそれは色彩を誇るように煌めき、荘厳なる河川に色とりどりの影を落とした。雪のように舞い躍る花びらは、川面や舟へ触れる間際に花火のごとく弾けて消える。此岸と彼岸の狭間にて目にする幻想的な光景に、至は呼吸すら忘れて魅入られた。

もしここに善治がいたら、花弁から花の種類を当てたうえに、花言葉まで解説してくれたに違いない。けれど善治は、たゆたう水のなかに在る。だから至が手をのばすことができたのは、善治が教えてくれた――先ほど千影の掌から失われたものと同じ、紫色の花びらだけだった。

――花菖蒲。花言葉は、嬉しい知らせ。

「ふざけんな、なんでこんなもんがふってきやがるんだよ！」

その嬉しい知らせを誰よりも待ち望んでいるだろう男に目をやると、彼は激しく狼狽していた。あまりの慌てぶりに、終一からときおり香る甘い匂いの正体と、事務所を彩る一輪挿しの姿が至の脳裏で合致する。彼が病室に届けていたのは、カフェオレだけではなかったのだ。花屋の店員に花言葉を訊ねたのか、自分で調べたのかは知れないが――どちらにせよ、清々しいほどの完敗だった。

なぜこんなにも大量の花弁がふってくるかなんて、答えは決まっている。終一が、深く千影を想っているからだ。至がなんども朝の積んだ石を崩したように、終一がなんどもベッドに横たわる千影へ花と祈りを捧げたからだ。こんなにも眩い六文銭を贈っておいて、今さら言いわけのしようもないだろう。

「おいてめえ、誰に許可とってふらせてんのか言ってみろ！　返答の内容によっては弁護士を連れて正式に抗議してやるからな！　うちの菊田さんはとんでもない人脈持ってんだから、お前なんてひとひねりだぞ！　ざまあみろ！」

気恥ずかしさによるものなのか、終一の動揺は深刻であるらしい。大空に指をさし怒鳴っているけれど、弁護士だって自然を相手に裁判を希望されても困るはずだ。仮に彼岸の役人たちが指示してふらせているのだとしても、あちらとこちらでは法が異なる。

至が思わず声をあげて笑うと、千影もこらえきれないようすで笑みをこぼした。

泣き笑いとも呼べるその表情に、先ほどまで浮かんでいた張りつめた糸のような緊張感はない。せっかくふらせていただいたのに申しわけないが、この六文銭は至たちの目を楽しませるだけで終わるだろう。終一にとっては、羞恥の塊かもしれないけれど。彼の想いは悔しいくらいに美しかった。

息をついて、至は凝った身体をほぐすようにのびをする。

腕をおろし肩からすとんと力を抜くと、

「……え？」

隣にある、なにかの気配に瞳を向けた。

舞い散る花弁とともに風にゆれる薄茶色の髪と、丸みをおびた輪郭。少年とも少女とも言いがたい未成熟な体軀。それは細い棒きれのような腕で花弁を手にしようと必死になって、指先で弾けるたびに落胆の息をつく。

見覚えのある子どもだった。至がいつも手をあわせている仏壇の——よく似ているけれど異なる、利発そうな面立ちをした少年がそこにいた。

少年は至の視線に気がつくと、花びらを追う手をとめる。

そして舟に座り込む至を見おろして微笑むと、

「久しぶり、誠」

至のことを、誠と呼んだ。

*

軒先にぶらさがる赤ちょうちんを眺めて暖簾をくぐった。来店を告げるメロディに次いで、店員たちの歓迎がやまびこのように木霊する。先導する終一は勝手知ったるようすで店内を進むと、半個室になっている座敷へと腰を落ち着けた。メニューを持って現れた店員に「生ふたつ」と勝手なオーダーをするところまで手慣れている。酒は苦手なのでひとつは烏龍茶にかえてもらったが、食事に関しての決定権は終一にあるらしい。

「なんでもいいよな」と訊かれはしたものの、首肯する以外に道はなかった。

「んじゃ、お疲れさん」

おざなりな音頭とともにグラスを打ちつけあう。終一は泡のこぼれる液体を半分ほどあおって、喉の奥から絞りだすような歓声をあげた。

この一杯のために生きている、そう言わんばかりの表情だ。座卓には焼き鳥や玉子焼きといった定番の品とともに、なぜかおはぎが並んでいた。

終一は迷いなくおはぎに箸を運びつつ、それを肴にビールを飲む。

「おっさんの墓で、話が中途半端だったからな」

千影とともに賽の河原からもどってすぐ。終一がここに連れてきたのは、あの話の続きをするためであったらしい。それに関しては一方的に白旗をあげていたので必要ないのだが、終一は納得がいかないのだろう。白黒はっきりさせたいというのは彼らしいと思ったけれど、言われるがまま敗北を認めるのも癪にさわった。

「それはもういいじゃないですか。先輩が千影さんのこと、命張っちゃうくらい大切にしてることはよくわかりましたから」

冷血漢どころか、とんだロマンチストだった。ちびちびと焼き鳥をかじりながら言えば、終一はあずき色の餡を散らさんばかりに箸をふった。「俺のことはどうでもいいんだようるせえな」とひと息で言いきるところからして、だいぶ恥ずかしいのだろう。座卓のしたで強かに膝を蹴られたが、はじめて優位に立てたことが嬉しかったので耐えられた。

咳払いをして、終一はゆるんだ頬の筋肉を整える。

「そうじゃなくてだな。俺はあのとき千影に言われて……じゃなくて、先輩としてお前のフォローをしてやるつもりでいたんだよ。お前が喧嘩ふっかけてきたから、あんなふうになっちまったけどな」

善治のおっさん、最期はどんなようすだったんだ。

そう続いた言葉に、自然と串を持つ手がとまった。月明かりも届かない暗闇のなかで、善治がくれた音のない謝罪を思い出す。彼が腹を蹴ってくれなければ、きっと終一の棹をつかむことはできなかっただろう。あれほど残酷な最期に導いてしまったのに、善治は自分を助けようとしてくれた。

終一はグラスを空にすると、それを座卓においた。近くにいた店員に仕草で二杯目を頼んで「そうか」と短く頷く。

「俺は今でも、ちび助がした勝手は褒められたもんじゃねえと思ってる。おっさんがお前を助けようとしたのは、自分のせいで死んでほしくねえと思ったからだろ。本物の悪人でもねえかぎり、誰にだって罪悪感はあるんだ」

終一は玉子焼きをほぐしながら、そっと目を伏せた。

わずかに唇をまごつかせて、俺も偉そうなこと言えた立場じゃねえけど、と継ぐ。

「千影だって、舟に乗っちまうくらい悩んでたんだぞ。そういうのは、ぬるい覚悟でやるな」

ぽとりと玉子焼きに落ちた呟きは、ビールを運ぶ店員の快活な笑顔にかき消された。会釈をしてグラスをうけとる終一に、先ほどまでの悔いるような空気はない。けれど、痛いほど胸に響いた。自分がどれほど浅はかな衝動で生きていたのか、はっきりと示されたような気がした。

――ぬるい覚悟。

身体の芯を穿つそれを反芻していれば、終一が盛大なため息をつく。

「くそ、こういうの得意じゃねえんだよ俺は」

飲まなきゃやってらんねえ、とグラスを傾けて、終一は熟柿くさい呼気をもらした。

「そっちから話すの待ってやろうと思ったが、面倒くせえから単刀直入に聞くぞ。――舟で、妙なガキに絡まれてただろう」

勢いよく座卓に着地したグラスは、周囲の食器にぶつかり派手な音をたてる。そのせいではないけれど、びくりと肩が跳ねた。終一の酒にすわった瞳に射抜かれて、ちいさく喉が鳴る。

まさか、終一もあの少年を見ていたとは。泳ぎそうになる視線を誤魔化すために烏龍茶をたぐれば、先んじた終一にとりあげられた。そのじっとりとしたまなざしに、逃れる術はないと思い知る。

「……あれはたぶん、俺の死んだ兄弟です」

観念して話せば、終一は烏龍茶を返してくれた。たぶんとにごしたものの、間違いはない。火葬場にのぼる煙を見送ってから、ずっと探していた姿なのだ。見紛うはずがなかった。けれど、どうして今になって彼が現れたのかはわからない。住み慣れた街も、賽の河原も、くまなく調べたはずなのに。すでに彼岸に渡ったものだと思っていた兄弟が急に現れて、疑問符を浮かべたのはこちらのほうだ。しかも意味深な台詞を残して消えてしまうなんて。

無意識に下腹をさすれば、終一は座卓に肘をついて黙考した。指先で唇を潰すのは、彼が集中している証だ。しばしの沈黙をもって、終一は「なるほどな」と呟く。

「なんか厄介なもん抱えてそうだとは思ってたが、そういうわけか」

ひとりで納得したように頷いて、終一は空いた座席においていたボディバッグに手を入れた。そこからクリアファイルと、仕事用の電子端末をとりだす。画面にパスワードを入力して、終一はそれを座卓のうえにおいた。

促されるままに、表示された画面に目を走らせる。それは亡者のリストだった。いつも仕事で眺めている、馴染みのあるレイアウトだ。年齢や命日などでソートでき、石積みの罰がある子どもや、賽の河原にたどりついていない亡者はべつのタブで管理されている。彼岸に渡った亡者のプロフィールには大きく済の印が表示されるところも、これといっておかしな点はない。

なぜ終一がこれを見せるのか。注意深く観察すると、タブがひとつ多いことに気がついた。焼き鳥の串にかぶりつきながら、終一は「お前のパスワードでログインしても、それは見えねえようになってる」と補足する。

——行方不明者……？

そう記載されたタブに指をおけば、たしかに見たことのないページが表示された。さして多くはない数の人名が並ぶそこから、終一は食べ終わった焼き鳥の串を使ってひとりの名前を示す。

「菊田さんから新入りの話を聞いたとき、おかしなことを言いやがると思ったんだ」

現れた詳細なプロフィールは——見なくても諳んじられた。

「いくらうちが亡者相手に仕事してるからって、死人の新入社員なんざありえねえからな」

次いで放られたのは、クリアファイルにおさまった一枚の履歴書だった。

印刷と手書きのどちらが好印象なのか頭を悩ませて、必死に完成させたものだ。会社の規模からして古い体制かもしれないと思ったので、手書きを採用した。あまり綺麗とは言いがたい筆致をなんとか整えて書いたそれには、リクルートスーツに身を包んだ男の写真が貼ってある。

氏名の表記は、佐倉至。

そして、電子端末に表示された行方不明者の名前も、佐倉至であった。

深く息をつけば、終一は「最後のひと切れもらうぞ」と言って玉子焼きを口にふくむ。

「……いつから、気がついていたんですか」

応えは素っ気なく「最初から」だった。

「長らく探してた行方不明の亡者と、同姓同名の男が入社したら気にはなるだろ。端末の情報は公的書類をもとに作られてるから嘘はねえ。死亡届けから誤魔化されたらお手あげだが、お前のようすからしてそこまでの大ごととは思わなかった。なら、おかしいのはこっちだってことになる」

終一は履歴書に一瞥をくれた。

「死んだ佐倉至が今も生きていれば、今年の春で二十四になるはずだ。だが、お前の履歴書には三月生まれの二十三とあった。経歴はまさしくお前のもので、ただ名前だけが違った」

それならお前は――。言葉を継ごうとする終一の眼前に、掌を差しだした。

それ以上は言わなくてもいい。彼がすべてを理解していることは、よくわかった。

終一の言うとおり、履歴書にほどこした詐称は名前だけだった。正社員として入社するからには、保険などの関係で提出しなくてはならない書類がたくさんある。それは本来の自分として作られたものであり、佐倉至のものではない。なによりそこまでを偽れば、法に触れるのではないかという恐れもあった。だから学校やバイト先、派遣会社などへは本名を明かしたうえで「事情があって至と名乗っているので、そう呼んでほしい」と必要に応じて伝えていた。もとの名前はいわゆるキラキラネームではなかったけれど、時代のおかげか首をひねられるだけで特別に問題視されることはなかった。

だが、企業の正社員となると話が違うらしい。最初は好感触であった面接も、くだんの要望を伝えた途端に場の空気は不穏なものへと変化した。今にして思えば、詳しい事情を明かさずに別人の名を騙ろうとする不審者なんて、正社員として雇われるはずがなかったのだ。採用通知は幻の存在となり、数多のお祈りに埋もれる日々のなか。失意のどん底にいた自分をうけ入れてくれたのは、賽の河原株式会社だけだった。

人生をかけて吐き続けてきた、穴だらけのずさんな嘘だ。

なるほど、ぬるい覚悟という言葉が刺さるわけである。

「佐倉至には、ひとつ年下の……年子の弟がいるらしいな。あのガキが呼んでいたのが、お前の本当の名前か」

箸をおいて、終一はじっとこちらを見つめる。

その断言にも似た問いに、自分も覚悟を決めるときが来たのだと思った。

はじめは拒みながらも、笑顔で彼岸に渡った朝。そんな彼女を見て、舟に乗った千影。

彼女をとめるために舟を飛び移った終一は、腹立たしいほどに格好よかった。また彼の言うように、善治はこんな自分を助けようとしてくれたのだ。あの深い闇に覆われた川のなかで、死の淵に抱いた後悔から目をそらすのは、もう終わりにしなくてはならない。

「そうです。俺の本当の名前は――」

そうして佐倉誠は、遠く幼き日に想いを馳せた。

兄である至を事故で失って、あのころの母を表現するのに適切な言葉は「亀」だった。食事をとらず、風呂にも入らず。ときおり水を飲んでいるところは見かけたけれど、声をかけても返答はない。じれったいほど緩慢に動き、仏壇の前でしくしくと涙を流す彼女は、いつかの教育番組で特集されていた亀のようだった。

亀は産卵の際に泣くそうだが、母の場合は卵をなくして悲しみに暮れている。その教育番組によると「鶴は千年、亀は万年」と比喩されるほど長寿らしいが、残念ながら母は似ているだけで亀ではない。誠はそんな母を見て、いつか彼女も煙になってしまうのではないかと思った。それほどに、急激に痩せこける母の姿は誠の心を乱してならなかったのだ。

父はそんな母に、心配とともに苛立ちを感じていたようだった。いつまで泣いているんだ、と声を荒らげて、和室に蹲る母の腕を引いていた覚えがある。しかし、大切な息子をなくした母の憔悴は、父が想像するよりもずっと重たいものだった。

「泣いていたって、至が帰ってくるわけじゃないだろう。誠に飯も作ってやらないで、あの子が可哀想だと思わないのか？」

父の叱責に、母はより深く涙をこぼした。

誠はそのとき、父が買ってくる惣菜を食べ、ひとりで学校に通っていたと思う。曖昧にしか記憶していないので断言はできない。ただ自分まで我儘を言えば父を困らせると思ったし、これまでのように奔放なふるまいをしても叱ってくれるひとはいないから、大人しく日常を反復してすごしていた。

家に帰っても楽しくはないので、放課後は公園や空き地をうろついていた気がする。どこかに亡者となった至がいるのではないかと、やぶに顔を突っ込んで探したりもした。けれど、至を見つけることはできなかった。そんなふうに時間は消費されて、気づくと母は和室にとけていた。

「……お母さん？」

べっとりと畳に頬をつける母を見て、誠の胸にわきあがった恐怖がどれほどのものであったか、説明することは難しい。母は身体の芯をなくしたように、くたりと横たわっていた。名前を呼んでも、肩をゆすっても反応はない。まぶたは薄らとひらいているのに、白くにごった部分しか見ることができなくて、唇からは泡のような唾液がしたたっていた。

それが明らかに異常な状態だということは、幼い誠にも理解できた。しかし幼すぎたがゆえに、どうすればいいのかわからなかった。泣き叫ぶ誠のもとに駆けつけてくれたのは、柿の木を庭に植えているお隣さんだったと思う。いつも誠に「この悪ガキが!」と唾を散らしていた隣人は、救急車を呼び、病院までつきそってくれた。

医師の診察によれば、極度の栄養失調と睡眠不足による過労であったらしい。母は一週間ほど入院して、それから家にもどったが——悲しみのほうは、まだ癒えてはいないようだった。

食事の代わりに薬を食べるようになった母を、父が持てあます気持ちはわからなくもない。父は次第に家へとよりつかなくなり、リビングのテーブルには一万円札が置かれるようになった。しんとした我が家に、ぽりぽりと薬をかじる音が響く。和室からもれる線香の匂いが髪の毛にこびりつき、学校では後ろ指をさされた。自分で洗濯した服はしわものばさず干したせいなのか、お世辞にも綺麗とは言えなくて、それもまた嘲笑のまとになった。

穏やかに壊れていく家族を前に、誠は「このままじゃ駄目だ」と強く思った。

そしてその日から、誠は母の気を引くために必死になった。学校からまっすぐに帰宅し、その日にあったできごとをなるべく大袈裟に話した。怒られるためにわざと悪戯をしたり、テレビのお笑い芸人を真似たりもした。少し転んだだけの怪我を、おいおいと泣いて騒ぎたてた。テストで満点をとることは無理だったので、あえて零点をとったりもした。はじめてキッチンに立ち料理をしたときは、炭化した目玉焼きができあがったことをよく覚えている。母は当然のごとく薬以外は食べてくれなかったので、美味しくないねえ、と笑いながらひとりで片づけた。

そんな日々を繰り返して、誠はようやく理解した。

母が必要としているのは、自分ではない。

犬と猫なら。ご飯とパンなら。恋人と娘なら。

兄と弟なら――母が愛していたのは、兄の至だったのだ。

だから誠は、母が気絶するように眠った隙に、仏壇から写真たてを拝借した。そこにおさまっていた利発そうな笑顔を浮かべる至の写真を抜きとって、馬鹿みたいに大口をあけてピースをする自分のものととりかえた。そうして準備を終えてから母を起こすと、彼のように澄ました笑みを作って、写真たてを誇らしげに掲げた。

「ねえ見て、母さん」

至は母を、母さんと呼んでいた。

「ぼくは、ここにいるよ」

写真たてを握る手に願いを込めて、彼女の顔をじっとのぞき見る。

するとそのとき、これまでなにをしてもこちらを向くことのなかった視線が、はじめて重なった。黄ばんだ強膜に瞳孔を広げて、母はかたくとじていた唇を戦慄かせる。そして震える指先を持ちあげると、たしかめるようにゆっくりと頬をなで——母は、誠のことを至と呼んだ。

その一連の仕草に、自分の考えは間違ってはいなかったのだと確信した。やはり母には、至が必要だったのだ。母に抱きしめられたとき、全身が歓喜に躍った。これでもとの生活にもどれると、愚かな脳みそは喜びにひたった。

自分で自分を殺したことにも気がつかずに。

衝動的なぬるい覚悟で——そのとき、誠は至になった。

居酒屋のほどよい喧騒のなかで、烏龍茶のグラスに浮いた氷が鳴く。

「父が家をでてしまったのは誤算でした。でも今なら、当たり前だって思います。もとから母の扱いに困っていたのに、俺まで死んだ兄の名前を騙りだしたんですから。手に負えないと感じたんでしょう」

だからといって家族に背を向けるのが正解だとは思わないが、父の葛藤を察することはできる。終一は誠の話に耳を傾けながら、追加した三杯目のビールに口をつけた。鼻のしたについた泡を舌で拭って、憤りのこもったまなざしを誠に投げる。

「川からお前を引きあげたときに聞いたあれは、そういうことだったわけか」

言ってただろう、俺たちはなんのために生きていたのかって。

終一の言葉からおぼろげな記憶をたどれば、たしかにそんなことを言ったような気がした。三途の川から引きあげられたあと、混乱のさなかに口走ったこととはいえ、我ながら痒い台詞だ。

けれど、だからこそ本心だったのだろう。誰にも愛されず、必要とされず。それは善治や朝のことであり、誠のことでもあった。

誠があのふたりを放っておけなかったのは、彼らに自分を重ねていたからだ。

「俺が至を名乗るようになってから、母さんは少しずつ元気をとりもどしていったんです。もちろん、そう簡単に完治はしてくれませんでしたけど。それで俺は、やっぱり誠はいらなかったんだなって。これからも至として生きていこうと、決意したつもりだったんですけど……」

それでもやはり、心のどこかに寂しさがあった。仏壇に飾られた写真たてを見るたびに、誠は不要な人間だったのだと思い知らされた。ゆらぎそうになる自我を支えたのは、亀から脱した母の姿だ。そのたびに誠は、兄の代わりになれただけいいじゃないか、と虚しいなぐさめを自分にほどこした。

定期的に肯定してやらなければ折れかけるような意思と、計画性のない幼稚な嘘からはじまったものを、十数年も続けるなんて我ながらどうかしていると思う。学校や近隣の住人に、自分のことは至として扱うよう根まわしをして。授業参観などはプリントを破棄することで免れたが、三者面談のときには教師に「絶対にぼくを誠って呼ばないで」と懇願した。佐倉家の郵便係を名乗り母の目から隠してきた誠宛ての手紙は、虚しさと同じくらいに天高く積まれている。それもすべては、母のためだった。彼女が誠のことを至だと思い込み、ほんの少しでも薬の量が減るのであれば、胸のなかで泣いている自分なんて些末(さまつ)な存在にすぎないと見殺しにした。

善治の墓で意地をはってしまったのは、終一に図星をさされたからだ。至は善治に同情を――いや、同調をしていただけだった。守りたいと願うほどに大切な存在から、選ばれなかったもの同士として。だが誠は、少し死にかけたくらいで後悔する程度には、善治のことも自分のことも覚悟を決められてはいなかった。

「それで、お前は今後どうしたいんだよ」

思案する間を作るため、誠は烏龍茶で唇を湿らせる。

素直に考えれば、母にすべてを明かすべきだろう。彼岸で待つと言ってくれた朝に、自信を持って会いに行くためにも、悔いのある生き方は改めなければと思う。

「誠にもどりたい……とは、思いますけど」

　でも、と誠は声を落とした。

　まだ完全に治ったとは言えない母が、真実を知ってどうなるかはわからない。それに、賽の河原で見かけた至のことも気がかりだ。なぜ彼岸に渡らず、行方不明者としてリストに名を連ねているのか。なにより至は、誠が吐いた嘘をどう思うのだろう。

　思考をめぐらせるほどに、負のループへと入っていく心地だった。

　動きをとめた誠に、

「お袋さんのことはどうなるかわかんねえけど、兄貴とは話してみたらどうだ」

　兄弟なんだからよ、と終一は息をつく。

　簡単そうに言ってくれるが、長年見つからなかったからこそ至は行方不明者なのだ。どうやって、と問えば「賽の河原に現れたんだから、今もどっかにいるんじゃねえの」と極めて軽く返された。

「たとえば、兄貴がでてきたときと同じことをやってみるとか」

　しれっとした表情でおはぎを突いているが、彼はそれが意味するところをわかっているのだろうか。

「なら先輩、もう一回あの花びらをふらせてくれるんですか？」

　若干の意地悪を込めて訊けば、また膝を蹴られてしまった。「二度とやるかあんなもん！」と怒鳴られたけれど、次はもっとたくさんの花弁をふらせるに決まっている。いつになるかはわからないけれど、千影が人生をまっとうしたあとに。

――同じことをやってみる、か。

痛む膝をさすりながら、誠は終一の言葉を反芻した。

確証はないけれど、思い当たるものがひとつだけあった。

「……先輩。俺が至に会うとき、ついてきてくださいって言ったらどうします？」

その言葉に、終一は鼻を鳴らして皿のおはぎを平らげる。

わずかに残っていたビールも空にすると、手の甲で口元を拭った。

「んなもん当たり前だろ。俺ばっか、だせえとこ見られてたまるかよ」

要約するに、ついてきてくれるらしい。

善は急げと言わんばかりに席を立つ終一を、誠は慌てて追いかけた。だした財布は当然のごとく退けられて、端数の小銭すら拒否される。終一いわく、後輩と割り勘をするのは「だせえ」とのことだが、あれほど頑なに誠の前では食べなかった甘味を口にするのは、彼の美学に反してはいないのだろうか。

とはいえ、下手に突っ込んで不興を買いたくはない。

誠は素直に「ごちそうさまです！」と声を張った。

＊

その足で事務所に向かうと、室内はもぬけの殻だった。終一は千影の姿がないことを騒ぎ立てるわけでもなく、水を求めて給湯室へと入って行く。冷蔵庫から天然水のペットボトルを手にとり、キャップを外して直接口をつけると、喉仏を上下させた。

誠はそんな終一の喉仏と空の室内を交互に見やって、あわあわと汗を飛ばす。また千影がいなくなってしまったというのに、水なんて飲んでいる場合なのだろうか。

その疑問は、終一が指先で示した場所に目をやることで解決した。

「ちょっと終一、お水はグラスに移して飲んでってあれほど……！」

言い終わるよりはやく、なにかがぶつかる音がする。短い悲鳴とともにデスクのしたから這いでようとしていたのは、千影だった。

「千影さん、そんなところにいたんですか？」

驚きつつも手をかせば、千影は照れたようすで誠のそれをとった。もう片方の手で後頭部をおさえているのは、先ほどの派手な音の正体だからなのだろう。「ごめんなさい、急だったから慌てちゃって」と口のなかで言葉を転がして、千影は終一を睨めつける。

「夜に来るときは事前に連絡してってって、いつも言ってるじゃない。吃驚するでしょう？」

それに対して、終一はどこ吹く風だ。ペットボトルに口をつけたことを叱られても「ぜんぶ俺が飲めば問題ねえだろ」と返している。ふたりの雰囲気から察するに、これらは日常茶飯事であるらしい。誠が事務所に侵入したときも、千影はこうして身を隠していたのかもしれないと思うと、なんだか申しわけなくなった。

ふたりは侃々諤々と意見を交わしあって、それから千影が「ところで」ときりだす。

「こんな夜更けにやってくるなんて、どうしたの？　しかもあなた、お酒を飲んでるでしょう」

鼻をつまむ仕草からして、千影は酒の匂いが得意ではないようだ。終一は干したペットボトルを両手でつぶしながら、にっと口角をあげた。

「同僚と酒飲みに行ってたんだよ。なあ、ちび助」

つぶしたゴミをぶらさげて、背のびをして誠と肩を組もうする終一は、水を飲んでも薄まらないくらいには酩酊しているらしい。

誠は曖昧な笑みを浮かべて「いや、俺は烏龍茶だったんですけど」と否定しながらも、賽の河原に用があることを説明した。誠の名前や兄の件に関しては曖昧ににごしたが、千影はとくに追及することなく納得してくれる。

「でも一応、菊田さんには連絡させてね。業務時間外だし」

その言葉に誠は身構えたが、菊田は意外なほどあっさりと快諾してくれた。千影に見せてもらったメールの文面によると、いくつかの注意事項に続いて「それと、羽織は忘れちゃ駄目だぞ」と締めてある。文末に散る星の絵文字からそれが冗談であることは理解できたけれど、以前に羽織を脱いで騒動を起こしてしまった手前、誠は苦く笑った。

内心で謝って、誠は試作品の羽織に袖を通す。終一の準備を待ってから掃除用具入れに手をかけると、千影から「いってらっしゃい、気をつけてね」と温かな見送りをいただいた。彼女に手をふって、誠は暗闇に足を進める。ややあって、景色は見慣れたものへと変化した。

対岸が望めないほどに大きな河。水底を転がり角のうばわれた石たちが埋め尽くす、見渡すかぎりの河川敷。ひとが賽の河原と呼ぶそこに、恐怖を抱いていたことすら懐かしい。今ではすっかり馴染んだその景色のなかで、誠は深呼吸をした。

終一が近場の岩に背中をあずけたのを確認して、誠もその場に座り込む。

足元に転がる石からなるべく大きなものを手にすると、それを土台にしてふたつめを積んだ。こうしていれば、またあの頭痛がやってくるだろうという予感があった。

三つ、四つと重ねるたびにこめかみが脈打つのを感じる。五つめではっきりと痛みを示した頭に、誠は確信を持って六つめの石をつかんだ。

賽の河原において、石を積むことは贖罪の行為とされている。誠が石を積むたびに、頭痛が増すのは警告だ。許されたものは、彼岸へ渡らなくてはならない。だからこの身体のなかにいるそれは、石を積むなと言うのだろう。

七つめを積もうとしたとき、あまりの痛みに手が震えた。

小刻みにゆれる掌でなんとか石をおくと、背中にどすんと衝撃が走る。

「やめろって言ってるのに。そんなにぼくに渡ってほしいのか？」

ふり返れば、舟で見た少年が片足をあげて立っていた。履いているスニーカーの底がこちらを向いているところからして、それで誠の背中を蹴ったのだろう。

力なく笑って、誠は数時間ほど前にもらった台詞をそのまま返す。

「久しぶり、至」

至は、むずがゆそうに口角をあげた。

そのちいさな笑顔に、誠の脳裏には様々な思い出が閃く。登校の際により道をしすぎてランドセルを引っ張られたこと。テストの点が悪くて勉強を見てもらったこと。隣家の柿を盗って叱られたときには誠のことをかばってくれたし、父が誤ってショートケーキを食べてしまったときには自分のぶんをわけてくれた。年齢にそぐった成長をする至にとって、規格外に育つ弟はけして可愛いとは言えなかっただろうに。彼はいつも兄として、誠のそばにいてくれた。——白く焼けた骨になり、白磁の壺におさまるまでは。

ずっと会いたいと思っていた姿を前にして、目頭が熱くなるのをおさえられない。

こぼれた涙を隠すように瞬きをすれば、至は「泣くなよ」と誠の肩を小突いた。

「……俺、至に話したいことがあって」

ゆれる声音を叱咤して、誠は至を見あげる。

至は柔らかく微笑むと、

「いいよ、ぜんぶ誠のなかで聞いてたから」

と言って自分の胸をたたいた。

「ごめんな。ぼくが死んじゃったことはわかってたんだけど、色々と心配でさ。ずっと誠のなかにいさせてもらってたんだ」

どこか罪悪感のただよう口ぶりに、誠は首を横にふる。

きっと、誠はなんども至に助けられてきた。誠が彼岸で体調を崩さないのは、内側に至がいたからだ。朝がこの身体に入ったときも、彼女は最悪の居心地だと顔を顰めていた。もしかすると、三途の川で怨念に襲われなかったことも至のおかげなのかもしれない。

白磁の壺におさまったあとも、至は誠を守ってくれていたのだ。誠は勝手に至の名前を借りて、本来は彼のものであったはずの供養すら奪っていたのに。そうして亀から脱した母と、仮初めの日常をすごしてしまった。

謝るべきは誠のほうだ。ましてや今さら、本当の自分にもどりたいだなんて。

「だから誠の気持ちは言わなくていいよ。きちんと話せば、きっと母さんだって」

「違う、待ってくれ！」

遮るように、誠は至の腕をつかんだ。河原に膝をついて、同じ高さで視線を重ねる。

至は驚きに目を丸くしたが、誠は構わずに言葉を継いだ。

──もしも、また至に会うことができたなら。

誰にも明かすことなく心の片隅で描いていた想いが、唇からあふれでる。

「俺の身体を、至に使ってほしいんだ」

至の丸まった瞳が、さらに大きく広がるのがわかった。

終一が河原の石を踏み「なに言ってんだ、ちび助！」と声を張る。

しかし、誠は至から目をそらさなかった。死の淵で抱いた後悔も、本当の自分にもどりたいという気持ちも嘘ではない。けれどそれと同じくらいに、和室にとけた母が忘れられなかった。

至の死を知ったら、母はまた亀になってしまうだろう。そして今度こそ、命を落としてしまうかもしれない。至のように炎で焼かれ、煙となって空にのぼる。誠はもう二度と、仏さまの形をした骨なんて拾いたくはなかった。

「母さんは、俺よりも至を選んだんだ。だってあのとき、母さんは俺のことを至って呼んだ。いつもみたいに、なに馬鹿なこと言ってるのって叱るんじゃなくて。それが母さんの本当の願いだったから、俺の嘘を信じたんだ」

今までは至のふりをした偽物で誤魔化してきたけれど、本物のほうがいいに決まっている。誠では母の薬を減らすことしかできなかったが、至がそばにいるのであれば完治も夢ではないだろう。母は至を失ったことにより、一時は人間として最低限の暮らしすら送れなくなってしまったのだ。たとえ肉体が誠のものであろうとも、至の帰還を望むはずであった。

そうすることで、きっと至への罪滅ぼしにもなる。壊れていく母を見てはいられず、至の名前を奪ってしまった罪をこの身でそそぐ。きっと終一は、誠という存在の消滅を少しは悲しんでくれるはずだ。千影や菊田も、事情を知れば手をあわせてくれるかもしれない。朝との約束は破ってしまうけれど、愚かな嘘吐き(うそつ)の終焉(しゅうえん)としては上出来な気がした。

幼い体軀にすがりつき、誠は至が頷くのを待つ。未練があるからこそ、至はこの身体に留まっていたのだ。必ず了承してくれるはずだと信じて——脳みそをゆらす顔面の激痛に、誠は河原へと倒れた。

うめきながら顔をさすって、よろよろと身を起こす。一瞬のできごとすぎて、なにが起きたのか理解できなかった。鼻を中心に、眼球や額がずきずきと痛んでいる。ゆれた脳みそは眩暈を引き起こし、鼻腔からは生温かくぬるついた液体がすべりおりた。わずかに鉄臭い匂いがするのは、まさか鼻血だろうか。

鼻の奥を通って喉へと落ちるそれに咳き込めば、頭上から自棄っぱちな笑い声がふった。

「ぼくの頭突きでよかったな。終一さんだったら、顔面を粉砕されてるぞ！」

目尻に涙を浮かべてそう叫ぶのは、誠と同じように額をおさえている至である。

痛みの理由には合点がいったが、なぜ彼が激昂しているのかわからず、誠は戸惑いにあふれた瞳を至へと向けた。

至はこちらを鋭く睨むと「お前がそんなふうだから、ぼくは心配で渡れないんだ」と強く言う。

「お前は母さんにぼくの名前で呼ばれたとき、きちんと怒るべきだったんだ。だって、お前はお前なんだから。誰も他人の代わりになんてなれないし、なっちゃいけない。ぼくの死が覆らないのと同じように、お前が生きていることだってかえようのない現実なんだよ！」

激しい怒りをぶつけられ、誠はさらに動揺した。至から諭すように叱られたことはたくさんあるけれど、怒鳴られた覚えはひとつもない。頬が赤くなるほどに呼吸を乱して、まなじりに怒気をはらんだ至の姿を見るのは、はじめてのことだった。

唖然とする誠に、至は軽く呼吸を整えてから言葉を継ぐ。

「ぼくは、母さんにも怒ってる。いつまでも、お前の嘘に甘えたままでいる母さんにも。どんなに心が弱っていても、母さんがぼくたちを間違えるわけがないだろう。あのとき母さんは、お前のなかにぼくの面影を見つけて、ほんの一瞬すがってしまったんだ。だから、すぐに過ちに気がついた。でもお前に謝ろうにも、母さんの心は疲れすぎていて、その罪と向きあう体力がなかったんだ。母さんは、自分の罪から目をそらすために、お前の嘘を信じたふりをしているんだよ」

まっすぐに母を糾弾する至の台詞に、誠は目を瞠った。そんなはずがないと瞬時に否定して、けれど確信を持って「まさか」と返すことのできない自分に気がつく。

思えば母はいつも、仏壇に供えたショートケーキを「悪くなる前に食べちゃってね」と誠に言っていた。至を亡くしてから心配性に拍車がかかったわけではなく、昔から口煩いひとだった。それも誠が、落ち着きのない性分だったせいだ。しかしその一方で、至には全幅の信頼をおいていた。「お兄ちゃん、誠をよろしくね」と母に頼まれるたびに、照れ臭くも誇らしそうに頷いていた至の姿をよく覚えている。

それでは、母の言う「昔からそそっかしかった」息子とは、いったいどちらのことをさしていたのだろう。

誠はまぶたの裏に明滅する淡い希望を掃うように、ちいさく首をふった。

至はそれが真実のように語ったけれど、すべては予想にすぎないことだ。人間は期待をするほど傷つく生きものなのだから、馬鹿な願望を抱くべきではない。誠の好物であるショートケーキを自分に勧めるのは、食べものを粗末にしないため。母の過保護が強まっているのは、もう二度と息子を失いたくはないと思うから。ずっとそう信じてきたのだから、それでいいはずだ。もしかしてと逸る心臓なんて、ただの自惚れで終わるに決まっている。

――でも。もし本当に、母さんが俺を見てくれていたのなら。

とくとくと鳴る鼓動をおさえるべく、誠が胸元の洋服を握りしめたとき、

「ちゃんと思い出して、よく考えてくれ。あれから母さんは、一度でもお前のことを至って呼んだか？」

一陣の風とともに耳朶を襲ったその声に、誠は母との記憶をあふれさせた。

至を失い、誠が彼の名前を騙るようになってから。母は一度として、誠を至とは呼んでいない。むしろ耳に馴染みがあるのは「あんた」という呼称だ。以前は明朗快活であった母らしい、不躾ながらも温もりを感じる呼称だと思いながら、誠はいつも返事をしていた。

けれどあれが、意図してのことであったなら。息子の固有名詞を避けるために、母があみだした苦肉の策であったなら。母は、はじめから誠の嘘に気がついていたのだろうか。たった一度だけ犯してしまった過ちを正すこともできず、目をそらしたまま日々を

すごしていたのだろうか。

そうだとするのなら、誠と母の関係はまさしく停滞だった。みずからの人生を放棄し、至の人生を歩こうとした誠。長いあいだ自分の過ちと向きあうことができず、現実から逃避していた母。どんなときでも、ちいさなことからコツコツと——自分たちはなにかを積み重ねた気になって、本当はただ掌の石を眺めていただけなのかもしれない。

この場所で出会った誰しもが、もがき苦しみながらも自分の人生を歩いていたのに。華やかで恵まれた、美しい人生であろうと。生まれを呪い、不運を嘆き、他人を羨む人生であろうと。誰しもが懸命に自分の命を生きて、最後は等しく舟に乗るのだということを、誠はたしかにこの場所で学んだのに。

——誰も他人の代わりになんてなれないし、なっちゃいけない。

誠は耳朶に木霊するその声に導かれるように、賽の河原へと首をめぐらせた。すると岩のうえに、膝を抱えて座す少年の幻影を見る。すきまなく身体を折りたたんで顔をうずめる少年に、ここで出会った人々が声をかけては去って行った。それぞれに個性のある呼称で少年を表す彼らは、誰ひとりとして「至」とは呼ばない。最後に現れた襟足を金色に染めた男も、少年のことを「ちび助」と呼んだ。

その声に、少年は膝から顔をあげる。そして立ちあがると、跳ねるようにして岩からおりた。金色の男の指先が示す場所に、少年はわき目もふらずに走って行く。

それはまっすぐに誠のもとへと向かい、

「みんなと一緒にいたのは、ぼくじゃない。お前なんだよ――誠」

至の言葉にあわせて、少年は誠の胸へと飛び込んだ。

咄嗟にうけとめようとして、雲を抱くように腕が交差する。触れられなかったのに、不思議と温もりを感じた。あのとき見殺しにした幼い誠が、自分のなかに帰ってきたのだと思った。

誠は河原に蹲り、嗚咽をもらす。誠が投げ捨てたものを、拾ってくれたひとがいた。みずから背中を向けて無視した存在に、よりそってくれたひとがいた。彼らの天秤のなかに、誠はずっとあったのだ。選ばれていないと拗ねていたのは――いや、誠を選んでいなかったのは、ほかならぬ誠自身だった。

すすり泣く誠の姿を見て、終一は安堵したように息をつく。至は誠のそばにしゃがみ込むと、穏やかな手つきで頭をなでた。ゆっくりと後頭部を往復する感触は、母がしてくれたものに似ている気がする。きっと至も、こうしてなでられたことがあるのだろう。次第に凪いでいく心に湊をすすれば、至は密やかに「ぼくも、前に進まなくちゃ」と声を落とした。

「なあ、誠。ぼくの名前を使ったことを悪いと思うなら、ひとつお願いを聞いてはくれないか？」

首をもたげて至を見れば、彼は優しく微笑む。そしてちいさく柔らかい指先で彼岸を示すと、穏やかにこう言った。

「ぼくのために、舟を漕いでほしいんだ」


飲酒運転はご法度だと言う終一を船首に据えて、舟はひたすらに大河を割った。今のところパニック発作の予兆はないけれど、少しだけ鼓動が逸っている。誠になにかあれば終一に棹を握ってもらう予定だが、ビールを三杯もあけたうえに、眠たそうにあくびをしている男など信用ならない。自分がしっかりしなければと慎重に棹を繰れば、舟はつつがなく彼岸の桟橋へとたどりついた。

「すごいや。弟の漕ぐ船で彼岸に渡ったのは、きっとぼくがはじめてだぞ」

はしゃいだようすで舟のうえを駆ける至に、誠は複雑な心境を抱きながら続く。短い手足を駆使して桟橋にあがろうとするのをサポートしてやれば、至から恨めしげな視線を投げられた。わき腹に手を入れて持ちあげたことが気にくわなかったのだろう。すとん、と桟橋へおろしてもなお尖る唇に、誠は苦く笑う。心配せずとも、至を兄として慕う気持ちにかわりはないのに。どれほど歳を重ねて身長がのびても、誠は全の弟だった。

「母さんと、仲良くやるんだぞ」

いつも誠のランドセルの中身を確認していた母のように、至は指をふる。

体調管理には気をつけろよ。羽織を忘れたり、舟から落ちるなんてもってのほかだからな。誠は叱られるとむきになりやすいから、そういうときは深呼吸をするんだ。なんでもひとりでやろうとしないで、終一さんたちを頼ることも覚えるんだぞ。

そのひとつひとつに、誠は「うん」と相槌を打った。こんなにも酸っぱいお小言なんて、常の誠ならばとっくの昔に耳をふさいで逃げている。けれど今は、いつまでも聞いていたかった。誠がいたらない人間だということを知らしめて、やっぱりぼくがいないと駄目だな、と言ってほしかった。

それなのに、至は不意に口をとじてしまう。

「……なんて。誠はもう、ぼくがいなくても大丈夫か」

憂いをおびたまなじりに、たまらず誠は腕をのばし、栈橋に膝をついた。薄い胸板を引きよせて、片腕でもあまるほど頼りない肩を抱きしめる。首筋の細さには不安を覚えたけれど、誠はためらわずに顔をうずめた。

至がいなくても大丈夫だなんて、そんなわけがない。今だって誠は、駄々をこねそうになる自分と戦っている。彼岸になんて渡らないでほしい。ずっと俺のなかにいればいい。そう口走りそうになるのを我慢しているのは、至の願いを叶えてやらなくてはと思うからだ。

それに誠は、彼の気持ちをわかってもいた。誠が朝や終一たちから多くを学んだように、至にも感じるところがあったのだろう。時間はとまることなく流れていく。生者も亡者も関係なく、その流転から逃れることはできない。そうして至は今、舟に乗ることを決めたのだ。誠には、彼の決意を否定することはできなかった。

言葉にならない想いを託すよう、至に頬をすりよせる。

もっと一緒に生きていたかった。その単純な想いが誠の唇を塩からく湿らせると、至は呆れたように「ほんと、誠は泣き虫だなあ」と笑った。

「誠が、ぼくの弟でよかった」

そんな大事な台詞を、さらりと口にするところも腹立たしい。誠はすぐに「俺だって」と返したが、語尾はふやけて使いものにならなかった。

やがて、もみじのような掌に背中をたたかれる。

促されるまま身体を離せば、至は終一に向かって腰を折った。

「終一さん。誠のこと、よろしくお願いします」

丁寧に頭をさげられて、終一は面食らいながらも「おう」と片手を持ちあげる。安請けあいにもほどがある気軽さで、誠の身柄は終一に任されてしまったようだ。母が至に言っていたものと同じニュアンスで引き継がれていく我が身に、自分はそれほど頼りないのだろうかと思う。だがきっと、誠がどれほど立派な大人になっていたとしても、至は頭をさげたような気がした。

おろした荷物を惜しむように――けれど晴れやかな表情で、至は誠へと向きなおる。

至のなかで、なにか区切りがついたことは察せられた。悔いはあっても未練はない。そう言いたげなまなざしに、誠も胸を刺す寂しさと折りあいをつける。

――六文銭をもらわないと。

十年以上前に棺へおさめた札を思い浮かべ、目尻の涙を拭ったとき。誠は、その腕がほのかな光を放っていることに気がついた。月明かりを反射させているわけではなく、みずから発光しているようだ。不可解な現象に誠が声をあげて驚くと、至は意を得たりと言わんばかりに頷いた。

「ああ、なるほど。誠がぼくの六文銭になったのか」

なにやら得心しているようだが、こちらは混乱のさなかだ。これまでに様々な形の六文銭をうけとってきたけれど、さすがに人体をいただいた覚えはない。それになにより、六文銭とは遺族が故人へ贈るものだ。いったい誰が誠の身体を贈ったのかと考えて――閃きに視線をあわせると、至は笑みを深くした。

「誠に自覚がなくても、ぼくはお前のそばにいられてすごく幸せだった。本当なら経験できなかったはずの人生を、誠と一緒に歩かせてもらった。誠はぼくの名前を勝手に使ったって言うけど、そんなのぼくだって同じだ。ぼくも誠から、たくさんのものをもらっていたんだよ」

その言葉に、誠は微かに息を呑む。

至の言うように、長い年月をともにしたこの身体は、自然と彼に捧(ささ)げられていたのかもしれない。誠にとっては、それほどたいそうな話ではないけれど。亡くした兄を想いながら懸命に生きていた日々そのものが、こうして夜を照らす六文銭となったのだ。

ぼんやりと輝く両手を大切に握りしめて、誠はたしかに六文銭をいただく。

後ろ髪を引かれる想いで舟にもどると、終一は川面に棹をひたして、此岸へと舵(かじ)をきった。少しずつ遠ざかる桟橋に、誠はたまらず船縁へと身を乗りだす。なんど至の名前を叫んでも、終一は棹を繰る手をとめてはくれなかった。まるで、好奇心に駆られてより道ばかりしていた誠を、至がランドセルごと引きずっていたときのようだ。終一は本気で、誠のことを任されたつもりなのだろう。彼の手によってあるべき場所へと帰り行く舟にゆられながら、誠はそう思った。

船縁に身をよせて、遠く彼岸の桟橋を望む。

夜空にひらめく幼い指先は月の光に照らされて、灯台のようにきらきらと瞬いていた。

エピローグ

都内某所に位置する古びた雑居ビル。

それが、佐倉誠の職場であった。

薄黒い雨染みを広げるコンクリートは老朽化によってひび割れ、四階まで続く階段の隅には玉のような埃が転がっている。エレベーターさえあれば誠の職場以外にも入居が決まるかもしれないのに、建築基準の関係からあとづけは不可能であるらしい。夏休みに浮かれる子どもたちが虫取り網を片手に幽霊ビルと悪意なく揶揄していくだけあって、肌を焦がす太陽や、もくもくとふくらんだ入道雲をもってしても、その陰湿な雰囲気は払拭できないようであった。

陽炎(かげろう)をゆらめかせるアスファルトからビルへと足を踏み入れただけで、不思議と涼しく感じるのは、日陰だからということでいいのだろうか。

中身を透かせるほどに重たく沈んだビニール袋を両腕にぶらさげて、誠はひとつずつ階段をのぼった。灰色の半袖はわきのしたを一段と色濃くし、こめかみをつたう汗が輪郭からこぼれる。ゆとりのあるハーフパンツを穿いて軽装を心がけたつもりだけれど、鼓膜をつんざく蟬(せみ)の大合唱は聞いているだけでも暑苦しい。それは誠の前を行く終一も同じであったようで、抱えたビニール袋を握りなおしながら「あー、くそうるせえ」と眉間にしわをよせていた。

終一は最上階へたどりつくと、アルミ製の戸に掲げられた賽の河原株式会社の文字を見ることもなく足でノックする。ややあってドアがひらくと、礼よりも先に「おせえ」と文句を垂れることも忘れない。誠はもちろんぺこぺこと頭をさげて入室したが、出迎えてくれた千影はそれなりに気分を害したようだった。

「あのね、終一。相手が私だからまだいいけど、出迎えてくれた人間に対しての第一声がそれって――」

ビニール袋をデスクに放って、まっすぐに扇風機へ向かう終一を千影は追う。冷房は効いているはずなのだが、建物が古いせいで冷気を逃しているのだろう。金色の襟足をなびかせながらTシャツの襟を広げる終一は、千影のお小言などまるで届いてはいないようだった。

相変わらずのふたりを横目に、誠は応接スペースへと足を進める。

ソファには、我が社の代表取締役社長である菊田が座していた。

「佐倉くん、ご苦労さま。お使いありがとう」

社長として、念のため夏用のスーツに身を包んだ菊田から微笑まれ、誠は恐縮する。ビニール袋からペットボトルやジュース缶、そして適当に選んで購入した軽食をとりだすと、菊田は「美味しそうだねえ」と声をはずませた。

「なに言ってんですか、菊田さん。ジュースなんて酒にはおよびませんよ」

誠の背後から、終一が不服そうに顔をだす。おそらく千影に、買ってきたものを放置するなと叱られたのだ。追加のビニール袋をおしつけられて、誠は苦く笑った。

「まだ仕事があるんですから、お酒は我慢ですよ」

なぐさめついでにノンアルコールのビール缶を渡してみたが、お気には召さなかったようだ。歯を剝きだしにして顔を顰める終一は、アルミ缶を相手に野生生物のごとく威嚇する。

すると千影が、給湯室から食器などを載せたお盆とともに現れた。お盆をひっくり返さないよう慎重に歩きながら、呆れた視線を終一にそそぐ。

「あ、そうだ。千影さん、あれ届きましたか？」

食器をうけとりがてらに問えば、千影は破顔した。

「もちろんよ。ありがとう、すごく美味しそうなものばかりで嬉しいわ」

「喜んでもらえたならよかったです」

ほっと胸をなでおろして、誠も笑む。

菊田に頼まれたお使いへ行く前に、誠は終一とともに千影が入院する病室を訪ねていた。終一はいつものように一輪の花とカフェオレを用意していたが、誠も同じでは芸がない。たまには違うものも食べたいだろうと考えて、巷では人気があるという甘味をいくつか包んでもらっていた。それを千影の枕元へおくとき、終一から「なんで俺のぶんも買ってこねえんだよ」と怒られたことは余談として——事務所の最奥にある菊田のデスクには、ひまわりの花が飾ってある。たしかに届いていることが確認できて安堵する反面、誠はあとで花言葉を調べてやろうと思った。

千影は菊田の隣に座り、いそいそと見舞いの品をテーブルに並べる。終一も彼女の対面に腰をおろすと、それを眺めていた菊田は両手を打ちつけて高く鳴らした。

「よし、それじゃあはじめようか」

菊田の音頭によって、それぞれがグラスや缶を手にとる。千影は紙パックのカフェオレにストローを挿すと、胸のあたりに掲げた。頷いて、菊田が声を張る。

「佐倉至くん改め、佐倉誠くんの試用期間終了を祝して、かんぱーい！」

四本の腕がテーブルのうえで交わり、かつん、ぽこん、と個性的な音をあげた。

しばし全員が天井を仰いで、息がきれるころに顎を引く。なんとなく炭酸飲料をとってしまったが、失敗だったかもしれない。誠は胃袋ではじける炭酸を喉もとでおさえつつ、わきあがる拍手に会釈を返した。

春に賽の河原株式会社へと入社して、およそ四ヶ月。紆余曲折あった試用期間が、先日ようやく終了した。これで誠は正式に、この会社の一員というわけだ。

感慨にふける間もなく胃袋の炭酸が暴れ、誠は息を詰めて誤魔化した。

「お袋さんも、喜んだんじゃねえの」

ぐびぐびとノンアルコールビールを干す終一が、雑談のような調子で言う。

誠は一瞬だけ舌をもつれさせ、

「だと思います」

と曖昧に首肯した。

至にあれだけ言われたにも拘わらず、誠はいまだ母に真実を明かせないでいる。いや、それとなく話はしたのだ。洗濯物をたたむ母に今年の夏——お盆はどうするのかと問うて、なんとか「墓参りの予定が決まったら教えて。スケジュール空けとくから……至のために」と彼の名前を強調した。するとと彼女はぴたりと手をとめ、熟考するような間をおいてから「わかった」と頷いた。仏壇に飾られた写真たてが至の笑顔にかわっていたのは、翌日のことだ。だからたぶん、至の言ったとおり母はすべてをわかっていたのだと思う。だがしかし、長らく逃避していた現実と真正面から向きあうには、まだ互いに時間が必要なのだろう。母は以前と同じく誠のことを「あんた」と呼ぶが、それも次第に「誠」へもどっていくような気がした。

炭酸を口にふくんで、誠は話題をすりかえるべく千影に目をやる。

「千影さんのほうは、どうなんですか？」

誠が贈ったチョコレートに舌鼓を打っていた彼女は、まわってきたお鉢に自身を指さした。

考え込むように腕を組んだ千影の隙をついて、終一は化粧箱におさまったチョコレートへと手をのばす。当然のごとく千影にたたき落とされていたけれど、あれは見舞いの品として彼女のもとに届いているので、終一に食べられるはずがない。甘味に飢えた終一を憐れに思い、ポケットのなかに忍ばせていた非常食のクッキーをほどこすと、彼は音速とも呼べる勢いでそれを奪取した。同じ人類としてやや心配になる飢え具合であるが、千影は構うことなく化粧箱を胸に抱いて「まああって感じかしら」と言う。

「これだけ長いあいだ身体にもどれないんだから、きっと簡単なことじゃないのよね。でも、もう悲観するのはやめたの。たとえ迷惑だって言われても、終一や菊田さんのお世話になるつもり」

もちろん、佐倉くんにも。

そう呟いて笑う千影の表情は、華やぐようにあざやかだった。

終一はふん、と鼻を鳴らしクッキーを貪るが、ひっそりとあがった口角を隠せてはいない。その幸せそうな横顔に、誠は今からひまわりの花言葉を調べて発表してやろうかと思ったけれど、さすがに可哀想なのでやめておいた。

ポテトチップスの袋をパーティー仕様に広げようとして、誠は菊田の視線に気がつく。見れば、菊田は緑茶を片手にまなじりをとかしていた。記憶のどこかで同様の笑顔を見たような気がして、誠はパニック発作と戦いながら舟に飛び乗った日のことを思い出す。

あのときも菊田は、今と同じ嬉しそうな笑みを浮かべていた。

以前から思っていたことだが、菊田は謎の多い人物だ。垂れた瞳のせいで表情は読みにくいし、仕事だってなにをしているのかわからない。だが終一は、千影を助けてもらった恩があるからなのか、菊田のことを慕っているように見える。しかし誠は、彼がこの会社を設立した理由さえ聞いたことがなかった。

菊田はいったい、なにがそんなに嬉しいのだろう。

そうして誠が怪訝に染まる瞳を泳がせていると、わき腹に終一の肘が入った。寝た子を起こすように胃袋の炭酸が躍りだし、誠は終一に非難の視線を向ける。すると終一は、彼にしては珍しく、身を縮めて誠の耳に唇をよせた。

「お前、あんまり菊田さんのこと甘くみるなよ」

またもや終一の菊田賛美がはじまったのかと思いきや、終一の腕が誠の首に絡む。

「菊田さんは、ああ見えて油断ならねえひとなんだよ。お前も気を抜いたらこうだぞ」

言って、終一は立てた親指で自身の首を真横に引っかいた。任侠映画(にんきようえいが)さながらの仕草に、誠はますます眉宇をよせる。たしかに菊田は厳しいのか優しいのか、つかみどころのない人物ではあるけれど——。

そんな誠の思考と終一の内緒話は、菊田に届いていたらしい。彼は「こらこら」と終一をなだめると、壁に飾られた社訓を指先で示した。額縁が彩るそれは、我が社が掲げる崇高な理念である。

「どんなときでも、ちいさなことからコツコツと」

読みあげて、誠は首をひねった。

とてもいい社訓だと思う。人生という荒波を生きるものにとって、少しずつでもなにかを積み重ねようと努力する気持ちは大切だ。ときには傷つき、苦しみ、涙して蹲ることもあるだろう。けれどいつかは前を向き、みずからの足で人生を歩かなくてはならない。急に大きなことは成せなくとも、ちいさなことからコツコツとやっていけばいいのだ――どんなときでも。

――どんなときでも？

そのひと言が引っかかり、誠は首の角度をさらに深くした。

菊田は我が社の代表取締役社長なのだから、この社訓を考えたのは彼と見て間違いはない。諦めずにコツコツと積み重ねていけば、いつか報われる日がくるという希望と、どんなときでも前を向くことを忘れず、ちいさな一歩を踏みだしていこうという教訓は、そのまま菊田の信念なのである。

だが今思えば、菊田はパニック発作にあえぐ誠にとても優しかった。社長として厳しい決断をくだしてもよかったはずなのに、辛抱強く誠のことを励ましてくれた。

仮にあれが「どんなときでも」であったとして。誠が菊田の優しさに甘えきり、自分の不甲斐なさを認めて、舟に乗ることを諦めていたとしたら――こうして彼らに、試用期間の満了を祝ってもらえる未来はあったのだろうか。

おずおずと菊田を忍び見ると、彼は相変わらずの笑みを浮かべていた。

「うちの子たちは、みんな頑張り屋さんで嬉しいな」

垂れたまなじりをより深く笑ませて、菊田は緑茶で唇を湿らせる。

その瞬間、誠の背筋には怖気が走った。まさかあの状況で、賽の河原株式会社に相応しい人材か否かを見極められていただなんて、誰が思うだろう。あのとき誠は、まさに人生の瀬戸際に立っていたのだ。

頬を青白くして、誠はかわいた笑い声をもらす。終一はしたり顔で誠の肩を小突いたが、反撃する余裕は正直なところなかった。

「あら、仕事の連絡かしら」

不意に仕事用の電子端末が着信を示すメロディを流し、千影は画面に指をすべらせる。

全員で彼女が差しだした画面をのぞき込むと、そこにはふたりの女性のプロフィールと、至急と思われる追記が表示されていた。

「地下アイドルの追っかけやってた女が、喧嘩したあげくすっ転んで搬送されたやつか」

数日前にテレビでちいさく報道されていた内容を、終一が諳んじる。たしか喧嘩の理由は、どちらが推しのオキニ――応援しているアイドルにとってお気に入りのファンであるかという、彼女たちからすれば切実な論争であったはずだ。激論を交わす彼女たちはつかみあいの喧嘩へと発展し、足をすべらせたあげくライブ会場の床に後頭部を強打したらしい。病院へ搬送されたあと、救命活動がおこなわれていると聞いていたが――まさか、賽の河原で喧嘩の続きをはじめたのだろうか。

誠の考えを肯定する追記に思わず額をおさえれば、

「行くぞ、誠！」

終一から、そう声がかかった。

「はい、先輩！」

誠はソファから腰をあげ、修繕からもどったばかりの藍色の羽織へと袖を通す。掃除用具入れに飛び込んで賽の河原にたどりつくと、そこには髪をふり乱して争うふたりの女性の姿があった。

荘厳な三途の川に響く姦（かしま）しい悲鳴を耳にして、誠は苦笑する。

こんな場所で働くことになるなんて、我ながら数奇な人生だ。

けれど誠は、こうして生きていくのだろう。

いつか、あの舟に乗る日まで。

あとがき

このたびは『さよなら、誰にも愛されなかった者たちへ』をお読みいただきまして、誠にありがとうございます。

この物語を書きはじめたのは、今から四年ほど前のことです。

その年の電撃大賞に応募するべく、私は必死にキーボードをたたいていました。ですが残念なことに、その年に応募することはできませんでした。ちょうど一話を書きあげたところで、私の母が舟に乗ってしまったからです。

それから私は、小説が書けなくなりました。こんな物語を書いていたから罰が当たったのかもしれないと思うと、なにを書けばいいのかわからなくなりました。

長いときを経て、私がふたたびこの物語に向きあおうと思えたのは、母の死を乗り越えただとか、時間が傷を癒してくれたなどという、美しい理由ではありません。

ひょんなことから職を失い、ただ生きているだけの空っぽな自分と対峙したときに、ひとに誇れるものが「執筆」しかなかったからです。

私は無情にもすぎていく時間と現実から逃避するべく、すがるように筆をとりました。

もちろん、数年ぶりに書く文章が散々なものであったことは、言うまでもありません。

あまりにもひどい完成度に頭を抱えて、締め切り間際に最初から書きなおしたくらいです。なので一次選考の通過を知ったときには、安堵のあまり仏壇の前で号泣しました。てっきりどこかで夢は潰えると思っていたのに、こうしてあとがきを書いているなんて、人生とは本当に不思議なものです。

でもきっと、そんな経験を経たからこそ、私は夢を手にすることができたのでしょう。この物語のなかには、四年前の私では書くことのできなかった描写がたくさんあります。それは技術としての話ではなく、心の話です。本作の登場人物たちと同じように、私も生と死からたくさんのことを学びました。どんなに辛い経験も、悲しい別れも、無意味なものなんてひとつもなかった。それらすべてが物語に姿を変え、私をこの場所へと導いてくれました。

そんな想いの詰まった物語を、こうして皆さまに読んでいただくことができて、とても嬉しく思います。

本作の出版にお力添えをいただきました皆さま、本当にありがとうございました。選考委員の先生方をはじめ、編集部や一次選考に携わってくださったすべての方々。未熟な私を導いてくださった、担当編集の横塚さま。ため息がでるほど美麗なイラストを描いてくださった、世禕さま。長いあいだ唯一の読者でいてくれた、友人のＹくん。

そしてなによりも、彼岸の母に。

この場をお借りして、篤く御礼を申しあげます。

皆さまの記憶や胸に、わずかでも残る物語が綴れるよう精進してまいりますので、応援していただけると嬉しいです。

最後まで読んでくださって、ありがとうございました。

また皆さまにお会いできることを、心より願っております。

塩瀬まき

＜初出＞

本書は第 29 回電撃小説大賞で《メディアワークス文庫賞》を受賞した『賽の河原株式会社』に加筆・修正したものです。

◇◇メディアワークス文庫

さよなら、誰にも愛されなかった者たちへ

塩瀬まき

2023年2月25日　初版発行

発行者　山下直久
発行　株式会社KADOKAWA
〒102-8177　東京都千代田区富士見2-13-3
0570-002-301（ナビダイヤル）
装丁者　渡辺宏一（有限会社ニイナナニイゴオ）
印刷　株式会社暁印刷
製本　株式会社暁印刷

●お問い合わせ
https://www.kadokawa.co.jp/（「お問い合わせ」へお進みください）
※内容によっては、お答えできない場合があります。
※サポートは日本国内のみとさせていただきます。
※Japanese text only

※定価はカバーに表示してあります。

Printed in Japan
ISBN978-4-04-914862-6 C0193

メディアワークス文庫　https://mwbunko.com/

本書に対するご意見、ご感想をお寄せください。

あて先
〒102-8177　東京都千代田区富士見2-13-3
メディアワークス文庫編集部
「塩瀬まき先生」係

◇◇◇

第28回電撃小説大賞《メディアワークス文庫賞》受賞作

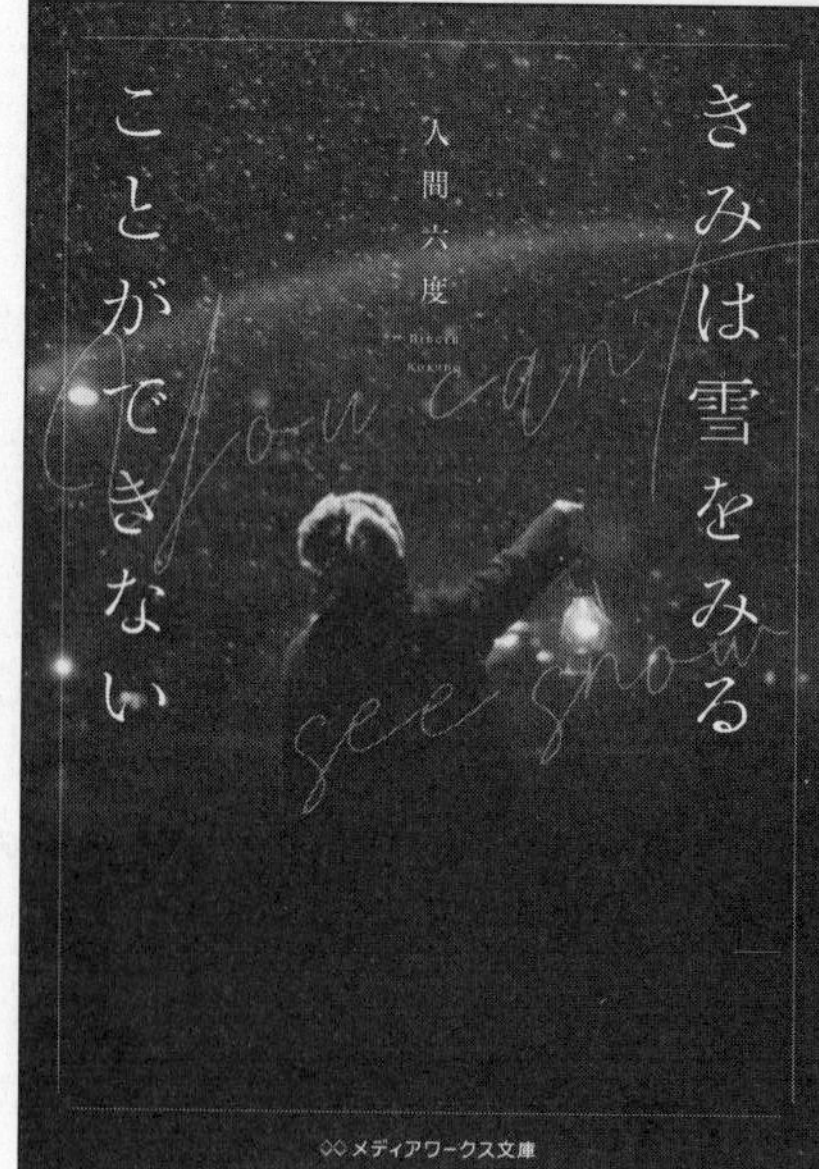

きみは雪をみることができない

人間六度

恋に落ちた先輩は、冬眠する女性だった——。

ある夏の夜、文学部一年の埋　夏樹は、芸術学部に通う岩戸優紀と出会い恋に落ちる。いくつもの夜を共にする二人。だが彼女は「きみには幸せになってほしい。早くかわいい彼女ができるといいなぁ」と言い残し彼の前から姿を消す。

もう一度会いたくて何とかして優紀の実家を訪れるが、そこで彼女が「冬眠する病」に冒されていることを知り——。

現代版「眠り姫」が投げかける、人と違うことによる生き難さと、大切な人に会えない切なさ。冬を無くした彼女の秘密と恋の奇跡を描く感動作。

会うこともままならないこの世界で生まれた、恋の奇跡。

第25回電撃小説大賞《選考委員奨励賞》受賞作

逢う日、花咲く。

青海野 灰

これは、僕が君に出逢い恋をしてから、君が僕に出逢うまでの、奇跡の物語。


13歳で心臓移植を受けた僕は、それ以降、自分が女の子になる夢を見るようになった。

きっとこれは、ドナーになった人物の記憶なのだと思う。

明るく快活で幸せそうな彼女に僕は、瞬く間に恋をした。

それは、決して報われることのない恋心。僕と彼女は、決して出逢うことはない。言葉を交すことも、触れ合うことも、叶わない。それでも——

僕は彼女と逢いたい。

僕は彼女と言葉を交したい。

僕は彼女と触れ合いたい。


僕は……彼女を救いたい。

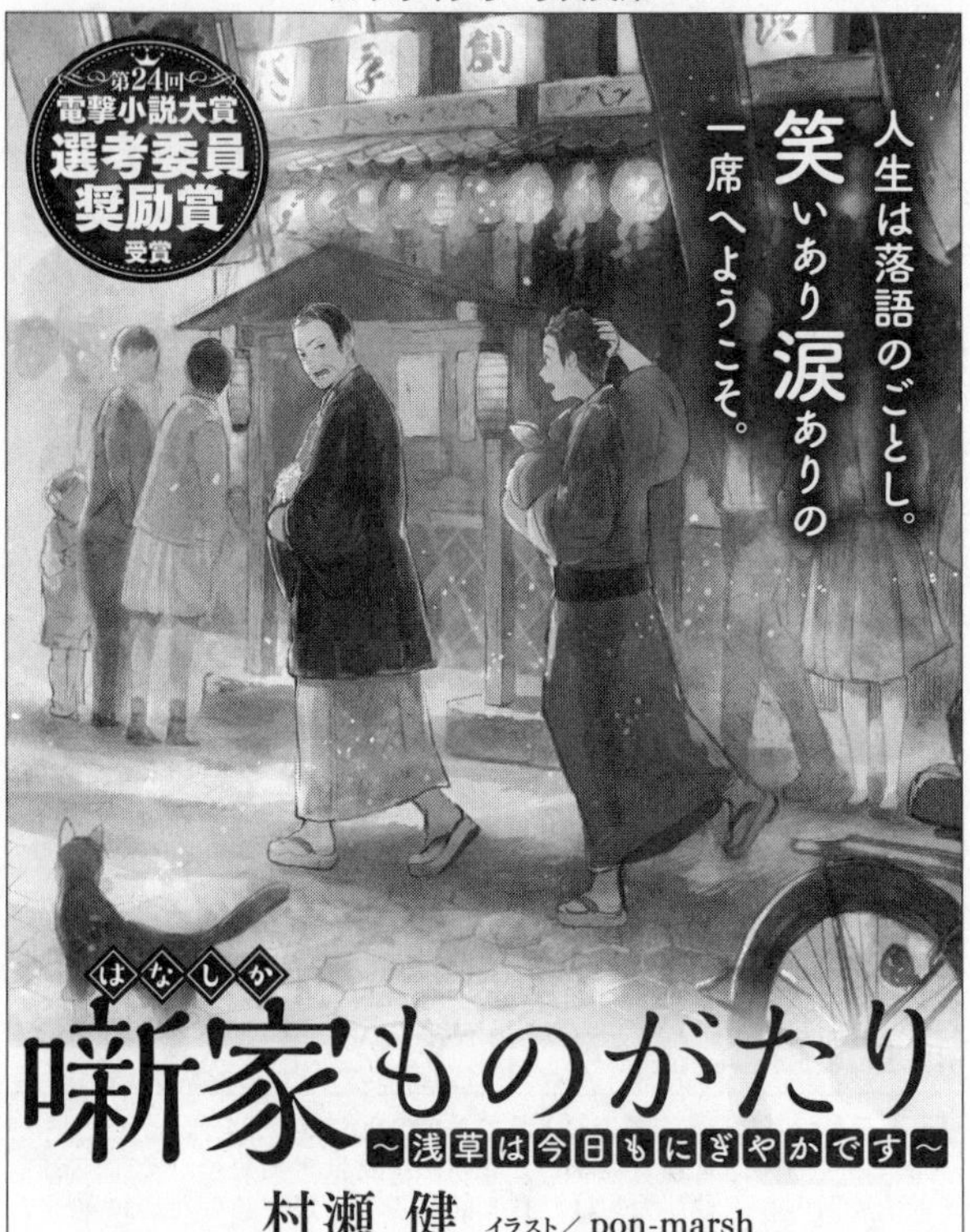

噺家ものがたり
～浅草は今日もにぎやかです～

村瀬 健　イラスト／pon-marsh

就職の最終面接へ向かうためタクシーに乗っていた大学生・千野願は、
ラジオから流れてきた一本の落語に心を打たれ、
ある天才落語家への弟子入りを決意。
そこで彼が経験するのは、今までの常識を覆す波乱の日々——。

メディアワークス文庫

発行●株式会社KADOKAWA